校园生活丛书

U0695656

青少年日记

李丽薇　刘　岩　编著

吉林人民出版社

图书在版编目(CIP)数据

青少年日记 / 李丽薇, 刘岩编著. -- 长春 : 吉林
人民出版社, 2012.4
　　(校园生活丛书)
　　ISBN 978-7-206-08787-5

Ⅰ.①青… Ⅱ.①李… ②刘… Ⅲ.①日记 – 作品集
– 中国 – 当代 Ⅳ.①I267.5

中国版本图书馆CIP数据核字(2012)第068094号

青少年日记

QINGSHAONIAN RIJI

编　　著 : 李丽薇　刘　岩
责任编辑 : 孙浩瀚　　　　　　　封面设计 : 七　洱
吉林人民出版社出版 发行 (长春市人民大街7548号　邮政编码 : 130022)
印　　刷 : 鸿鹄(唐山)印务有限公司
开　　本 : 670mm×950mm　　　1/16
印　　张 : 13　　　　　　　　字　　数 : 150千字
标准书号 : ISBN 978-7-206-08787-5
版　　次 : 2012年7月第1版　　　印　　次 : 2023年6月第3次印刷
定　　价 : 45.00元

操场上的秋千

E网情深

成长日记

操场上的秋千

17岁的幻想

○2月6日　○星期日　○天气和心情：多云

透过多少刺为向往你的芬芳，你的一朵花要给我多少创伤。

——题记

生命是一条永远不息的河流，有时我们留住的一段段美丽风景，会在记忆深处不停地闪现……

17岁，似乎是我生命中永远也无法遗忘的岁月，所有让我刻骨铭心的记忆都写进了那一页日记里……

妈妈常提醒我，让我不要在学校里谈恋爱，但是又怎么可能呢？像我这样年龄的人心里多多少少都是期待童话故事发生在自己身上的。可我还是会答应妈妈，说不会的。从上初中开始我就幻想，而且也和男孩谈过恋爱。会一时冲动地接受他的表白，会心血来潮疯狂地爱上他几天，会觉得每天在一起很无聊，会讨厌他的太迁就，而另有所爱。可是真正的爱情到底是什么，我不知道。

新年很快就过去了，这是开学的第2天，我又长大了1岁。我才发觉，成长的道路似乎是那么漫长，却又那么短暂。

17岁的我会慢慢地爬出泥土自己发芽，我不需要爸妈来干涉我的生活，我要给自己一点新鲜的空间。可是我还在读书，不能太张狂，就像一盘可口的菜放在别家的餐桌上，而我只能感受一下它的气味。

常常幻想着自己已经长大了，不再受别人的阻碍。我有属于我的自行车，我会骑着它，从上坡滑下，顺着坡，一直滑下，甚至不希望它停下来。那样简简单单的生活，单纯得让我觉得好美好。

幻想着离家出走，四处走，不停歇，去寻找我想要的生活。幻想着爱情。爱得轰轰烈烈，爱得你死我活。

看小说的时候，看到一段话，它说："不管是多大年纪的人，只要回想起自己十七八岁的青春岁月，多半脸上会挂着一种近似于梦幻般的甜蜜笑容。"

是的，这个年纪，是梦幻的岁月，是深刻在一片青色天空中的韶华，是在人生河流上初次相见，却只来得及触碰到指尖的短暂。

那些在星光下的告白与转身，都会成为回忆中最美的一篇。只是，这些都要在很多年以后，当我们蓦然想起时，重新翻开记忆中的相册，才会感慨那天的星星有多灿烂，曾经告白的那个人是多么可爱。而在当时，那日后可以变成甜蜜回忆的告白只是青春的烦恼，是让人彻夜难眠的毒药。

是的，幻想，那不过是一时的冲动而已；爱情，我们还未理解，离我们太远了，我们不应该拿青春做赌注。

成长的烦恼，待回过身来，是如此微不足道。年少时候的那个他，也许出现是为了告诉我们，如何去珍惜，如何成长，如何学会爱。

也许这就是成长的代价，爱的代价。

当真是此情可待正追忆，只是当时已惘然……

●语丝

17岁，是清新的散文，是朦胧的诗，既是纷繁的哲理，更是多情的歌。17岁的我们脸上常挂着自信的微笑，17岁的我们朝气蓬勃。17岁的我们可以潇洒自如地走向舞台，17岁的我们可以甩甩长发把一切烦恼全部忘掉。17岁的我们笑得好甜美，17岁的我们不会轻易落泪。17岁的我们敢于拼搏，敢于面对各种挑战。

青春在绿色中闪耀

○10月9日　○星期一　○心情和天气：艳阳天

看着相册里军训的相片，我有种怅然若失的感觉，高一军训的那些天，笑过、痛过，也诅咒过的军训，以及那一身橄榄绿，好像已经融入了我的生命，成为了我生命的一部分。习惯了每天穿着它操练、吃饭，一旦脱下来，还真有些不自在。自己都觉得好奇怪，怎么转变得那么快？当初不是嫌它土气吗？看着照片里叠得整整齐齐的军装，我好像又回到了军训的日子里……

9月15日，星期一，上午6点，我被一阵急促的闹钟吵醒了，没办法，经过一阵忙乱的整理之后，来到了操场。这时操场已经有好些人了，看见有些人穿上军装的样子，忍不住偷笑。教官很年轻，只是一直板着个脸，像一只不笑的老虎。对那些爱睡懒觉的人来说，今天可不是个好日子。教官是不讲情面的，对待迟到的人永远是严惩。看着在操场上此起彼伏的蛙跳人群，心里不禁打了个冷战，不知道哪天会轮到自己。

接下来就是每天的必修课——站军姿，并且一站就是半个小时，值得庆幸的是天气风和日丽，不然就会被风干成鱼干了。看着前面晒着太阳的"老头"，似乎他嘴里永远是那句：不要乱动。只好任由汗水从我脖子滑落，像一个个虫子，在我的背上降落。这还只是个开头而已，接下来就是练习走、跑、坐的姿势。我们在教官嘹亮的口号下，走起了军姿模仿秀，可别忘了，"评委"可是最专业的，也是最苛刻的。我们的表现总是不能让其满意，为此，我们没少挨骂。好了，终于熬到了11点。教官一声"解散"使我们有了刑满释放的感觉，大家纷纷作鸟兽散状，我以百米冲刺的速度跑回宿舍，衣服也懒得换，拿了个饭盒就向食堂奔去。我实在是太累了，也太饿了。不能在排队上再浪费时间了，还好，人不多。肚子饿的时候吃什么都是香的。我以平生最快的速度吃完了午饭。

下午又是一场炼狱式的训练，不过经过一个中午的休息和上午的经验，竟很快地挺过来了。到了收队的时候，我拖着疲惫不堪的身躯，正想回宿舍洗个澡后早早地睡觉。谁知魔鬼教官一句话又击碎了我的美梦，"晚上还要唱军歌，7点钟集合。"声音斩钉截铁，一点商量余地都没有。什么嘛，简直就是独裁主义。我嘀咕着。"哎，教官猛于虎。"不知谁冒出一句。哈哈，我终于找到抗战同盟了。正窃喜。"你们在发什么牢骚，解散！"耳边又传来教官的吼声。我真怀疑此人是不是侦察兵出身，这样都能被他听到。

没办法，唱就唱吧，谁怕谁，反正天下军训不独我一人。我把心一横，决定假唱，看他奈我何。到了晚上，我站在队伍中间，嘴巴一张一合，煞有介事地假唱。不知道是我演技太差还是大家都没用心去唱。教官又用他嘶哑的声音在喊："大声点，不要像蚊子叫一样。""太生硬了，要有感情！”

几遍过去后，我们仍然在软绵绵地唱着歌曲。“停！停！我说你们怎么回事，一群人的声音还没我一个人大。没吃饭吗？再唱不好，唱到12点！现在跟我唱。”听着教官嘹亮的声音，大家似乎受到了某种触动，不约而同地大声唱起了歌曲。与其说是唱，不如说是喊，声音响彻了整个操场。不在沉默中爆发，就在沉默中死亡，我也疯狂了一回，还变本加厉地喊得脸红脖子粗。似乎要把所有的不满从歌声中宣泄出来。我回到宿舍，静静地躺在床上，一动也不想动，全身像散了架一样，连说话都懒得说。不过我好像从唱歌中找到了平衡点，心情倒也还不错。想想这只是刚开始，往后这样的日子还要持续15天，我望着窗外的点点繁星，不知是喜还是忧。

第二天，我一大早就起来穿戴整齐，看着在镜子里那个英姿飒爽的自己，还真有点找到了士兵的感觉。来到操场刚列好队，一个倒霉鬼又迟到了，“哼！拉出去毙了。”我在小声嘟囔着。没说的，一切照旧。不过，好像迟到的人少了很多，可能是慑于教官的军纪严明吧。在操场上练“三大步伐”的时候我走路也有劲了，不知道是不是得益于我昨晚吃的“牦牛壮骨粉”。就这样，一个上午的训练对我来说实在是简单任务之——too easy。到了下午更不必说了，我气宇轩昂走在队伍的第一排，俨然就是一个士兵精英的样子，脸上写满了自信。连教官都对我刮目相看，过来拍拍我的肩膀说：“不错，好好干。”受到鼓励之后，我就像一个上足了发条的机器人，做每一个动作都力求完美。“全连”似乎受了我的感染，个个斗志昂扬，干劲十足。到了晚上唱歌的时候，我们连的歌声不敢说是最动听的，但却是最响亮的。

就这样，我们把优良传统淋漓尽致地发扬了15天，大家本着再苦再累也不怕，争当先进标兵的精神。心里想着：苦不苦，想想长征两万五。到了最后全连大比武的时候，我们连获得了歌曲最佳新人奖和最佳步伐的亚军。军训生活结束了，虽然很累很辛苦，但却是一种难得的人生体验。虽然烈日的暴晒，使我这棵“洋白菜”变成了“紫甘蓝”，但军训既锻炼了体质又磨炼了意志，培养了吃苦耐劳的精神，又何尝不是一种快乐呢？

● 语丝

军训的日子，锻炼了我们年轻的躯体，让我们学会了坚强、学会了生活，找准了人生的方向，读懂了生活的意义。

智　慧

○5月12日　○星期日　○心情和天气：雨后有彩虹

当命运向你投出匕首时，你只有两个选择——接刀刃或接刀把。

——题记

某人穿过积雪很深的雪地，结果他并没白费力气。另一个人怀着感激之情顺着他的脚印走过去，然后是第三个，第四个，于是那里便可以看到一条新的小路，就这样，由于一个人，整整一冬就有了一条冬季的路。

可是有时候一个人走过去了，脚印白白留在那儿，再没有任何人跟踪走过，于是吹过的暴风雪掩盖了它，什么痕迹也没留下。

世上我们所有人的命运都是这样的：往往同样劳动，运气却各不相同。

于是，在命运面前，有的人蝇营狗苟，有的人殚精竭虑，有的人随遇而安。我不知道我是哪种人。但我始终相信生命是一个过程。刘墉说："如果逐渐衰老的脸颊、掉落的头发、蹒跚的脚步像是失去的岁月，青丝落尽，生命终结，就让我们编织岁月的记忆为发，戴着它，走向来生。"

我一直是个很平凡的女孩子，形貌普通、家境一般、成绩平平，是人群中最不起眼的那种人。曾经有一段时间，我满腔不平，认为命运对我不公，为什么班级里有的女孩或长得美丽或成绩优秀或体育拔尖，而我却偏偏这么毫无特色？

我拼命学习，成绩也只是差强人意，心却累到极点，日子仿佛也没有尽头。直到有次春游，校花欢欢坐在我身边，一路上男生马不停蹄地献着殷勤，初时，是有几分羡慕的，但欢欢却不以为然，将他们都打发了。旅途很无聊，我便无意中给欢欢讲起我看过的故事。

故事情节紧凑、悬念多多，又配上我声情并茂的述说，听得欢欢极其入迷，末了，欢欢一双漂亮的大眼闪着无数星星地问我："周缘，我要看多少书才能像你这么多才？"那眼里分明写满崇拜和羡慕。

一时间我哑然无语。

欢欢是我心目中的天之骄女，她生得美丽、学习出众，一直是我可望不可即的人物，可是，就是这样的人，在我不觉得有什么特别的述说中，对我欣羡非常，是为什么？

是不是可以理解为，我并不是那么一无是处，我也有我的特殊与骄傲，那些平时不易被人发现的习惯或喜好其实就是我的优势呢？就像我喜欢看书，记忆力好，多么复杂的故事我都可以将情节记得十分细致，而且，我口齿伶俐，讲故事往往很有感染力。

而这些，常常被我忽视了。

在我们的生命中，也许我们年轻、也许我们美丽、也许我们体育拔尖，那些都是命运赐给我们的运气。但是终究会有一天，我们不再年轻、不再美丽，那些曾经的优势会在岁月的磨砺中逐渐失去，然而岁月终究会沉淀下一些别的东西，我们管它叫——智慧。

● 语丝

智慧会使人格中不可抗拒的魅力从灵魂深处散发出光芒，会点亮生命中一块不易被人发觉的领域，会使拥有它的人在耀眼的光环下栩栩生辉。

我的左手旁边是你的右手

○6月6日　○星期五　○心情和天气：潮湿

时光飞逝，人来人往，一切都发生了改变，唯有真情永存心底，永不变质。

——题记

闲着无聊，走进房间，翻着书架上的一本本被我封存已久的书。无意间初中的同学录映入了我的眼帘。

靠在窗边，翻开封面。一不小心，一张照片从同学录里掉了出来，穿过我的指间飘落在地上。

赶忙蹲下身去捡，六十几张笑脸正对着我灿烂地笑着，原来是毕业照！

看着照片，那番回忆顿时涌上心头。

还记得那年夏天，刚小学毕业的我在母亲的陪同下满心欢喜地踏进这个校园，走进教室，完全陌生的人和陌生的环境不免让我产生一些恐惧。但是班主任脸上那亲切的笑容把我的恐惧一扫而光。

我的初中生活就这样开始了……

初一校运会是我们第一次为班级争光的机会，所有人都兴奋不已。在赛场上，我们呐喊，助威，互帮互助。团结，努力，拼搏，让我们班获得了年级第一的成绩。我们欢喜若狂，悄然间，同学间纯洁的友谊在每个人心中扎下深根。

又是一年雪花飘，大雪覆盖了整个校园。班主任组织我们去打雪仗。学号为单号的一队，双号的一队。比赛开始，顿时无数个晶莹洁白的雪球在空中飞动构成了一条条美丽的弧线，把我们的心连在了一起。

还清晰地记得初二时有一段时间我们班学习状态不好。班主任心急如焚，挨个找我们谈话。期中考试我们还是失利了。看到我们一个个黯然神伤，班主任默默地走进教室，电脑里传出了熟悉的旋律"看天空飘的云还有梦，看生命回家路路程漫漫，看明天的岁月越走越远，远方的回忆的你的微笑……"是《希望》！全体同学不约而同地起立，和着音乐唱了起来。歌声弥漫在整个校园。让我们的心永远地连在了一起。

三年一晃而过，临近中考的我们被压得喘不过气来。好不容易考试结束了，全班欢呼雀跃，但不一会儿又鸦雀无声了，取而代之的是抽泣声……

老师注重的除了学习成绩，还有思想品德。从《成长是一种美丽的疼痛》到《没有任何借口》，从《杰出青少年的7个习惯》到《生存教育在美国》……正是一个个故事，一次次游戏，让我领悟到了一些在学习上无法领悟的东西，心境的空明，是一种很美好的体会。

教我们的所有老师，早已和我们打成了一片。语文的韦姐，数学的老范，英语的刘大卫，史社的老赵，科学的多利以及体育的老隋……在很多时候，感觉和他们不仅仅是师生关系，更多的是朋友关系，在整个初中三年，他们帮助我们许许多多，临近初中的结束，想说的，并不仅仅只是一声"谢谢"而已。

很快就要毕业离开了，面对在一起三年的同学、老师以及整个校园，心中有许多不舍。但是，人终究是要成长的，引用一句非常古老的话：珍惜现在，展望未来。

要拍毕业照了，我们忍住伤心笑着面对相机。这时天空飘起了细雨，似乎老天爷不愿意我们分开。

所有的离别，为了重逢的那天。可以想象，三五年后全班人再次相聚，手牵着手一起唱着那首永远铭记在心的歌：

"唱一首歌，我们的歌，让每一个瞬间停留，我的左手，旁边就是你的右手，我一直在你的左右……"

未来就像天空中一朵飘忽不定的云彩，而我们，从毕业这一天起，便开始了漫长的追逐云彩的旅程。明天是美好的，路途却可能是崎岖的，但无论如何，我们都有一份弥足珍贵的回忆，一种割舍不掉的友情，一段终身难忘的经历。

● 语丝

浓浓的同学情会在彼此心田经久地弥漫，花谢清香永留心间。

自己的事

○11月15日　○星期一　○心情和天气：晴

"可能"问"不可能"："他住在哪里？"它回答道："在那无能者的梦境里。"

——题记

今天，以前的同桌给我打电话，祝我生日快乐。

我们笑着聊起初中的时光，然后又谈到了高中。

他骂他的学校像个废物处理场，他说他快成为其中的废物之一了。

我沉默地听他发完唠叨。

他问我怎么样，我说我很好，我在向前走。

然后挂机。

……

他总说他没有办法像我一样，对某件事情坚定不移。我却很想反问他，他到底知不知道我在坚定什么？当然，他不知道，所以又怎么可能像我一样呢！

他总说和我在同一个学校就好了，因为我总是不停地、重复地叫他学习，在他堕落之前把他拉回正道。我笑着，却很无奈。当年我劝他和我报一样的高中，是他没自信地回绝了。但中考的分数却根本没差我多少。

中考前，他问我："你能考上一类吗？"

我说："能。"

不过，事实证明我不能。

但又有什么关系呢？

我的"能"中带着不自信，但我敢说。

问他，他说："不能。"没有丝毫犹豫。

他说他没自信，那这算什么？干吗要把自信用在这个"不能"上？

我无法理解。

他总说自己不可能、没把握，羡慕我不后悔。

我并不是没有后悔过，只是我已走上这条路。有时候，我明知会后悔，却还是会选择它。虽然有困难，难免会后悔。可是，如果回头了，我知道那不仅是后悔，也将是我一生的遗憾。所以，无论是选了这条路而不后悔，还是不后悔才走了这条路，总之，我走着自己不后悔的路！

他呢？我想他早就后悔了吧！

在岔道口，因为无法预知未来，看着凹凸不平的路面，他害怕了、退缩了，以"软弱"作为借口选了那条平稳的小径，以"能安稳地生活"来逃避。那一刻，他早已埋下了后悔的根须。

他总说那样保险，把"不可能"作为自己的口头禅，这种自欺欺人的谎言，我听够了，也烦了。

不要用这种谎话来搪塞我！

说实在的，他很可笑。活在一个被自己用谎言筑起的高塔里，却仍会后悔。边对着自己说着自以为是善意的谎言，又边对着我抱怨着自己的悔恨。这实在是够莫名其妙的！

只不过是坑坑洼洼的路面而已，还不需要什么人生意外保险，再者，没有经济来源的他，本身什么都没有，就更不需要个人财产保险。不过，既然他那么喜欢保险，就去多买几份也无妨。然后，给我从那个垃圾堆中滚出来！不要就这样甘心"长眠"于安稳中！

我不知道他干坐着在期待什么。

不过，别看我！

我不打算帮他，别太过于依赖我，他的人生不属于我，我只是一个过客。既然他本来就了解到自己快被同化成为废物，那么就应该凭借自己的力量走上正确的道路。

自然，这些话我不会真正对他说，得靠他自己发现，否则就是坠入虚空。

●语丝

人生好比一条路，每个人都有自己的路要走。即使布满荆棘，坎坷难走，也要尝试着走自己的那条路，不要自以为是地觉得别人的路都是一帆风顺的。也不要总是依赖别人。要学会相信自己，挑战自己。道路才会越走越宽。

一千个纸鹤

○8月6日 ○星期二 ○心情和天气：忧郁的雨天

从前的日子尘封了，散出星星点点的怅然和回忆。

很久很久没有折千纸鹤的心情了。曾经学着做过一次千纸鹤，后来也没什么奇迹发生，这是必然的。就觉得用线穿成串挂在窗沿上的千纸鹤简直像小孩子过家家一样，什么折一千个就能愿望成真，不过是一个荒唐的梦。因为过不多久，这些纸做的鹤就会被窗外的雨打湿，变成湿漉漉一团。即便没有下雨，在晴朗的天空下也飞不起来，它被细绳子牵绊着。

上了高中以后，学业一直很繁重，为了考一个好的大学，为了追求一个让自己让家人都满意的分数，班里所有的人都拼命地学习。上课的时候，大家认真听讲，下课了也都默默复习。我们这个学校是省重点，而我们这个班却是学校里的重点班。可想而知，学习的气氛不仅仅是浓厚了，甚至到了凝重的地步。

唯一的一点小乐趣，只有是午饭后的那一小段时间。

男同学本着依旧活泼好动的天性，有的出去打会篮球，有的出去踢会足球；女同学们则围坐在一起，交流一下生活，畅谈一下自我。总算这少年的天性没被沉重的学业彻底地埋没。

我的同桌是个活泼开朗的女生，和我不同。我是个内向的男生，有什么事都爱憋在心里，她有什么事都要说出来。可是最近，她买了很多彩色的方块小纸，说要折纸鹤。

我听女同学说过，最近又开始流行折纸鹤了，只要折一千个，用线穿起来，挂在窗户外面，再许愿，过了七七四十九天，愿望就会成真。

尽管我曾心里取笑过她们，女生就是婆婆妈妈的，搞这些个零碎的近乎迷信的东西，但是也明白，其实在繁忙的学习中，天天家——学校——家这种三点一线的生活让我们寻不到一个方向，折千纸鹤也是希望有个能让自己的心灵寄托和依靠的角落吧。

那几天，同桌一到午饭后的时间就不停地叠着。我是不爱运动的男生，总在教室里坐着。我就对她说，想帮她折。她微笑着婉拒了我。她说，这个一定要自己亲手叠，才灵。

其实我明白她不让我插手的原因，因为有一次我看见她偷偷地在那些彩色纸片上写着什么。那可能就是她的愿望。但我不明白的是，她的学习成绩在全年级都算顶尖的，她在同学的眼中近乎是完美的。还有什么事能让她为之苦恼呢。

没过几天，到了高中的一个大考，令人意想不到的事情发生了。

我的同桌在考试的中途突然倒了下去，再也没有起来。

当时我们全校都震惊了。她就这样走了。

尽管之前新闻和报纸都曾有过类似的报道，过劳，猝死。可是我们从没想过，在我们这个属于花季的年龄，会在我们的身边发生这种事情。

那之后的一周，全班都沉浸在悲哀中。破天荒地放下了学习，而许多男生更是为了麻醉自己沉痛的心情而硬生生地喝了一周的酒。

到同桌家去参加葬礼的时候，偶然看到了她的纸鹤。原来她希望自己的成绩不仅仅是学校最好，还要能考上清华大学。

女生们又开始了折千纸鹤，只不过这次的纸鹤上写着：一路走好。

我自己也在家偷偷地折了一千个纸鹤，希望自己放弃那种幸福不长远，快乐很难求的黑暗的情绪。其实，理智和经验早就告诉了我们，在我们周围的世界中，完美是不存在的。为了追求完美而抛弃了生活的快乐，甚至是生命，那就是一件很不划算的事情了。

● 语丝

琼瑶写了一段极美的诗句，不受约束的是生命，受约束的是心情。其实，也可以反过来说：受约束的是生命，不受约束的是心情。

魅力发型

○4月12日　○星期五　○心情和天气：大风

我们学校的校规细说起来是有很多的，每周上课之前检查头发是其中一项。

男生头发：前面不能挡住眉毛，后面不能挨着领子，鬓角不能碰着耳朵。总之尽可能地短。

女生头发：耳朵上端不许被头发盖住。

其他类似检查指甲的规定还好说，这要求头发短可要了我们的命。上初中我就留着俩麻花辫，尽管人长得不是那么美，但是头发的长度多少带来点风度。然而可怕的高中竟然要我们剪头！有同学感叹：天要亡我！

昨天早操的时候，学生处又宣布说今天检查，请不合格的同学赶快处理。早操结束，班主任老师回到办公室相当猛地拿出把剪刀，把我们班不合格的男生统统叫到办公室排队他给剪。老师一嗓子喊起来惊天动地，学生哪里敢反抗，乖乖地让他把前面后面鬓角剪整齐。但也有例外的，就是我们班学习最好长得也最帅被封为班草的戴雨非。他偷摸地跟老师耳语了两句，老师居然把他放过了。我们惊奇之余，仍安静地观察事态发展，毕竟老师放了他，学校可不放过他。老师给男生们一顿剃，之后警告女生：明天再来，谁是长发，莫怪老师手下不留情。我们战战兢兢地过了一天，放学后就开始发愁。我一向是乖孩子，头发再长、再好看，也不敢和学校对抗，所以去弄了个刀削发，削得那个短，可以用"惨不忍睹"四字来形容。今天顶着一颗"清爽"的脑袋上学了，发现大多数同学都跟我一样"难看"，我心里多少安慰些。环顾四周，发现王语佳和周霖怎么还是长头发啊。她俩看我们惊奇的眼光在她们身上扫来扫去，神秘地一笑，齐刷刷地从书包里掏出一顶短假发来，把长发往套里一窝，嘿，还真别说，短了！

我看了好玩，正要让王语佳把假发摘下来让我看看，这时班草戴雨非背着书包走了进来，顿时我们的目光又被他吸引了去，原来他去剪了街霸游戏里美国大兵那种立立头，虽然上面立着的头发挺长，可确实符合了校规的"前面不能挡住眉毛，后面不能挨着领子，鬓角不能碰着耳朵"。

这三个人的一场别开生面的发型秀让我们自愧弗如，当初我们女生怎么就没想到用假发呢，只想着去剪自己都不爱看的发型，男生们怎么就没想到在尽可能地范围内创造自己独特的发型美呢，只乖乖地任老师宰割。

这件事给了我很大的触动。硬币有正反两面，这个世界上的任何事物也都有相对的两面。世界可以是美丽的，也可以是丑陋的。是看到美，还是看到丑，一切都取决于我们自身。如果我们希望看到美，就积极地去创造美，不要听天由命地把自己的一切交付到命运的洪流中随波逐流。

很喜欢一句话：人生是选择。我们可以用我们的双手去创造命运，用双手去选择自己的未来。

● 语丝

人生在世，须如豆腐，方正纯洁，可荤可素。大事坚持原则，小事学会变通。

消失的友谊

○8月2日　○星期三　○心情和天气：大雨倾盆

小时候，娜娜是个漂亮的小姑娘，夏天她穿着有漂亮花朵图案的粉色裙子，再配上一顶白色的遮阳帽，纤细的胳膊摇摆在身体两侧，一只手心里面是我的手，另一只手拉着小晓。

我和娜娜从幼儿园时起就形影不离了。

到了初三，班里有个高高大大的男孩，叫周飞。娜娜和小晓总喜欢趴在走廊的窗台上，看他打篮球，偶尔跑过去和他疯一会儿。她们想要和他接近——我觉得是这样。他们三个人在一起的时候会很开心，娜娜和小晓还经常互相取笑。

娜娜说："小晓，今天周飞上课给你传字条，都写些什么啦？不会是……哈哈，其然，你说是不是？"

"瞎说什么啊!"小晓的脸马上红了一下,"他不过是问我听没听过……那个叫什么伦的歌!"

"什么伦啊?"我好奇地问。

"这你们都不知道?"娜娜的眼睛瞪大了一圈,"台湾的 R&B 小天王周董——周杰伦啊。"

"他唱歌很好听?"小晓凑了过来。

"当然了,等到中考结束,我去买他的最新专辑!"

"别忘了借给我听!"小晓兴奋地说。

我叹了口气。

娜娜问:"其然,你怎么啦?"

"等到那个时候我们就分开了。"我有些难过。

大家都沉默下来,没有了刚才的兴高采烈。

回到家我打开电脑正要玩游戏,周飞打来了电话,要问我"西游Q记"的通关法则,我突然听到他那边传来好听的音乐声,还有个男生哼唱的声音。

"这是你唱的吗?还不赖啊!"我好惊讶平时五音不全的周飞声音这么棒。

"要是我唱的就好了。是周杰伦。"他说。

"哦,原来他唱歌真的很好听。喂,周飞,我平时总是告诉你游戏的秘籍,你得把他的碟刻张给我。"

"成交!快告诉我这个怎么通关。"

第二天,周飞拿了一张碟炫耀地跟我说:"这可是我辛辛苦苦翻录……"

"赶紧拿来吧!你!"我一把抢了过来。这时娜娜刚好进教室,深邃的眼神看了看我和周飞,我就知道我完了。

"娜娜,"我走过去,把周飞给我那张碟递到她跟前,"娜娜,你拿去听听吧……"

"不了,你去和周飞听吧。"

"娜娜……"

"干什么,我还学习呢!起来!"娜娜把书包用力一甩,翻开一本书开始看,都拿倒了。

我有些赌气,不就因为个周飞吗,居然对从小到大的朋友这么凶。

我下课再也不找娜娜玩了。周飞凑过来问我:"你怎么不和娜娜、小晓一起出去?"

我一看他就来气,这个惹祸大王,拿起同桌的本就朝他扔了过去。

这个动作又被进门的娜娜看见了。她大声对小晓说:"原来其然不和我们出去,是为了和周飞在一起啊!"

我知道她是说给我听的。误会比从前更深了。然而我们都固执地不找彼此谈开这件事。不知道从哪听到一句鬼话,说什么"真正的友谊是在吵架的时候对方主动找你来认错"。

我就这样一直等,一直等到了毕业。毕业那天我听着《千里之外》,歌词写着"屋檐如悬崖,风铃如沧海,我等燕归来,时间被安排,演一场意外,你悄然走开,故事在城外,浓雾散不开……",娜娜和我之间的距离一天比一天远,已经再也回不到从前了。到今天,我再也挽回不了我们之间的友谊。我的眼泪悄然地落了下来。

● 语丝

友谊是一种温静与沉着的爱,为理智所引导,习惯所结成,从长久的认识与共同的契合而产生,没有嫉妒,也没有恐惧。

——荷麦

超越时间

○3月18日　○星期日　○心情和天气:小雨淅沥

有人说:什么都会被时间遗忘,但那几个数字可以超越时间。

——题记

还没有从失败的围墙中走出来,还没有等到我想要的春暖花开,18岁的生日在不知不觉中到来,在这乍暖还寒的北国春天。

7点,我像往常一样起来,舍友们正酣睡得甜。高三复读的日子很辛苦,我一再这样鼓励自己,念书再累也不能先累垮了身体,一定要好好休息,可到了休息日想睡却怎么也睡不着,索性起来看看书。

清脆的铃声响起,毋庸置疑,一定是爸妈打来的。也只有他们才会记得在第一时间祝福自己的女儿。遵从了妈妈的嘱咐,去食堂买了鸡蛋和面条,却始终嚼不出记忆中的味道。

　　曾记得孩童时，每当生日来临，妈妈总是变戏法般拿出新衣服新鞋，将我打扮得花枝招展。没有过多华丽的言语，妈妈只是默默地将祝福浸润在这鸡蛋长寿面和慈祥的笑容中。爸爸则递过一本新书一支笔，语重心长地叮嘱："孩子，生日快乐。又大一岁了，要更懂事，要好好读书……"稚气的弟弟也像大人一般，从口袋里掏出黏糊糊的糖，一本正经地说："祝姐姐生日快乐！"童年时的这一天，天格外地蓝，阳光分外地明媚。所有的自由开始舒展，所有的糖果为我开放…….

　　回过神时，面条都凉透了。青梅竹马的海曜来为我庆祝。这些年，他的陪伴让我有种归属感。"丫头，中午请你吃你最爱的水煮鱼。"他微笑着。我期待他再说点什么，可是他没有。我点点头，心头闪过一丝的失落。唉！这么多年了，他还是学不会浪漫，像妈妈一样，永远盯着油盐酱醋茶不放。也许是我苛求的太多，也许这种平淡就是最原始最真实的浪漫吧。

　　10点了，舍友们一个个极不情愿地从被窝里探出脑袋，随后又各自翻开书本，开始了又一天的复读生活。没有人记得我的生日，其实我也一样记不得她们的。不是真的在乎，谁又能记得住呢？何况一直以来我过的都是阴历的生日。

　　吃完了水煮鱼，海曜说不打扰我读书就走了，剩我一个人啃着干巴巴的数学。其实这样也好，我平素就喜欢安静。这样安安静静地过着生日，这样安安静静地回顾着童年的天真无虑，这样安安静静地思念着爸妈，这样安安静静地感伤着白驹过隙的人生，这样安安静静地享受着难得的安宁，这样安安静静地简简单单地一个人惬意着。

　　临近中午，收到了晔哥的祝福，我的心暖暖的。其实晔哥仅是我高一时的同学，因为年长，因为淳朴善良，被班上大多数人尊为大哥。文理分科后就很少见到过他，可这两年来，他送我的生日祝福没有一年落下过。那是怎样的一种感动，我难以用言语来形容。在我眼里只有两个称得上是好男人，一个是爸爸，另一个就是晔哥。

　　晚上收到猫咪为我写的诗，惊喜和感动扑面而来。一直以来都很喜欢猫咪浪漫唯美的诗歌，只可惜我没有天赋，写不出只言片语，唯有羡慕和欣赏。真的十分感谢猫咪。她的诗，她的祝福，是我最称心，最喜欢的生日礼物。

　　任思绪漫无边际地畅游了一番，回到原点，我在日记本里记下了一行字：尘世间，谁会一如既往地记得你生日？你又会一如既往地记得谁的生日？其实就是几个数字，想想属于你的那几个数字会被一些人记住几年十几年甚至几十年，就会觉得幸福。有人说：什么都会被时间遗忘，但那几个数字可以超越时间。

该等到的都等到了，该满足的都满足了，我该安心睡了。

● 语丝

几乎所有的人都在追逐着人生的幸福。然而，我们常常看到的风景是：一个人总在仰望和羡慕着别人的幸福，一回头，却发现自己正被别人仰望和羡慕。其实，每个人都是幸福的。只是，你的幸福，常常在别人眼里。

梦　想

○6月14日　○星期六　○心情和天气：晴空万里

我喜欢和她们在一起，总有一种隐隐的豪情，好像总想向生命争夺一些什么来。

"在这一生里，好想走一趟西藏，看看神秘的高原。"

"好想交一些朋友，那种肝胆相照，能为你生，为你死的朋友，最好像萧峰那样的，去西藏，去拉萨，去雅鲁藏布江，一路走下去。假如身边的朋友是男的，他能在寒风来袭的时候为你阻挡，用他宽阔的大掌托着你骑在马背上；如果身边的朋友是女的，她会绽放最美丽的笑容，一串串银铃般的笑声，在高原广阔的天空回荡。"

"我要去孔庙，看看孔老夫子，唉，那位老先生不知道吃了多少女人的亏才会说下那句千古名言——唯女子与小人难养也！"

听了她的话，她们开始笑起来，声音里藏着一些轻微的叹息。是啊，她们每个人的梦里都有一个想去的地方，然而，那样的梦什么时候才会成真呢？那样的豪情什么时候才能崭露出来呢？

于是，只有在课间的时候，聚在一起，玩一些小小的游戏或发表一些突发的奇想，在有限的时间里，只能偶尔与生命做一些小小的争夺。也许是空旷的雪山，也许是传说中的名胜，也许是一处无人的海边，能偶尔去走上一回，去看上一眼，偶尔在一个她们这个年纪应该享有却无暇享有的梦里稍做流连。

深夜，我合上作业簿，开始把大家的梦想画在画布上，在涂抹之间，想象万里之外那繁星下的高原，心里有烈火在烧。

生命是多彩的，我同样向往那天高云淡的地方，粗犷、豪迈、爽朗还有那稀薄的空气中透露的微凉。

我不一定在那里安家，但我可以感受如丝般轻缠的空灵，像无根的树叶飘走了，又飘回来。

我愿意相信我的朋友，也相信今夜，这个有淡淡月光的晚上，我把梦画留在了画布上，就是留在了我那些还是空白的人生里。也许在多年以后的回想中，都成为生命中最深的折痕。

● 语丝

曾记得月下花丛中，小河石桥边，我们有时喁喁细语，有时高谈阔论，灿烂的前程使我们神往，浪漫的色彩让我们陶醉，未来成为梦一般的意境。

作 业 啊

○6月12日　○星期四　○心情和天气：小雨绵绵

天又黑了，我在灯下写着作业。这道该死的几何题已经让我整整花费了20分钟，演算了4张草纸，我为什么要把美好的青春浪费在这枯燥的几何题上？

今天在学校听阿乐说写数学作业都写到流泪，我以为是夸张的戏剧描写，结果今天晚上，真是……从7点半写到10点，每页还各有几道大题空着……嗯，写到无奈和手软，莫名地悲哀了一阵子。呼呼，打起精神来写英语阅读。上次考试的英语阅读错了5道题，小穆只错了1道，差距啊，什么时候英语才能上平均分，嗯，嗯，还好像很遥远……继续做阅读……最终还是没有坚持下来，做了1篇之后就提不起笔了，好累。

我常常搞不懂，老师为什么要留这么多，这么多的作业，而且数量和质量上还都这么高。他们是不是认为，我们做完了这些作业，素质和能力也能变得那么高？这是个值得思考的问题。

老师说:"今天的付出,是为了明天的美满和幸福。"

这话我信,但不代表我能在短短的两个半小时内做完4张卷子、7道几何题和5篇英语阅读。

事实上,学习是件快乐的事,可我现在快乐不起来啊。被繁重的课业和作业压得喘不过气来呢!赌气地把作业推到一边,反正也写不完,趴在床上挺尸。

妈妈端着一盘水果进来,把水果放在我的写字台上。看我在床上动也不动,就坐在我身边,握住我的手,轻轻地揉了揉我有些薄茧的手指。

莫名地,我感到一股委屈,把大脑袋挤进妈妈温暖的怀里。

"累了?"妈妈轻轻地问。

"嗯!"憋憋屈屈的声音。

"要不放松一下,去看会电视?"妈妈建议。

"老师明天要检查作业!"大脑袋在妈妈的怀里直晃。

"那——吃点水果吧!"妈妈又建议。

"我要吃草莓。"我闷闷地提出要求。

妈妈叹气,从果盘里拣出最大的一颗放在我嘴边,我大嘴一张就吞下去了。

"你这孩子,吃什么都这么急,又没人跟你抢。"妈妈细声地数落着,又拣起另一颗放到我嘴边。我又啊呜一口吃掉。

妈妈又叹气,用另一只手轻轻抚摸我的头:"作业太多了?"

"嗯!又多又难。"

"实在写不出来就别写了,明天去问老师吧!"

"不行,写不完作业要找家长。"

"大不了妈去挨骂呗,也别累坏我家宝贝呀!"

"我不要,这么大了还被找家长多丢人,我还要不要在同学间混了。"

"呦——小小年纪还挺要面子呢?"

"那当然,我是副班长!"

"那伟大的副班长干吗还赖着撒娇?"

"谁撒娇了,人家要写作业。"

"不是作业太多写不完吗?"

"写不完也得写,多写1道是1道,实在写不完,就让老师找你喽！"

"好吧，你多写点，我也能少被你们老师骂几句，你写作业吧，妈妈出去了。"

"嗯！"

妈妈出去了，我一骨碌从床上爬起来，虽然嘴里说大不了找家长，但我们这么大的学生，谁乐意让老师没事找家长"谈心"啊。

那次我们班主任找阿严的家长"谈心"，隔天阿严的脸上就有明显的"五爪印"，分明是家庭暴力产物，可谁又能说什么呢？谁叫分是学生的命根呢！

相对于阿严家长的粗暴，妈妈爸爸的善解人意已经让我很安慰了。

唉——不想那些了，我还得做英语阅读呢。

人家都说我们现在是长身体的时候，缺乏睡眠会长不高，若是我长不高可不可以怪给留太多作业的老师？

● 语丝

生活的节奏逐步在加快。人人都有一种危机感，感觉生活很累！怎么办？是逃离？是面对？还是找一种解脱的办法？我们向往世外桃源，并不是逃避现实，只是希望寻找一块能给自己心灵减轻负担的净土，一种方式，一种有益的活动。

双子座的我

○11月8日 ○星期二 ○心情和天气：阳光灿烂

双子座，具有热情和冷静的双重性格，有多方面的兴趣和爱好，喜欢变化的生活，有艺术家的头脑，能言善辩，机智，能随机应变。

——题记

我是典型的双子座，双重性格，爱好广泛，机智，能言善辩，喜欢写些七七八八的文字，自己看着哭，或者笑。有时候找几本好书自己看，然后介绍给朋友看，大家一起哭或者笑。像我这样的女孩注定是有很多朋友的，我每次这么臭屁地显摆。我的那些狐朋狗友就会BS我。

今天，无意中看杂志上一道测试题，说可以找5个和你要好的朋友向他们提问，"和我做朋友，你开心吗？"如果回答"不"，他们就是你的好朋友。我对这道题的说法感到奇怪，为啥回答"不"的就是好朋友呢？否定的否定就是肯定吗？挺深奥。老师说，实践是检验一切的唯一标准，所以我就拿这个问题挨个骚扰我的朋友。

凡天：开心？拉倒吧，就你那忽冷忽热的个性，要不是哥们身体强健、意志坚定，早就让你忽悠感冒了。还开心呢，和你做朋友，LZ不开心。

（我那明明是热情和冷静，怎么就成了忽冷忽热了，困惑ing，但凡天确实是我的好朋友呢，他回答"不"了。）

小A：没啥开不开心的，反正我也没选择，谁叫我是你前桌。（做苦大仇深状）

（合着跟我做朋友还是无奈的选择？）

沫沫：乖，一边呆着去，姐姐做题呢。（跟几何题纠缠中，没空理我）

（被无视了，呜呜，"坏银"）

歪歪：开心，（斩钉截铁状）怎么会不开心（提出反问）？呵呵（诌媚状），小沙，你上次借给我的漫画书能不能多借给我几天……

（……我说咋回的这么顺，根本就是有求于我！）

格格巫：开心，小沙是我最好的朋友，和小沙做朋友我最开心了，当然，我是指如果小沙不是那么善变，不是总抢我的零食，不是开心就拉着我狂笑，不开心就哭湿我的手绢还不给我洗，不是吧啦吧啦……吧啦吧啦……

（我还真不知道我就是她嘴里那种很BT的人）

我又问了几个我觉得和我很要好的朋友，结果答案千奇百怪，很少有正面作答的。我果然是很神经质的人，据说近墨者黑，我结交的朋友大概也和我一样神经质。唉！

我知道我是一个有很多缺点的人，可是我的朋友还是很多，他们容忍我的缺点和不完美。我觉得他们是我的朋友，尽管他们对于问题的回答千差万别，但是，是不是我的朋友，不是杂志上随便的一道测试题能给出答案的。

我花时间去做这件看似没有意义的事，其实是想和我的朋友交流。学习繁忙，课业繁重，我们的生活有时索然无味，而我，希望在我问他们问题时，让他们紧绷的神经有一刻松弛，换得一刻喘息。不知道他们能不能理解我的良苦用心。

沫沫：小沙，沙沙，乖，刚刚你问姐姐什么来着？（这个反射弧总是比别人长的女人！）

●语丝

没有人能说清你到底是什么，但几乎每个人的心里都有你的倩影，在高山流水的琴影上，在执手送别的泪眼中，在久待病榻的问候里，在操场课间的闲聊时，在大千世界的每一个角落，我们都能感受到你，你的名字叫友情。

我是差生我怕谁

○3月3日 ○星期二 ○心情和天气：有冷空气经过

是鸟又怎么样？只要不飞翔，如我一般懒惰，也就只能算是只驼鸟。

——题记

"曾经有一段珍贵的时光摆在我的面前我没有珍惜，直到失去之后才后悔莫及。人世间最痛苦的事莫过于此，如果上天再给我一次机会的话，我一定要努力学习！"听！同桌又在信誓旦旦地给自己打气了，可每次都是放弃比打气快。是呀，高三了，是应该"好好学习，天天向上"了。但我真的能够"好好学习"吗？我可是西伯利亚的贫民窟的垃圾场的学习难民呀！这儿地理位置显赫，是老师上课关注的"焦点"。

"啊……后面的同学注意听讲了！都高三的学生了，怎么搞得？"听！英语老师又用她的超分贝来提醒"难民"们上课不要走神了。可这是控制不了的，如果控制得了，那就不叫"走神"了。固然，我们是高三的学生，却依然甩不掉以前的些许叛逆，些许颓废。当我们看到学校门外张贴出的一个个金榜题名的师哥师姐们的名字时，心里向往着，嘴里却依然违心地说出一些不屑一顾的话。难道……我们真的麻木了吗？我们心里郁闷，老师却说我们愚昧；我们不热爱学习，只热爱打电子游戏；我们会上网，学习却上不了"网"；我们把韩寒视为偶像，却没有他那反对现行教育的力量。

我们表面上很洒脱、平静，其实内心是那样地躁动不安；我们可以在下课时滔滔不绝、口若悬河，在上课时却只能沉默寡言、缄口不言；我们说："我是差生，我怕谁?"其实呢，是谁都怕！怕学习，怕老师，怕家长……思想越复杂，痛苦的浓度就越深，而我们在思考怎样将思想变得简单的同时思想就更加复杂了，所以注定是痛苦的。

我不知道是不是每一个高三生都如我一般。可我知道，每一个高三生的心情都和我一样，害怕失败。我从没有试过去了解谁，也从没想过要让谁去了解我，因为我知道，完全了解一个人是一种痛苦，被一个人完全了解了同样也是一大悲事。

但我还是清楚地知道，所有高三生的心情都如我一般，正害怕着失败。

是鸟又怎么样?

只要不飞翔，如我一般懒惰，也就只能算是只驼鸟。

18岁，年青中可以透望苍老的年龄。死一般地活着，一张张麻木的面孔在校园内穿行。看到这一幕时，总感觉自己进入了一个陌生的世界，一个陆离光奇的世界。

是谁说高三累，高三苦?

进入高三后我才真正地读懂了高三。

其实，不累，真的，尤其是像我这样的差生。

如果说累，那也不是题海压成的，只不过是成天喊着"高三累!"

喊多了嘛，嘴累!

这也就算是面部运动过量吧。

如果心情不好也算伤，那我就找到了逃学的理由。

我要去疗伤，在青青草地上，用阳光，用清风来治疗我心情的伤。

我们是高三的学生，却依然生活在"高二"；我们失望的是对未来没有什么希望，希望的是未来少给我们一些失望；我们就是这样漫无目的地走自己的路，我们就是这样毫无意义地胡思乱想。

高三的日子，不好过；高三差生的日子，更不好过……

● 语丝

一鸣惊人的人，肯定会默默无闻过一段相当长的时期；豁然开朗的境界，必然经过一段幽暗狭窄的过程。这之间，最重要的是坚持。

前桌的你

○10月12日　○星期三　○心情和天气：有多云在飘走

14岁的生日在紧张繁忙的学业中悄然地过去了。

不知道是因为我开始长大了，还是这个年龄段的女孩子都有很敏感的心思，我开始多愁善感起来。常常中午到学校外面那个摆着很多小商品摊子的"小花园"里，找个石凳子安静地坐上一会。坐着的时候，思绪就天马行空地想象起来，想着学习，想着生活，想着我喜欢的那个男生，想着……哎，最烦心的就是前桌那个赖皮赖脸的男生罗小枫。他为什么就那么不让人省心呢。想着想着……不想了。

每天坐在石凳子上想，想，想的，最后想到罗小枫，一切思绪就"嘎蹦"一下断裂了，头疼啊头疼，回去努力背诵英语课文吧，下午还要提问的。

刚坐到座位上，罗小枫笑嘻嘻地大脑袋180度地转了过来。

"哟，陈宸，又做思考者去了，这两天看你心情很烦躁哟！"

他故意学着港台腔摇晃着大脑袋在我面前唾液横飞。

"这样吧，我给你来一段我的经典名唱'快使用双截棍，哼哼哈嘿！'"

我没忍住，"扑哧"一下就笑了。

虽然人称"小疯"的他总是什么问题不会都来问我，什么东西丢了都朝我借，给他讲完问题挠着大脑袋还是不会，东西借完了大部分居然有去无回，这些事情让我十分懊恼。但我承认，在我不开心的时候，他在我这切实地充当了一个开心果的角色。

其实罗小枫的脑袋也不是很大，只是那对招风耳有点特别。但是好像谁说过，耳朵大是有福的。认真地看他的脸，如果唱《双截棍》的周杰伦算帅的话，那他比周杰伦还周杰伦呢。只是他有个很奇怪的习惯，夏天很热很热，他还穿着长袖的校服。别人问过他，说小疯你不热呀，我也在后面支着耳朵听，只看见他大脑袋晃晃地，然后说："你也穿穿看，就知道热不热了，嘿嘿。"

我知道他是热的，总是看见他脖颈出很多汗。

有一次我忍不住了，把手绢递给他，让他擦擦。罗小枫竟然一反平日笑嘻嘻的样子，很憨厚地对我笑了一下，说："回去我洗了再还你。"

我忙摆了摆手，"不用啦，你借我东西什么时候还过呀，都习惯了。"

其实我还是有些在意别人用过我东西的。

罗小枫又憨厚地笑了一下。这与平日天差地远的一笑让我又思考了一中午。

想起前几日放学忘了拿语文课本，又返回教室，不小心听到的一段对话：

"你喜欢她？不是吧？大哥！她长那样你喜欢她！"

寂静了半天，一个笑声轻轻地响起，那个声音很憨厚。"她认真学习的样子，很美。"

"傻笑什么啊，不愧是小疯！"

谁知道那一笑过后，我竟然再没看见过罗小枫。

听说他这几天都请假。

班上的人开始窃窃地议论，有的说，他父母离婚了；有的说，其实他爸妈一吵架就拿他出气；有的说，他父母是进城打工的民工，这次家里的变故让他成了一个"拖油瓶"，谁都不要他了，他那个农村的奶奶可养活不起他，他必须辍学了。

尽管一开始我半信半疑，但是想起他那从不乱花钱的性格，他那常年遮着胳膊的长袖校服，想起他嬉皮笑脸的背后偶尔会流露出的一丝落寞眼神，我的心竟然开始微微地疼痛。

最后班上的议论全部中的，罗小枫真的辍学了。

他来办辍学手续的那天，校园广播里正放着一首校园名曲——《同桌的你》。

忧郁带些伤感的歌声在空寂的操场上回荡着。

彼时坐在小花园的我也听到了那首在操场不断回响的歌。

回到教室以后，罗小枫的同桌把我拉到了走廊人少的地方，塞给我一个包装很精美的小盒子。

他忽略我诧异的眼神，认真地一字一句地说："现在，陈宸，我把小枫让我转达的话一字不差地转述给你，这是小枫留给你的：'我要当兵去了，虽然我没能完成学业，但有句话很想对你说，那就是对不起。

，”

小枫的同桌叹了口气，“其实我也该对你说声对不起，平时学习上，你很照顾我俩，我俩不该偷看你的日记，他走的时候，我到校园广播员那求了半天，硬在午休的时候放了好几遍《同桌的你》，毕竟我俩这一年半的同桌不是白当的，哥们儿感情……”他顿了顿，眼眶里朦胧了一层雾气，“哥们儿感情不是白处的！他家的事我一直都知道，但我帮不了他。他只有跟你开玩笑的时候才开心许多。他说这首《同桌的你》，应该改成《后桌的你》，送给你……”

我轻轻地剥开那层华丽的包装纸，盒子里面安静地躺着一个小泰迪熊。

“我俩不该偷看你的日记……”

“为什么我的学习成绩总是上不去，总是在班里排第二呢，我一定要多买参考书，努力学习，不过看来小花园的那个泰迪熊是买不上了……”

盒子里放着一块崭新的有着香水味道的韩国橡皮。

“陈宸，借我橡皮用用呗。”

“就剩半块了啊，这可是我最最喜欢的韩国香水橡皮，你要省着用啊。”我第 N 次苦口婆心地告诫罗小枫。

“不好了！陈宸，橡皮被我弄没了。”罗小枫苦着脸，“我就放桌上了。”

“你！”我恨得牙痒痒地，一天没理他。罗小枫的脸也苦了一天。

盒子里放着一条粉色的丝带和一根有卡通图案的铅笔。

“哎，哎，哎，其实陈宸你啊，把头发用丝带扎起来才漂亮哟，可惜这头长发了，松松散散的，好像……”

“好像什么？”罗小枫的同桌好奇地问。

“好像……”罗小枫龇了一下牙，双手前伸，手指弯曲，做欲前扑状。“好像《射雕英雄传》里的梅——超——风啊！”

“闭嘴！不说话没人拿你俩当哑巴。”我横眉冷对。

“哈哈，鲁迅，”罗小枫乐得上气不接下气，“鲁迅爷爷说，横眉冷对千夫指……”

我又丢过去一根铅笔，又如泥牛入海，肉包打狗，有去无回。

“啊！我的卡通铅笔啊！”

盒子的最底下，安静地躺着一方手帕。

罗小枫憨厚地一笑，"我会还你的。"

我的同桌教育罗小枫，"小疯啊，你发音准点好不好，我的同桌'陈、宸'，都是二声，你怎么第一个字是二声调，第二个字就没声调了呢。"

"我没说错啊，宸宸啊！"

我捧着盒子静静地站在走廊的一角。

罗小枫的同桌不知道什么时候已经不在了。

上课的铃声开始响起。

我甩了甩长发，娴熟地把头发用粉色丝带拢住。

嘴角扬起一个弧度，手捧礼盒抬头挺胸地走进了教室。

你从前总是很小心，

问我借半块橡皮；

你也曾无意中说起，

喜欢跟我在一起；

那时候天总是很蓝，

日子总过得太慢；

……

● 语丝

纯洁干净的心灵，美好纯真的友情永远是生命中的怀念和幸福！

减　肥

○6月14日 ○星期一 ○心情和天气：晴朗

"17岁的夏天。她家后面的那条巷子。他靠在墙上等她。

女孩穿着白色的纯棉布裙，细细的腰带上缀着漂亮的刺绣蕾丝。浓密漆黑的长发，直垂到腰际。海藻般的柔软和松散。男孩冲她微笑，雪白的牙齿在阳光下闪闪发亮……"

"笃笃笃！"一只手力度稍重地在桌子上扣了几下，打断了我的思路。

我猛地抬起头来，脑门冷汗直流。

"杨欢同学，下课来我办公室一趟。"

老师留给我一个背影。

我唉叹一声……

这是第几次，第几次自己上课在那写小说写到忘乎所以了！

下课后，我勇敢地奔赴战场——老师的办公室。

然后像每次那样红着鼻子回到了自己的座位。

我用一只手捂着脸，努力地让眼泪不要流出来。

我长得很平凡，考试成绩总也上不去。唯一的优点是作文写得好。可是老师说，杨欢同学，作文写得好，得过奖是很好，但是能当饭吃吗，你看看你其他科目糟糕的成绩！回去反省一下，不要拖班级的后腿。有吃饭的工夫多用在学习上吧。

也曾听见有外班的同学在远处指着我说，看，她就是那个"杨玉环"吧。

我更加自卑。

多梦的年龄，周围的女孩子，都像花一样开始绽放。我也开始注意自己的仪表，在乎男孩子若有若无的目光。

有好多次，我中午没吃饭。即使饿得难以挨到上晚自习，也要偷偷地把午饭钱节省一些下来，去买很漂亮的饰品，希望能让自己美丽些。

可是每每照着镜子，看着腰间的游泳圈，媲美别人小腿粗的胳膊，衣服被撑得变形的样子，我的自卑感就抑制不住地上涌。

我上课时偷偷地写小说，里面的女孩子都有纤细的腰身，美丽的长发。幻想着那就是我……

老师无情的话语在耳边回荡，同学的议论在脑中回响。

眼泪终于控制不住地坠落下来。

一方洁净的手帕递了过来，同时递过来的还有同桌李楠关怀的目光。

我暗暗地发誓，我一定要减肥。不能因为肥胖就被老师看不起，不能因为学习成绩上不去就让人更加轻视，我一定要双赢！

我开始不再写那些虚无的小说，开始虚心地向同桌请教，半夜的台灯下常常晃动着我忙碌学习而拉长的影子。

我开始徒步上下学，早晨起来晨跑半个小时，饮食做到合理分配。

也有想放弃的时候。减肥是一个痛苦的过程，是常人所不能想象的。即使在饿肚子攒钱那一阵子，都没有任何体重下降的迹象。

但是想到李楠关怀的目光，鼓励的话语，信心又开始一节节地涨了回去。

看着老师欣慰的眼神和同学们眼中的惊诧，我知道我成功了！

拍毕业照的那一天，天空蓝蓝的，阳光下，七彩光披在我们的肩膀上。时间就定格在了那一瞬间。我笑得灿烂，长发飞扬。

其实仔细地看，我的眼睛还瞄着前排的李楠呢。

我有句话很想对他说，不，是有很多话要对他说。

他给予我的学习上的帮助，给予我的精神上的鼓励，还有我对他那朦胧的向往……但是急什么呢，我已经和学习成绩优异的他考到同一所大学了。

我不再痴迷于虚无的世界，也不再相信前方的路上没有驿站，只要勇敢地向前走去，就会有一段难忘的回忆永远伴随着自己。

生命在不断地延伸，而我们，却依然年轻！

● 语丝

一个人不管是胖还是瘦，活出自我的精彩便拥有了幸福与快乐！

青春的骄傲

○8月10日　○星期六　○心情和天气：微风

其实，我从骨子里了解他，在他内心深处是不愿失去我这个朋友的，正像我不愿意失去他一样。

——题记

高三的一场球赛后，我们不再往来。原因很简单，那场球赛是打给女生看的，我喜欢上一个女生，那是青春对美好的向往。所以组织了一场球赛，让好友小木领着另一队，原是绿叶衬红花的意思，毫无悬念可言。

可世事难料，血气方刚兼势均力敌，我们都忘了最开始的目的，热血驱使着身体，拼命地撒欢，结果我这一队输了，光辉形象没立成。羞愤难当之下，我认为小木是故意的，小木当然不肯承认，当场打了一架，鼻青脸肿，自此不相往来。

说不相往来是夸张了，同一个班级，抬头不见低头见的。只不过私下里不再说话。只是这样的日子过得稍微长了一点，开始觉得无聊，想念起对方的好来，都觉得那不过是一场误会。

可是青春年少都张扬，那些感情热烈、明亮、锋芒毕露，不懂得收敛与相互容纳，不肯伏输，也羞于低头。就算有心关注，有心找话题回转局面，明明想好了话语，字斟句酌，那话在肚子里转了几转，出来依旧是冷言冷语；就算好意帮个忙，对方看来那分明是在笑话自己，反而越来越针尖儿对麦芒儿，从小裂缝变成了大鸿沟。

时间就这么流转，光阴如书页刷刷地翻过，"毕业"这个词在某个时辰真实地砸过来，让你记住那些欢声笑语，汗水泪水。在毕业晚会里哭过，笑过，拥抱过后，风去云散。

第二天去教室收拾用品，发现小木的东西已经不在了，人早走了，我暗想，就算友情一去不复返，道个别说个再见不行吗？然后又有些暗自得意，庆幸自己早一步在小木的铅笔盒里塞了一封八百年前就想给他的信，当然，不可能是道歉信，绝对不可能，只不过是一个联系方式罢了，开头一句是：睡在我上铺的兄弟。我开始收拾本子和书，从书中掉出一张照片。照片上，两个人衣裳凌乱，头发凌乱，扭成一团。照片反面歪歪扭扭写着：两只小狗，还有个联系方式。眉眼开始弯起，那破字，谁认不出来？把照片放进口袋，微微地笑。

或许我们还会相遇，把酒言欢，互相扯皮；或许我们会越来越远，难得会晤，畅言平生，然而我们都会珍惜这份感情，记得你曾在军训时睡在我上铺，我睡在你下铺，记得我和你打过架，记得青春年少的我们就是两只骄傲的小狗，因为打架，而骄傲地互不理睬，各走一边——其实在转弯的时候我在偷偷看你。

● 语丝

我在春天种下一粒友谊，在秋天却找不到了。原来，它已经长成果实随着风飞走了！

我爱足球

○10月7日 ○星期六 ○心情和天气：晴

只要不甘心，下次你就不会再输。

——题记

足球是我最喜欢的运动，那些奔跑、配合、拼抢、进攻、防守总让我热血沸腾。毫无疑问足球运动让我沉迷不已。

在我很小的时候，我和邻居家的小孩一起踢足球，后来我参加了校队，在一场一场的比赛中磨砺。我人生的第一个奖状就是我带领班队取得校际年级比赛的第一名。随着我在校队里的成绩越来越好，我也变得越来越在乎输赢。赢球时，我会欢呼，会狂奔、会觉得豪气冲天，面对对手，只有两个字——拿下。输球时，我会怒骂、会摔东西、会沮丧、会忿忿不平。胜败被我看得很重、很重，我失去了最初踢球时的平和心态，足球成了我追求荣誉的工具。我的心在输赢间波荡，回不到最初。

后来，无意间看了一部叫《足球小将》的动画片，那里的主人公大空翼是一个把足球当做朋友的人。那句：足球是朋友啊！把我从迷惘中惊醒。

足球，从我很小的时候开始，就陪在我身边，伴随我成长，给我快乐，而当我将全部心力用在输赢上时，快乐就离我越来越远了。

踢球，不是为了输赢，是为了和朋友一起战斗，是为了快乐。

今天，又踢了一场球，结果输掉了。好多队员都很沮丧，因为我们付出太多，也就变得输不起，而我，只是和我的朋友坐在休息凳上。

并非无动于衷，而是更多地不甘心。明明我们做得很好，无论进攻、防守还是配合，当然，对手做的也不错。

而最后点球上的射失，不得不承认有些运气的原因了。

比赛最终要有胜负，是足球的决绝，也是它的魅力，今天的比赛无论过程如何，最终是我们输掉了。

输，就意味着不甘心，就意味着失去机会，就意味着卷土重来，就意味着要付出更多的时间和精力。小志强（《足球小将》中的人物）说："只要不甘心，下次你就不会再输。"

我相信，我一定会和我的朋友、队友共同努力，在下一场比赛到来时，将对手拿下。

● 语丝

世上没有真正的输，也没有绝对的赢。赢中有输，输中有赢。已输时，要"输得起"、"不服输"，输它个潇洒痛快；想赢时，要"赢得了"、"赢一生",赢它个惊天动地。

一缕阳光

○9月4日　○星期五　○心情和天气：万里无云

在平凡的人生里竟然有着极丰盈的美,取之不尽,用之不竭,我的心中常常因此而充满了感动和感谢。

——题记

我认字是极早的,在别人家的孩子还在追猫逗狗时,我已经开始看很多很多的书了。那时候,有个远房的叔叔开了家书屋,每到假期,我都去他家借些书回来,然后没日没夜地看,一个假期也就那么过了。

爸爸妈妈对我在放假时不乱跑,是很开心的,可又时常忧心,觉得我没有其他孩子的活泼,很是矛盾。

我沉浸在书的世界中不能自拔,以前很钟爱的电视节目都被我抛到脑后。于是,我渐渐认识了司马迁、司马相如、李白、苏轼、柳永、萧峰、段誉、令狐冲、东方不败、陆小凤、李寻欢、张小凡、哈利波·特等等。

于是,常常是一个假期回来,别的同学纷纷吹嘘到哪里哪里去玩,我便吹嘘我又看了多少多少的书。

后来,那个我常去借书的亲戚不再开书屋,我却已经离不开书了,电视里那些没营养的节目勾不起我丝毫的兴趣,于是去图书馆办了张卡,我假期就在图书馆里度过了。

我最常去的是图书馆的二楼,那里有一个角落,总是有微微的阳光,我坐在那里静静地看着我挑来的书,偶尔看到美妙的句子就记在带来的小本子上。图书馆宁静的氛围和充满书香的气息让我很放松,我享受着这种温馨的文化的感觉。

网络的发展带给我们太多的便捷,在我的同学和朋友纷纷沉迷于网络游戏、QQ聊天、影视剧集时,我也曾经沉迷了一段时间。但是,渐渐地我发现,网络里的东西即时性太强,很多东西,看过了就是看过了,却没有在脑袋里留下痕迹。即使是在网上看书,也因为缺乏了实质的感觉而觉得不真实。

虚拟的世界也许美好,可是终究不是我的钟爱。

图书馆里，我的专属角落，已经被一个戴眼镜的男孩长期占据，我便挑了一张与那个角落隔着两张桌子的靠窗的座位，有时候看书累了，就抬起头，看看那个曾经属于我的角落。有时候不经意就能看到男孩捧着书一会哭、一会笑、一会奋笔疾书，一如当初的我。

那个总有着一缕阳光的角落已经换了主人呢！

● 语丝

安静地将尘世的纷繁与复杂，幻化成天空中的云淡风轻，生活就这样繁琐却又温馨地继续着。

学校那段美丽的日子

○10月2日　○星期一　○心情和天气：雨

看着车窗外的雨，突然让我想起了在学校里的日子。那是一段美好的日子，快乐的时光。

记得当时刚搬进寝室，因为是新生所以对别人都是陌生的。到外地读书其实是我所盼望的，但是周围的事物都让我觉得自己是格格不入，妈妈帮我整理好东西之后就回去了。送走妈妈我才知道自己是孤单的，我很无助，心里很乱不知道该怎么办。我从没离开过父母生活，所以我觉得自己很孤独，从没那么安静地坐在角落，默默地看着天空，记得当时就差点哭出来。同屋的室友看我情绪不对，马上把新买的菠萝切给我吃，其他人慌忙地找来手帕递给我，我的眼泪还是忍不住地落了下去，不是因为寂寞得想哭，而是被室友们的友好行为感动得想哭。那一瞬间，我竟轻松地放下了心里的包袱，只因一块菠萝，一方手帕。所以短短的一个星期我就跟她们打成一片，都成了姐妹党了。我开始学会自己一个人生活，不再靠父母，我也能快乐地成长了。

在学校里课间10分钟有同学们的欢歌笑语，有同学们的陪伴，总觉得时间不够，太短了。上课有老师们丰富生动的讲课，有老师们活跃课堂的问答题，即使有45分钟也一会就过去了，一天的生活也就这样在平淡而又充实的上下课中度过了。

想起同学们的好，同学们的关心与帮助，念到老师们的关心与照顾，我就感到一阵阵温馨的情感在胸口涌动。学校里的那段日子是快乐的、是充实的、是笑脸常在的。多姿多彩的学校生活，犹如一碗五味汤，包含着我们的欢笑、忧愁。同时也在我们的人生史册上留下了难忘的一页。晚上宿舍话聊的时间越来越长，但主题是永恒的——以后我想做什么。我们再也不会埋怨谁打扰谁，都洗耳恭听。儿时那充满稚气的理想被我们翻出来，在一片哈哈大笑声中被认可和祝福。我们发现我们又长大了，不再是稚气的孩子，自觉回到现实生活中去，开始思考人生的岔口应该怎么走；不再浪费光阴而落后，或彷徨犹豫，而是坚定地抉择。

爱默声说："这个世界已不再是它的工人手中的一块黏土，而是他们手中的一块铁，人们不得不用力锤打，为自己凿出一块地方来。"

靠近比赛的终点，谁都想超越他人。

毕业了，学校里的那段快乐的时光将成为我人生中最精彩、最美好的回忆的一部分。既然它已过去，我就用这样的方式写进日记里，写进自己的记忆深处吧！

● 语丝

青春，因为简单而有冲劲，方显得精彩；友谊，因为亲密而单纯，才弥足珍贵！

做 饭 记

○11月13日　○星期日　○心情和天气：阳光灿烂

老爹老妈出差，我叫了几个死党来家happy，疯闹了一个上午。

中午，大家都饿了，为尽地主之谊，我施展了前无古人、后无来者、空前绝后、举世无双的煮面神功。在见识到我的神功后，狐狸代表大家宣布：晚餐，坚决不吃我煮的面了，声称我有毒害祖国未来花骨朵的嫌疑，一点也不给抱着烫伤的爪子呼呼的我留面子。

可可提议晚餐我们自己做，六票全部通过。

鉴于家里的材料有限，我们一行六人浩浩荡荡向超市进发。

超市中……

豆丁这孩子，死乞白赖非要吃糖醋排骨，水星惯孩子，还真买了二斤排骨。

可可秉承一贯的朴实作风，丢了两个西红柿到购物车里，说要做难度系数低点的柿子炒鸡蛋，被我和小歪鄙视一番后，又捡了几个说是要做饭后水果。

小歪到冷鲜区挑了塑封好的宫保鸡丁，还拿了袋速冻水饺。

我则在水煮鱼和香辣肉丝间徘徊不定，水星见不惯我犹豫不决，两样全丢到了购物车里，他说我们有六个人还怕吃不完吗！

选好了我们的晚餐，要结账的时候经过零食区，看到花花绿绿的袋子，豆丁就不肯走了，非要买几袋回去，水星不让，说那是垃圾食品，没营养云云，再说我们自己做的晚餐多么让人期待，你吃多了零食还能吃得进去了吗？

豆丁耍赖，水星就威胁他，不给他做糖醋排骨了。在小食品和糖醋排骨间，豆丁选择了后者。解决了豆丁的问题后，我们结账、回家。

厨房中……

"鸡蛋为什么是黑色的？怎么都和柿子粘在一起了？"

"加水，加水！"

"你听过柿子炒鸡蛋加水啊，那是鸡蛋汤！"

"我说，是不是应该先炒鸡蛋啊。"

"没见识，柿子炒鸡蛋当然先放柿子再放鸡蛋，先放鸡蛋那叫鸡蛋炒柿子！"

"有区别吗？"

……

一番兵荒马乱之后，水星一扭头去我房间在电脑上一阵搜寻了，三十秒后，水星回到厨房："别炒了，柿子炒鸡蛋得先放油！"

啊！

我们呼呼啦啦地从厨房转移到我的卧房，围在电脑前仔细研究水星从网上下的菜谱。

两分钟后，水星继续研究菜谱，我们转战厨房——

"啊，油怎么往外跳？"惨叫ing。

"你得把锅烧干，烧干。狐狸你拿那么大一碗水干啥？我们做的是宫保鸡丁，你见过宫保鸡丁是汤啊！"

"准备灭火。"

......

十分钟后

"先把锅烧干，倒五勺油，啊！倒多了！"

"没事，网上说了水煮鱼吃油！"

"油开了，豆丁放鱼！"

"别怕，刚才是锅没烧干，水的比重比油轻，才会爆油，这回锅烧干才倒的油了，没事！"

"嗞——"

"噢——"豆丁捧着蹄子找水星上药去了。

一个小时后

餐桌上摆了五道菜，样子看起来——不太健全。

柿子炒鸡蛋里的鸡蛋是黑色的，不知道吃了会不会中毒；

香辣肉丝的肉丝有小拇指粗；

宫保鸡丁里有很多汤；

水煮鱼的状态最好，就是没了鱼尾巴；

糖醋排骨的样子很完整，能看出来是排骨。

大家肃穆地看着水星咽下了宫保鸡丁，然后，水星沉默了五秒钟，一脚踹向狐狸："去把盐拿来！"在狐狸手忙脚乱地往宫保鸡丁里倒了几下盐之后，我问了一个大家一直忽略的问题："我们的饭呢？"

忘记做饭了，呜——

还好小歪在超市拿了袋速冻水饺，可是为什么煮好的水饺有一半破了皮？一定是生产厂家偷工减料把皮做薄了，才会在煮的时候破掉！

今天是有意义的一天，通过一天的忙碌我总结出三点教训：

一、饭菜的可口程度与学习成绩无关。水星是我们年级成绩最好的，但他主持制作的糖醋排骨一样让人难以下咽。

二、每道菜的难度系数是不一样的，但难度系数与可口程度是不成正比的。

三、准备吃饭前一定确定有没有做饭。

● 语丝

每一个人在人世间都会有那么小小的一项引以自豪的成就。比如：作家出一本书，音乐家谱一首曲。那么，就让年轻的我们做一道小菜作为见证我们成长的成就吧！

追星一族

○1月14日　○星期四　○心情和天气：微微潮湿

很久很久了，我把它搁置在一旁，压在了箱底。

它是一本日记。

尽管里面并没有记载我生活的点点滴滴，但是当我彷徨、烦恼、孤独，甚或兴奋、拼搏的时候，我都需要把它翻出来看上一看。因为它有一个很好的往事在警醒着我。

那年我14岁。

像其他的女孩子一样，我也有自己喜爱的偶像。只是我对偶像的喜爱比她们更热切，更执著。

我就是一个时尚的追星一族的新新人类！

我的床头挂着周杰伦的巨照；

我的写字台上压着赵薇的倩影；

我的日记里从不记什么学习、规划、生活，而是记满了有关明星的趣闻、轶事，甚至他们的经历和生平……

他们的剪报我贴了厚厚的几大本，茶余饭后经常翻看报纸补充内容，把零花钱都省下来去买明星杂志。

在班级里和同学聊天的时候，我被称为"明星百事通"，只要是关于明星们的事情，没有我不知道的。

渐渐地，我从羡慕他们，到崇拜他们。我认为只有像他们那样轰轰烈烈、辉辉煌煌、潇潇洒洒，才不枉为人生。

为此，我曾抱怨父母为什么没给我范冰冰的面孔；我恨自己为什么没有周星驰那样的才能……

我希望自己能够出人头地，像明星一样风光。

当同学们谈到某某明星时，我一定会狂热地插话去大谈特谈。

当同学们讨论某道几何题如何解时，我就蔫头耷脑了。

我觉得我的人生不该这么平淡地囿于家和学校，应该有更广阔的一片天地等着我开拓！

有一次班里要竞选学校广播室关于午间娱乐播报的广播员，我觉得以我丰富的明星时尚阅历和口才，再加上平常和同学们聊得很投机得来的人缘，竞选上这个广播员完全没有问题。我想像明星一样在人前抛头露面，风风光光，这个广播员就是我走向明星之路的起点！

我信心十足地准备了一晚的演讲稿。

可是第二天的票选结果完全出乎我的意料。我落选了。当选的是平时只知道闷头学习毫无时尚经验可谈的一位同学。

我十分委屈，觉得像我这样对明星和娱乐新闻掌握得这么全面地人根本就没有，为什么我会落选呢。

放学以后，在大批人群往校外涌出的时候，我听到其间有同学说："她以为自己是'明星百事通'就能当选播音员啊，其实老师还是倾向学习好的同学。"

"可不是嘛，平常王静不爱说话，但是学习可是年级前50呢。我听说啊，老师早就内定她了。看来学习好都是，学习不好什么都不是！掌握什么明星资讯有什么用啊，以后又不能当饭吃。"

那天，我一个人静静地走在回家的路上，路似乎变得很长，走也走不完。

那两个同学的对话不断地在我耳中回响。我想了很久很久，确实我在狂热追求明星生活的同时，对学习松懈了很多，成绩已经一次不如一次了，老师曾经和我的父母提过，妈妈也苦口婆心地劝过，我都没当一回事。我已经被明星的绚丽的光环给蒙蔽住了，彻底忘记了我还是一名学生，目前的学习才是迈向成功之路的根本！

其实何必去羡慕他们，他们走下舞台和我一样，或许还没有我自由呢，甚至有比我更多的痛苦。

我把明星日记本慎重地珍藏了起来，再拿出来不是为了崇拜他们，而是为了警醒自己。只要我在学习上发挥出自己的聪明才智，我就是一颗比明星还耀眼的星星。

● 语丝

民间有句话说得好，"地上一个人，天上一颗星"。其实每个人都是一颗星。羡慕自己，崇拜自己吧！要坚信"天生我材必有用"！是星，总要有自己的位置；是星，迟早要放出光亮。

真的不想说再见

○6月10日　○星期二　○心情和天气：风雨飘摇

那天下课的间歇，班长在黑板上写下了通知。他从容不迫却略显单薄的身影一下子撞进了我们心里。

班长没有说什么，我们也都没有说什么。

老师走进来上课也没有擦黑板上的字。

那些字就那样静静地留到了放学——"最后的晚餐"，饭店地点。

那几天，同学们的情绪都很压抑。

我们学校是半封闭式的重点中学。大多数同学为了努力学习都选择了住校。

为了提高学习成绩，我们互相"攀比"；为了驱散学习的枯燥，我们嬉戏打闹。

不知不觉飘飘荡荡地过了这三年。无论天是不是很蓝，日子过得是不是很慢，在那个既定的时刻，我们终究还是要毕业了。

尽管高中学业的结束意味着我们在人生的路上又成长了一步，但是面对着同窗三年的好同学、好伙伴，即将分离的滋味还是默默地噬了我们的心。

无论我们多不情愿，多么不舍，"最后的晚餐"这一天还是悄悄地来临了。

班主任韩老师首先举起了酒杯，说了句："真的不想说再见。"

同学们的眼眶已经有开始红的了。

我偷偷打量了我们寝室的老大，她的眼眶也湿润了。

不知道谁前几天和我吹牛，说吃散伙饭谁哭谁是小狗。

其实我知道，我们这一个寝室的女生都是脆弱的，却又是最坚强的。

老大一向成绩优异，有一次期末没考好，躲在卫生间里哭了一个多小时，之后跟我们发誓，无论是天灾人祸，地球末日，不会再哭。

老三有一次得了阑尾炎，在大考前夕，为了不打扰我们，自己忍着痛一步步挪到门口打车去了医院。

但是面临此情此景，坚强地发过誓的老大要哭了，得了阑尾炎都没哭的老三也要哭了。

自诩为寝室最坚强的我，终于忍不住先哭了出来。

一下子感受到了悲伤的气氛，大家都在忙着抱头痛哭。

我们即将毕业了，淡淡的忧伤和苍凉笼罩了我们。那一顿饭吃得食不知味。

快结束的时候，班长说，"我们每个人留一句最后感言吧，我来记录。然后做成纪念册发给大家。"

许多年过后，当我们再次翻着发了黄卷了边的纪念册的时候，一定会泪流满面。

那上面写着：

我会最后再和我的床和书桌合一张影。

带走我们的梦想，留下无尽的精彩！

扑克牌曾经给我们枯燥的生活带来一丝生动。

他送给我的小熊，是把它带回家？还是继续留在这里见证我们的爱情。

今天你是否还常常翻起我们的照片？

期待能有下一次坐在一起碰杯的日子。

有些东西你是无论如何也留不住的。

互道一声珍重，从此各自天涯。

真的不想说再见……

有些东西总在你不经意的时候，从你指缝中悄悄滑过，譬如时间，譬如青春。

四季的雨还是在飘，雪还是在飞，花开花谢，依旧在轮回。

那段校园的日子却会化作轻轻的风，轻轻的梦，轻轻的朝朝夕夕，变成了淡淡的泪，淡淡的笑，淡淡的那年那月。

关上宿舍的门，锁上这段回忆。

我们真的走了……

● 语丝

多年以后，你可曾记得我们一起走过的路？一起看过的那本书？还有那离别时的栀子花……我们期待着人生的下一个驿站，我们还会再相遇，我们还会再一起回首，我们纯真的梦！

战“痘”

○7月8日 ○星期日 ○心情和天气：暴风雨后的彩虹

在学校，我是个混世魔王，但是学习全班第一；在家里，我是个淘气的孩子，但是做家务却是顶呱呱地好。

我在学校混得风生水起，在家混得如鱼得水。

按理说，这样的生活，对于一个高一的男生来说，已经是好得不能再好了。

但是最近我却为一件事烦恼了又烦恼。我对着太阳发呆，我对着台灯发呆，我对着老师发呆，我对着明天要交的现在还没写完的卷子发呆。

老妈怒吼一声，别想了！快学习。

是啊，学习学习，我现在是高中生了，我要努力学习，将来考上个好大学，再将来找个好工作。

PS：这都是老妈说的。

可是你让我如何安静地学习，你如何让我放心地投入学习，你如何肯放过我啊……

隔壁班的那个级花（全年级最漂亮女生的简称）刚刚表露出对我的好感，就被你给吓跑了。我刚要问老师这个题怎么解，我越离老师近老师越往后退。这都是你的错，哼！

我左手拿着小镜子，右手我挤！挤！挤！

唉……惨不忍睹啊。

在我发出第N声感叹的时候，老妈终于发话了："周杭，别挤了，小心留疤，明天带你去医院看看吧。"

我又发出了一声叹息。

没错，我得了象征着青春的，象征着活力的，代表着岁月痕迹的——青——春——痘。

我欲哭无泪。

我的痘痘正呈放射线状从脑门往下巴、脖子、耳朵延伸。已经到了痘上有痘，疙瘩上摞疙瘩的无以复加的地步。

不严重？很多人都得过？错！

我这青春痘不是我说，走在大街上回头率是相当高，就连坐在教室里听课，被提问的几率都达到了99％。

吾愿平凡而隐于众人中，无奈痘痘老兄风光无限已超吾之锋芒！

我的青春痘不是一般的严重，而是严重中的严重，已经达到了历史书中学的丝绸之路里雅丹地貌的样子。

这阵子，学习略有下降，从第一名滑到了第二名。老师训之。

作业完成得不好，一张卷子以前做只需要半小时，现在做了一小时。老爸训之。

吃饭心不在焉，心里就惦记着怎么消灭它。

在学校洗手间看见镜子，在大街上看见反光的玻璃门，必定照上一照。

我的生活彻底地发生了天翻地覆的变化。

我彷徨，我辩解，我把错都推给了痘痘兄。

老妈终于领我来到了这家据说无效绝不收款的战"痘"医院。

眯眯眼戴着厚眼镜片的老中医给我开了一千多块钱的药。

老中医语重心长地说，别吃鱼，少吃甜食，海鲜、动物性脂肪和刺激性食物，多食蔬菜、水果，平日多饮水，保持良好的胃肠功能……

说了一堆，说得我头晕眼花。我听到了"鱼"这个让我眼睛放光的我最爱吃的东西，可是它在不能吃的队列里。

我沮丧地和老妈回了家。

看来这场战"痘"是一场持久而艰苦卓绝的战斗！

但是为了摆脱它带给我的一切痛苦，即使来个"八年抗战"也在所不惜！

●语丝

人生最美好的年华就是青春，即使素面朝天、青春痘留、皮肤黝黑、头发稀疏……但青春的色彩早已洋溢眉眸，飞扬于神采。

学生时代

○10月2日　○星期一　○心情和天气：明媚的晴天

　　夕阳亲吻着长的、圆的、黄的叶子，田野的风牵着泥土的气息，散溢着幽幽清香。我踏着满地枯黄的落叶，独自走在校门前那条弯曲的小径上，自得其乐欣赏着落日下的美丽乡村。每每流连在这条小径上，都会想起学生时代那些美丽的事，美丽的人……或许记忆会带我回到从前。就让记忆带我做一次时光之旅吧。

　　现在开始做准备要回到漫长的过去旅行……

　　我来到了小学那无忧无虑的时代，朋友们在一起好开心，好自在呀，经常是一大帮朋友在一起疯闹到很晚还是觉得没玩够，那时候多么单纯啊。有个很美丽的词叫似水流年，这话真经典，美好的时代总是在不知不觉中过去了，转眼就走进了中学的大门。

　　中学的同学还有青梅竹马的他，从小学到中学一直有他的参与，妈妈说，好朋友总是缘分尽不到头的……

　　中学除了功课的增多就是朋友了，中学的朋友就没有小学朋友那么多的单纯了，但我和他之间依然是以前的样子，他说我从来都没变过，还是像个小孩儿一样。我知道，只要和他在一起，我总会如往昔那般纯真。

　　就在初中的时候闹非典了，学校放假，那段日子我和他都是白天在家用功，晚上和朋友们开篝火晚会。我们的院子很大，还有一个算的上三层平台的地方，那里是我们常去的，而且我最美的回忆也在那里，那最美的回忆现在成为我记忆中最宝贵的财富。记得我们在那一起听歌，一起打闹，一起聊天聊地，一起憧憬着自己的未来，一起，在一起……我们有句口号：只要在一起，我们就能飞上天；只要在一起，我们无所不能。

　　人们常说，人在听一首歌时，脑子里想的不是歌的内容而是和自己一起听过这首歌的人，是呀，从那以后在我听那些曾和他一起听过的歌时，想到的全是他……

　　有没有那么一首歌会让你突然想起我；

有没有那么一首歌会让你轻轻跟着哼；

有没有那么一首歌会让你心里记着我；

有没有那么一首歌会让你勾起我们共同的回忆；

有没有那么一首歌会让你……

远处传来一首熟悉的歌……这首歌牵动着我们的过去，我们的现在，我们的未来。

有的事，有的人，有的歌，有的故事，因为毕业而变成记忆中那晶莹剔透的琥珀，里面的点点滴滴，任凭时光岁月的流失，也是永远地生动美丽。

再相聚时，也许他们有了属于自己的她。也许曾经爱过，曾经伤害过，再次相聚时，曾经的一切都在微笑中轻轻飘过。

毕业时，我们挥挥手，告别了校园朋友，泪中带着笑。

再相聚，我们握握手，笑中带着泪，

离别过，又相聚过，哭过，又笑过，

执著过，也放弃过，

相爱过，也伤害过，

时光流失中，我们学会了珍惜每一个人，每一件事，每一处的点点滴滴。

●语丝

我们回首往事，从生活中的海洋里摘下一朵小小的浪花；从曾经走过的路上拾起一片小小的叶子；从生活的长歌中截取一段小小的插曲，那便是我们最值得珍藏的记忆！

校园心情

○11月1日　○星期四　○心情和天气：有时多云

回到七中是毕业后的事了，原以为自己毕业后不会再踏入，因为那里没有我留恋的地方，至少毕业前是这样想的。

走进七中还是在那个幼稚的年龄，由于自己的成绩不理想，家人费尽钱财和精力才将我从一个乡下中学转入七中高中部，扛着桌子，在旁的母亲拎着书包，二人并没说话，走到了三班还没进门，就听见有人大喊："同学们，我们又添一人了。"接着我就在大家注视的目光中走入教室，一个男生上前接过我的桌子："我来吧！我是班长，有什么事可以找我。"在旁的我只是麻木地应了句："好的。"第三节是班会课，原以为会来个自我介绍，没想到却是自习课。往后我的生活始终是最后一名，由于是花钱挤进来的高价生，我在老师的印象中就是一个不思进取，头脑愚笨的傻学生，学号在最后一号，学期排名最后一名，表扬没有我的名字，但批评总是有我，大概是说我拖了班级的后腿。记得那时的我经常自我封闭，终日沉默不语，甚至逃课……当然还是干了一件好事，我捡到了英语老师不慎落在班上的一千多元材料费，上交时原以为会得到老师表扬，可以改变老师对我的偏见，没想到老师却用怀疑的语气问我："就这些了？"我真忘了当时自己怎么回答的，只记得自己很气愤，鼓起勇气和老师据理力争了一番。两周后我得到了学校颁发的"三月行动积极分子"称号，并获得一张 A4 大的奖状。这件事使我体会到，凡事都应该积极进取。后来的事实证明这件事成为我人生道路上的一个转折，让我在接下去的生活中鼓起了从未有过的勇气，勇敢地挑战了自我。

匆匆地，高三来到了，又好像一转眼的工夫，高考结束了。高考前大家曾是那么拼命地念书，人人都想将全本书存入脑中，一个符号也不许漏掉，而现在高考结束了，那股子学习的劲头早就被轻松愉快的生活给湮没了。闲散下来的我总会想到很多高中时的事，包括高三之前糟糕的学习成绩、堕落的生活还有那个经常帮助自己的班长。今天，我独自来到了七中，门口还是那么的熟悉，和我刚到这里来的时候不同的是门前的荣誉铜牌增加了几块，原本显得"吝啬"的操场现在变成了八条五十米橡胶跑道了，办公楼的一楼改装成了掉顶，升级了！办公室的空调又多了！老师的宿舍都翻新了，教室里的桌椅都焕然一新。一切都变了，但唯一不变的是，高一（三）班仍把"卫生栏"三字贴在讲台的左边的墙角。独自在校园徘徊着，在门口不期然地碰见了李老师，"李老师。"她只是礼节性地回答我一句，"你好。"

回到家，想着记忆中曾经让我消沉而又奋起的破旧学校，想起逃学时那种愤世嫉俗不满上天安排的怨气早已烟消云散。沧海桑田，没有什么是永恒不变的，苦涩的回忆，将成为我前进的镜子，照清自己。

● 语丝

在成长的道路上奔跑，不免会崇拜尼采，只因他说过，没有痛苦的人只有卑微的幸福。

差生的心思

○10月4日　○星期三　○心情和天气：小雨转多云

此刻，夜深人静，电影里是关于一个男孩和女孩相恋的故事，两个人是在小学的一次运动会上建立感情的……

突然地，勾起了心中一点触动：平常日子里的自己不为了浪漫的爱情故事，却又多么地盼着运动会的到来啊，虽然只是一年中那么短短的两三天时间，但对我来说却是一段多么美好的时光。

小学时我学习很好，甚至考初中的时候还是状元。那时候我在体育方面也屡屡露脸，虽然身子骨看起来不怎么壮实，但像跳绳之类的比赛还是经常能捧个奖状回来。各方面的突出使我常常是三好学生的有力竞争者。

但风水轮流转，进了高中以后我的成绩就像芝麻开花镜头的回放一样——节节低！一度到了红灯高挂、惨不忍睹的境界。后来我百般努力却也没见有多大起色，再后来我也就慢慢习惯了，渐渐地以一个差生来自居。

在我很小的时候，总觉得只要我努力了就会取得我想要的东西，可是，到了高中我渐渐发现学习没有那么简单，有很多东西，我听了也不懂，例题看了很多遍，但下次出现，我还是一筹莫展。

我抓紧一切时间学习，可是成绩还是差强人意，而我前桌的两个哥们儿，上课会睡觉、聊天，下课玩跳棋、炸飞机，还常常调皮捣蛋。在第一次模拟考试时，我以为这两人的成绩一定会很惨，结果人家一个全班第二，一个全班第五——我分明没有看到他们学习的！可就是这两个人在年级里都可以排到前十，而夜以继日学习的我，名次才堪堪排到中下。

这是我第一次意识到人在天资上的不同——我在学习方面真的没有

天赋。

学习成绩对一个学生来说简直就是一切，于是我就失去了很多，也从此对学习有了些逃避，在学习面前成了一个"害羞"的人。这种心理包袱一直压抑了我很久……

因为学习成绩的缘故我开始疏远体育活动，慢慢地也就以为自己其实在体育方面本没有什么资本。

高二的时候经常在课余踢踢足球来调节情绪。一起踢球的兄弟中有几个是班干，在运动会那个无人响应的时候就"照顾"我去参加，却无意中发现了我在体育上的天分——一下子拿了个跨栏冠军，虽然只是我们一个高中自己的比赛，但小小的成就感让我快乐无比，很理所当然地喜欢上了体育还有运动会。

我是大家眼中的差生，可是我也有优秀的地方。我也渐渐相信上苍对每个人来说是公平的，他给你关了一扇窗，就必然会为你打开一道门。

只可惜，运动会在一个学期就那么两天，也就意味着我风光的日子是那么有限。

呵呵，我是差生，可是并不是所有的差生都是不肯认真学习的，我也很努力，我也有我的骄傲，只是人们太习惯用成绩衡量一个学生的好坏。我就成了老师和家长眼中的差生。

●语丝

"差生"其实并不差！生活中我们每个人都是一样有缺点亦会有优点。

爱哭的同桌

○10月27日　○星期五　○心情和天气：晴

我初中时的同桌是一名叫蕾丝的女孩。她生得小巧玲珑、娇俏可爱，只可惜那双眼睛是单眼皮儿，我私下里一直觉得她小眼睛贼亮是因为她爱哭经常用泪水冲刷的缘故。

蕾丝爱哭，她那破堤而下，一发不可收的眼泪，虽然再无法感动她那"铁石心肠"的老爸和老妈，但却常常使巧舌如簧，嬉戏取闹的我在课桌旁甘拜下风，尤其是在她哭得稀里哗啦的、鼻涕也凑热闹的时候，我忍住不笑，一连声地哄："别，别，别哭，有事好商量！"连忙递手帕，手帕湿透了再拿纸巾……有一次下晚自习天降大雨，她在漆黑的放学路上遭到恶作剧的男生吼吓，第二天见到我便声泪俱下，雷雨交加，我越劝她哭声越响。急中生智，我大声说："别哭了，放学去我家，我送你李子吃！"她动静小了，抹了抹眼泪，小声问："当真？"我点了点头，她就放心地停止眼泪看上书了。我早知道她眼红我家园子里那一树的红李子了。放了学，她笑嘻嘻地抱回家一堆李子。我心想明天上学她肯定会兴奋地告诉我李子又好吃、又甜然后感谢我的，没成想，她见到我就说："那李子水了吧唧的，一点也不甜。"后来再也不提李子的事了。

蕾丝爱哭，诸如期末考试成绩不理想、院子里的小鸡被黄鼠狼叼去了……那止不住的眼泪就开始泛滥了。我是她最亲密的朋友，她曾告诉我：哭过之后，很轻松，心中像水洗一般明净。我们同桌那段日子，学习上很有压力，可我不会哭，想哭也哭不出来，只暗暗握紧双拳为自己加油，我觉得自己的泪大概都让爱哭的蕾丝给借去了。

后来初中毕业了，我们各自上了外地的高中。不知道独处异乡的蕾丝是否还是泣涕涟涟。放暑假回家去特别探望了蕾丝，还带了一篮子曾经被她嫌弃的李子做礼物（其实是很甜的）。我和她陈芝麻旧谷子的事桩桩件件地数来，想到好笑的事情时大笑一顿，想到有同学辍学很是伤感的时候酸楚了一会，却怎么也不见她落泪，我还以为她会涛声依旧呢。见我狐疑的样子，她叹口气告诉我："早就不哭了。谁还哭呢？稀泥软蛋的日子一去不返了，现在我可是'笑意飞扬'，都16岁了，也长大了，一步一步地走过了失意和困难。过了这么久我只记得想哭的感觉，不记得泪流满面的滋味了。"她眼睛依旧贼亮，狡黠一笑："潺潺泪水会挡住前方美丽的风景！"瞧着她又独立又诡谲的样子，真平添一份别样的神采。

也好，爱哭的同桌擦干了眼泪，变成了笑面虎了，不再柔弱地遭别人讥讽，飞扬自信地撑得起帆，拉得起航了，我真的是从心里感到晴朗开阔啊。我也会努力加油，追赶上她的脚步。

● 语丝

　　纯洁的友谊，伴着眼泪长大，在微笑中成熟。真挚自然的感情，在青春中慢慢酝酿，历久弥新！

我们的寝室我们的家

○9月5日　○星期日　○心情和天气：天空晴朗

　　新学期伊始，就想着一定要申请住校，体验一下"独立"的感觉。父母一向很宠我，我要求，他们就答应了。如今脑海中还回想着那时刚入住时的情景，今天却已回学校寝室交还钥匙，正式结束了我为期一年的住校生活。

　　高中生活的第一个学期就这样结束了。同样结束的还有与三位室友共同生活的日子。这段日子虽不长，但却成为我无法忘记的经历。

　　我们寝室，只有我是本市人。其他三位姐妹来自一个小镇。这几个女孩外地求学的生活不像常人想象的那般浪漫和轻松。她们的生活比我多了份艰辛。我想家了就可以随时回家，而她们，想家了也只能打个电话而已。生病了，也只是自己买药，同学互相照顾。有几次我说起我回家的事情，她们都很羡慕地望着我，不说话。当时我并没有明白她们眼睛中的神情，只顾自己兴奋地说着。后来我突然明白了，面对这些离家独自生活的伙伴们是不能随便展示自己可以随时享受家庭温馨的优越感的。应该做到的便是和她们共甘苦。

　　其实并不是一入住寝室就相处融洽的。因为来自不同的地方，地域仿佛是一面透明的墙，把我们分成了两组。她们和我是先后入住的，几个女孩自然对我有种生疏的感觉。我则觉得她们有些冷淡。几乎磨合了半个学期，才渐渐感觉我能融入她们中间，成为相亲相爱的姐妹，在学校中偶然碰见倍感亲切。

　　在集体生活中，虽然会有很多人能够帮助你，但是大部分还应该自己去独立。左右服侍你的是仆人，前后取悦你的是小人。朋友，不是让你生活得舒服，而是让你心里感觉舒服，当你回忆时会有温馨留存，而非依赖过度的后遗症。

短短的一年时间我们成了姐妹。几个女孩生活在同一屋檐下，有小小的快乐，也有女孩自己的心事带来的忧伤。略显拥挤的小屋有开心的笑，也有伤感的泪。我和姐妹们度过了一个秋天，冬天，春天，夏天，她们的一举一动是我不变的眷恋，与她们相处的日子，像美酒一杯，存放的时间愈长香味愈浓，那些曾经的生活琐事像一杯永不冷却的绿茶，永远散发着缕缕清香。

这间小屋里面，没有喧嚣，没有虚假，没有斗争，只有温馨和快乐。其中充满了一种别样的亲情，满载着青春的记忆和梦想，如果说我们的寝室就是我们的家，我想这一点都不为过。里面有着属于我的生活乐趣，还有我锻炼能力的大舞台，夜里，我们敞开心扉侃侃而谈，逐渐在笑声中入眠……

站在季节的尽头，我屡屡回望，漠然发现，她们的眼里，也和我一样同样流露着：我们一同走过的日子，幸福！

● 语丝

荒凉的沙漠上可以看出骆驼的耐力，患难的经历可以看出友谊的忠诚；待人如能春温夏凉，友情必可秋收冬藏。一个好朋友，不仅能使你享受到友谊的快乐，分担你的忧愁，更珍贵的是在你生活的道路上给你许多有益的帮助和启示。

高中过去了是什么

○10月11日　○星期日　○心情和天气：阳光明媚

曾经有人问我，雪融化了之后是什么？我说是水。他说我笨，答案是春天。然后又问我，高中过去了是什么？我小心翼翼地说是大学。他说我笨，答案是成长。那么，他的意思是，高中过去了，我就成长了，是这样吗？

入学之前我认为高中会比较轻松。后来我慢慢发觉高中真的太辛苦。这些辛苦把我以前初中三年的辛苦加起来都不够呢！但是人就要经历苦难才能登上成功的宝座！可是，高中的这三年我糊里糊涂地过去了，到底有没有成长我也不清楚，只是觉得有很多的东西、很多的事情都在悄悄地改变着。

回顾整个高中生活，我觉得我自己真的学会了很多东西，也习惯了很多事情……

回想起刚刚开学的时候，由于是新生，初次接触这所学校，一切的一切都是那么的陌生，让我感到那么的彷徨与无助。再加上是住校的原因吧，每天都想着家，每天都期盼着星期六的降临，但是经过时间的洗礼，我也慢慢适应了。

同时我也习惯了每天过着三点一线的机械化生活：每天早上都要到食堂排队买早餐，如果起来晚了就得狼吞虎咽一番，7点半去教室上课；经过一上午脑细胞的拼命搏杀，终于挨到中午下课，就回到宿舍，提着食具跟兄弟们到食堂打饭，再回宿舍边吃边聊天然后午睡；等到短暂的中午过去，又到了下午的上课时间，慢腾腾地从床上起来回教室上课；放学了再到食堂打饭；然后洗澡……去晚自习……写完作业回宿舍睡觉。经过一天疲惫地洗礼和各科老师知识的轰炸，终于可以轻轻松松地做美梦了，在梦中迎接着明天的到来。就这样，学校的一天轰轰烈烈而平平淡淡地过去了！

虽然生活看上去很枯燥，但是我们都挺开心。当生活平淡得如同白开水的时候，我们就要自己学会找乐子。而我最大的乐子就是我结识的一帮好朋友。在班级里，学习累了的时候，我们可以互相玩闹，一大堆人在一起总是有那么多开心的点子，有时又开个小会，天南地北地胡侃一番，欢笑声总会飘荡在我们三班的上空；在宿舍里，又可以跟宿友聊天扯皮，关了电灯拿着手电筒讲鬼故事，每天睡觉的时候就是我们聊得水深火热的时候了，聊的话题五花八门、无奇不有……

而这一切都过去了。我的高中也过去了。我的生活，我的朋友，我们一起走过的17岁的花样年华。哭啊、笑啊的青春慢慢弥洒在我们孤单寂寞却不失快乐的17岁。当这一切都随风飘散，将来的你们是否还会记起？希望记忆的枷锁不要锁上我们这份曾经的快乐！

高中，一个闪亮的词语！高中，无数美好的回忆！这一切也将成为过去！也只能留作美好的回忆了！17岁的坐标系上，我们的故事永远是那么美丽！

● 语丝

高中阶段既紧张又辛苦，既烦恼又怀念，但更多的是浪漫与快乐！

那时花开

○4月5日　○星期日　○心情和天气：江南小雨

忆起年少的岁月，那样的岁月，如同旺盛的生长着的春日野草，那样郁郁葱葱，如同烈焰一般激情燃烧。

人生如梦，往事如风，恍然而过。而年少的梦，总在自己心中一个深深的角落里，静悄悄地，从来不需要想起，因为永远都不会忘记。

16岁是花季，17岁是雨季。花季，雨季，多么浪漫美好的岁月啊，只有这样浪漫美好的岁月才会在色彩斑斓的梦里沉浸。我仿佛看见一个穿白衣的花季少年正抬起眼中的青涩仰望天空的幸福；我看见两个明媚而忧伤的孩子高三那年挣扎在悬崖边的痕迹；我看见他和她最后一次牵着手走出校园，不舍地望着小路两旁的荔枝树，轻轻地张开嘴，口中低喃着什么，却又像是表演着漂亮的唇语。想说的话太多了吧，一下子全都涌上来，卡在喉咙里，紧紧地堵住嗓子眼儿，最后的最后，很久了很久，竟是连一句"再见"都开不了口。那些快乐与忧伤，那些朋友与同学，好像在心一静下来的时候都会一个个跳出来，拨动着心弦。还记得入学的军训，还记得教室的安静，还记得操场的狂躁，然而，一切都过去了。那些懵懂岁月的痕迹，那些青春相聚的日子。那些欢笑，泪水，拥抱，牵手。那些抓不住的瞬间，都消失在记忆里，一去不回。送走了无法攥紧的青春。熟悉的，不熟悉的，爱的，不爱的，一直在告别。只有梦想，盘亘在心中，无需言语，无需表达。

不知道为什么，突然想到这首歌：

微风轻吹，空气中一阵芬芳，月色下花儿正绽放。

那时的天空是晴晴的朗，

守在蓝蓝的窗台上看青春走过山冈，

偶尔掠过的风吹散了你的歌唱，

忽远忽近的心思想着永远就是这样。

又是风起你在收拾着行囊，

我转过身躲避你含泪的眼光，

你说梦想它等你就在远方，

还说花开的时候你会回头望。

花开的时候你在我的身旁，

轻轻的歌唱里有淡淡的忧伤，

花谢在天涯你在何处流浪，

疲惫的梦中有没有遗忘。

当小时候常去玩的秋千，已经，摇摇欲坠了……

当中学一起喝过的饮料，吃过的雪糕，都再也买不到……

当高中毕业典礼上，最后一次和你，拥抱……

当哭着分别，说好，一定写信的青春不再年少……

当天南海北失去你的消息，却不忘为你，默默祈祷……

当爱情来临，那种名叫友谊的酒，悄悄酿好……

当某年某月，当望见，这世上最美的，那一天，依旧会记得，还有你曾伴我身边，还有追寻的梦想伴随在你我身边。

儿时的梦想，少年的梦想，成年的梦想，一路走来，渐渐明白了自己所追求的梦想。

● 语丝

梦想是人生的希冀，心中有梦想，生活才会精彩。

受伤了呢

○5月30日　○星期二　○心情和天气：朦胧的晴朗

体育课对运动白痴来说是劫难。

手肘和膝盖上的擦伤不停地抽痛，让我想哭，眼泪在眼眶里滚来滚去的，随时要落下来。

小妖看不惯我废柴的样子，与阿夏一人一边地架着我，向体育老师请了假要带我去医务室擦药。我着急地挣扎不休。

小妖：老实儿的，就没见过这么不省心的孩子，跑个400米都能把自己跌成残疾人。

阿夏不爱听了：小妖，你这么说就不对了，人家残疾人还能自力更生呢，宝宝顶多就是个废人。

我一听，挣扎得更厉害了。

小妖怒：宝宝，我们是带你去上药，你就不能消停会啊。

我委屈：可是，可是……

小妖没耐心了：可是什么呀？

我怯怯地：你压到我的伤口了。

小妖：……>_<|||

阿夏：……>_<|||

于是，偶被偶的两个粗鲁的朋友连架带拖地弄到医务室去了。

医务室的漂亮护士姐姐很仔细地给我的伤口清理消毒包扎，然后告诉我一个劲爆的消息：要打针，避免感染。

我不要啊！啊！啊！啊！打针很痛的，比跌伤了还痛。

刚刚还觉得很漂亮的护士姐姐，现在的表情有些狰狞了啊……我支吾半天想找借口回教室，蠕动半天，被小妖和阿夏暴力镇压了。

狰狞的护士姐姐走过来，二话不说就拉起我的手臂，我半开半闭的眼睛扫到了那个大大的针筒。

下一秒，手臂被护士姐姐神速地扎好皮筋，而高举的针筒发出恐怖的亮光……

"等……等一下！"我终于找回自己的声音，"一点小擦伤，没必要打针吧！"

护士姐姐尽量保持耐心，好脾气地解释："现在是夏天，天气热，伤口很容易感染，打一针做预防！"

小妖被偶踌躇的态度彻底弄崩溃了，从身后抱住了我，将我挣扎的手拉出去："很快就好的，乖。"

我被拉住的手被护士姐姐抓牢，涂上酒精的那一刻，我害怕地别开脸，正对上另一边的阿夏。阿夏看着我泫然欲泣的样子，不由自主地走上来，握住了我另一只手。

身后有小妖，手上握着阿夏的手，我一副英勇就义的模样，咬紧牙关对护士姐姐说："来吧。"不用这样吧……

护士姐姐停顿在那里，愣愣地看着这副架势……那个……不过是打针罢了……搞得好像砍手一样……

不过，这两个朋友好像很爱护她啊。

针尖刺穿皮肤的那一瞬间，我颤抖了，阿夏的手被我抓得死紧，我咬牙切齿地紧闭双眼，好痛，骗人的，谁说不痛的！

"放松，放松，马上就好了，不要紧张。"看着我憋气的样子，护士姐姐也有点紧张了。

其实只是一点点时间，可是在我看来几乎过了一个世纪，当护士姐姐终于拔出针头时，房间里传出四个人的松气声，连护士姐姐都大松了一口气。

"按着这里不要动。"护士姐姐擦了擦额头上的汗，如释重负地吩咐着。

"唔……痛……"我小声地看着自己的手嘟囔着。

小妖叹了口气，一只手轻轻抚摸我针口四周的皮肤舒缓我的疼痛。

阿夏笑着问，伤员想喝点什么，我去买给你啊！

不知道怎么，看着他们关心紧张的样子我突然觉得受的伤和扎的针没那么痛了。

● 语丝

美丽的友情，简单的友情，纯真的友情，总是那样令人感动，感动得让人想哭。

青春的标志

○4月11日　○星期五　○心情和天气：风和日丽

有一天整理旧物，看到了一张书签，看着看着我就笑了。书签上写着一首诗，这首诗并不是一首搞笑的诗，而是我特别为自己创作的，记录着我一段青春岁月的诗……

青春如歌，任我扬声；

青春如痘，易于泄露；

就是这样一群恣意的凸起，

那一点点羞答答的小心情，

书写了离别时约定，等待再次重逢。

唉，最大最红的一颗，

就是彼此相认的信物。

不想知道，

岁月的纹路会以怎样的痕迹，

留下多少脚印。

同样是青春，

我只有青春痘相伴，

纠结密密麻麻的青春。

如此倾心地淡然，也无法阻止。

装满心事的青春痘，

在重逢的十月，偶尔，

任性地耍耍女人的小脾气，

悄悄回来找我诉说，

大饼脸上种下另一茬青春痘，

其中必有一颗属于我。

那阵子，脸上不知怎么起了好多小痘痘，我叫它"青春美丽痘"。年少时，同龄的朋友们经常对我说："你瞧我脸上的痘痘可怎么办？真羡慕你的皮肤，怎么总那么光滑，从来不长疙瘩！"听了这话，我丝毫不觉得自己幸运，倒觉得她们脸上的痘痘很可爱，看着它们就像看到了青春在她们脸上跳跃，在我眼里痘痘成了青春的标志。

如今这些迟来的痘痘们给我的生活带来了新意，给我脸上平添些许生趣。你看它们一个个尖尖的，大小一致，错落地排列着，好像我故意着了一层妆，很难得的效果。当我在镜子里看到它们时，我都欣赏一翻。自我陶醉一些时日后，好朋友闫微说："你的这些疙瘩该去医治了，真受不了你现在的脸！"我忙安慰人家："这就是新感觉，感谢这些痘痘能给我带来新的形象，在平淡中出了新奇，这才叫韵味呢！为了你这句话，我要让痘痘多待几天！"闫微赶忙摸了摸我的头，说："没有发烧吧！怎么说胡话呢？"说完我们哈哈大笑起来，她无可奈何，只好接受我的歪曲理论了。

其实我不是不喜欢美，我向往着一切永远美好！但我不喜欢一成不变的美，我希望每天的生活都多姿多彩，而不是在一张张日历中翻着过，就像我的脸一样，一年年都是老样子，再美丽再光滑，那也是一种枯燥乏味，看多了也就烦了，倦了，人的精神因此而慵懒。与其这样，还不如在美中添点不足，会给人眼中一亮的感觉，精神也会随之一震，"哦，原来还有这样的……"，品尝了新奇后的我们会感受到生活更美好！人不光应该有一双发现美的眼睛，还要有创新的心态，这样生活会在不同的画卷中展开，生活才会五彩斑斓，绚丽无比，我们才有阳光的心态。在如此的心境中，我们还会有烦恼吗？

● 语丝

不要因为长了"青春美丽痘"而烦恼、自卑，长痘也是青春的象征。到了一定的年纪，它不长了，也许还代表另一层意思：老了。所以体验长痘的心情是一种经历。就像我们体验青春的萌动与单纯。

可怕的"高三"

○9月13日 ○星期一 ○心情和天气：风雨交加

没有上过高中的人生是不充实的，没有上过大学的人生是不完美的。

——题记

"高三"多么可怕的两个字，它意味着什么，意味着我今后一年的生活都得和试卷、考试联系在一起。在没上高三以前就听高三的学生说，高三的生活是无比枯燥的，有做不完的试题，有考不完的小考大考，根本没有工夫回家，整天就像做题的奴隶一样喘不过气来！

● 高三伊始

真的步入高三了，真是体会到了现实就是如前描述的一样，暑假没过完就开学了。我记得很清楚，是8月1号开的学，那个时候大暑节气还没开始呢！真是残酷啊！班主任第一堂课就来了个高三总动员，我们知道苦日子真的来临了。上课也成为连堂课，两节合成一大节课，中间休息时间老师还得占用几分钟。当时真是叫苦不迭。我们想哭，却因为天太热哭不出来。

● 考试的奴隶

在高三的日子里，五天一大考，三天一小考，考得我们晕头转向，俨然成了考试的奴隶。记得有一次月考，老天都给我们鸣不平，下起了大雪。同学们都说："看呢，我们比窦娥还冤，老天爷都给我们鸣不平呢！"监考老师笑了笑，其实老师和我们一样渴望休息，不这样连轴转。

可是高考在即，刻不容缓。不这样经常测试自己的成绩，是没法为高考做分数定位的。我们无奈，但是我们坚强。

课外活动？没门！

高三的时候，老师基本都是有经验的曾带过毕业班的老师，所以我们对高三的节奏熟悉得非常快。但是老师太负责了，有时候早自习，也要给我们说上两句，演讲一番，这叫考前总动员。那个时候是40分钟一节课，早自习30分钟，上午5节，下午4节，晚自习4节，一天14节课……够狠！我就是想去走廊透口气，都觉得不好意思，知道为什么吗，看着别人趴在课桌上啃书本、做卷子、背单词，我还好意思麻秆儿似的站立在走廊吗？没错，正课都在挤时间，体育课更不用说，也从两节课减为一节了。班里的近视眼也几乎覆盖全班了，下课可能好些，一上课，齐刷刷地戴上脸上的多余物——眼镜。课外活动有吗？不记得了！

●高考临近

到了临近高考的那几个月，做题考试异常频繁，即使根本不可能把所有的试题做完，只能做个大概，老师也要铺天盖地地把自己那科的卷子发下来让我们做。我们只好拣重要的做一做，晚上回到宿舍还得加加班，高三真可怜！睡觉——学习——吃饭，这是典型高三生活的真实写照，没有带一点夸张的感情色彩。面对这样的学习生活，有的学生就吃不消了，考前综合症就出来了，一到考试就会觉得头晕，再不就感冒一小段日子。

在最后一个月里，老师不再给我们灌输知识了，让我们把所有做过的题目都从头至尾再复习一遍，特别是做错的题目，这无疑是对我们有帮助的，这叫作查缺补漏，温故知新。我想，即使多年后，坐在我曾经为高考努力复习过的座位上，当时的情景一定会历历在目，犹如就在昨天。

●高考来了

盼星星，盼月亮，高考真的来到了。3天的日子很快就过去了，不管它怎么样，先去玩几天再说吧！

●回忆高三

在高三这一年里，我们没有搞过一次集体活动，每个人之间交流的也很少，就像木偶一样，每天就知道坐在课桌上做题，做题，再做题。想别的事情，对得起老师、家长和自己吗？不过到后来，仔细想想，这一年实在是太快了，眨眼的工夫就过去了。事实说明，高中生活，特别是高三生活是一生当中最值得记忆的，因为它是充实的，而且特别充实。也经常听那些上了大学的学长们说，他们在聚会的时候，都说高三苦，但是认为很值得，都说没有上过高中的人生是不充实的，没有上过大学的人生是不完美的，也许真的是这样吧！

●语丝

高中的岁月，一切的感慨，似乎都发生在高三这特殊的一年中。在这一年里，懂得了珍惜，懂得了努力，收获了彷徨，收获了成长。也许，转眼间，沧海桑田，也许，成绩揭晓的刹那，会突然没有了方向。可是，走过了高三，走过了那个分水岭，依然能将笑脸，绽放在天空最璀璨的地方，于是，我们长大了！

高中三年

○8月15日　○星期五　○心情和天气：小雨转晴

当校园有栀子花开时我们这届学生毕业了。这个假期已不再叫作暑假。

但不能忘记那段时光，一群男孩女孩，为了某种可以叫作理想的东西，焦灼过，努力过，激动过，痛苦过，真真实实地年轻过，从从容容付出过……关于中学时代的记忆，现在回想起来竟有种历史的沧桑和久远的感觉，就像看了一部黑白电影。

我们把高中那段时光戏称为"炼狱"，意思是穿过九层炼狱从此到了天堂便可听到花开的声音。高中时代过得像个苦行僧，真是苦不堪言，但如今，我们想得更多的却是一些快乐或幼稚感动的细节，记忆的碎片闪动着温暖的光亮。

为了制止男生之间的说话，老师故意把后排那位成天只知道说话睡觉的"大嘴王"调到前排。课堂上顿时安静了好多天，一日"大嘴王"突然大声向老师汇报："老师，我有远视，您还是把我调向后排吧……"全班哗然。

高中时光走得最匆忙，现在回想起来太多的不舍和遗憾留在心头，美丽的校园可爱的同学……

理科班男女生一向不成比例，在我们这个班级也不例外。男女生基本上是两个国度的人，不是我们女生高傲不屑一顾那些男生，实在是男生们仗着头脑灵活在我们面前摆酷。对我们女生大加"批判"，大有老死不相往来的劲头。

一天室友雯雯从澡堂回来，急匆匆推开门向我们宣布一个惊天消息，那位自称和女生说话就不是理科男生的"数学狂"（数学狂只会天天狂解数学题，从不屑与女生说话，也从不在期末低声下气问我们女生借笔记，我们也拿他没折）居然在去澡堂的路上和她说话了。我们惊呼，异口同声问："和你说什么了？""喂，澡堂的人可多？"

……

眼看毕业一天天地临近，同学之间变得越来越友好。大家都明白最亲、最爱的人还是本班级的同学啊。毕业时有人哭了，人们感伤于7月的多味，回味来路的渺茫和希望。毕业时才发现大家眼里少了几分幼稚，多了几分从容，珍惜和真诚。

老狼的歌还在耳畔回响，那些共同拥有的岁月终于悄悄逝去，不再重来。我喜欢这种："轻轻的我走了，正如我轻轻的来，我挥一挥衣袖不带走一片云彩……"的感觉。

高中三年像绵绵细雨，朦胧而美丽，带着一丝怅惘彷徨，微风拂过，雨丝轻斜，我们只在其中留下一段浅浅的足迹；高中的三年像熊熊的烈火，热情而明媚，我们带着青春的悸动，年少的懵懂，用热情书写人生的篇章。高中的生活更像一条小河，平平淡淡，涓涓流淌，我们应该尽自己全力使自己流得更高更远，哪怕别人说我们不谙世事，哪怕别人说我们年少轻狂，我也在三年的短暂生活中学会拼搏，达到自己心中的远帆海港，实现自己的梦想。

● 语丝

高中三年，说长不长，说短不短，高中的时光，因为快乐而短暂，因为充实而短暂，更因为奋发而短暂！是啊，一转眼，高中就这样过去了，人生不也如此吗？珍惜美好时光！

高考那几天

○8月16日　○星期四　○心情和天气：雨过天晴

　　高三是人生的一个坎，在坎下，觉得很美丽；在坎中，觉得很痛苦；在坎后，又会觉得很美丽。不过后面的美丽，跟前面的美丽，那是有本质意义上的不同。高三这最后的一个月里，感觉时间过得很慢，但让人盼来盼去的高考还是来临了。生活仿佛就是在演绎一段童话，但即便是在童话里，也并不都是一帆风顺的。

　　5号下午收拾东西，6号上午出发去县城这一切早已经定格在了2008年的6月里。5号下午这半天时间高三没有课，同学们自行安排。我呆在教室收拾书籍和试卷。准备高考之后带回家，作为我18岁的纪念。我看到很多很多的人在学校的角落拍照片，我想这是他们对高中这段青葱岁月的纪念吧！他们成群结对地走在一起，满身青春飞扬的气息。我漫无目的地走出校园，在街上看着来来往往的面孔竟是百感交集。

　　6号早晨起床之后我像往常一样洗脸刷牙，然后背着书包来到了学校操场，等待出发。

　　上午8点半第一辆接我们去县城的汽车开到了学校。操场上几乎站满了人，每个人不是背着包就是行李袋。喧嚣的说话声充溢着整个学校，每一个人脸上的表情似乎都不一样。有的人冷漠，有的人欢笑，有的人茫然，有的人伤感，有的人哭泣。

　　汽车一辆一辆地开进了学校，我的心忽然也产生了一种失落感。真的就这样结束了高中生涯么？原来到此刻才发觉这个普通的高中让我如此留恋。是什么让我难以割舍呢？我想我永远也不会忘记在这所高中里度过的时光。尽管有时痛苦，有时绝望，有时难过，有时偷偷地流过泪。高中的这三年时光我会把它珍藏在我的心灵深处。

　　数十辆车井然有序地停在了操场上，每一辆车上都贴了编号以及高考大吉的标语。我看到我们班上有个女生哭了，我的眼泪也夺眶而出。伤感，伤感的样子让人窘态百出。我摘下了眼镜用肩膀擦了一下脸上的泪。然后又戴好了眼镜，装作若无其事。我坐的车是26号车，车的入口处贴了一幅标语：十年磨一剑，六月试锋芒。

试锋芒之后呢？就是高考结束，就是各走天涯。

7号下午考的是数学，8号上午考的是理综，下午考的是外语，5点钟英语考场铃声响起，英语考试结束了。高考结束了！

我飞速地冲出了考场大门，将随手携带的考试工具袋向湛蓝的天空扔去，努力地喊："青春万岁！青春万岁！！"

有人投过来了诧异的目光。尘埃落定，12年的读书生涯暂时告一段落了。我回过头去，很多陌生的脸上都洋溢着灿烂的笑容。

结束了，真的是结束了，像做梦一般，我们曾经用无数个夜晚去猜想高考之后的样子，现在终于成为了现实。高中已经跑过了身边，再也不会回来。到了曲终人散的时候么？过去的都仿佛在演一场戏，我们拼命地扮演着心目中的角色，怀揣着一个年轻的梦，一路风雨地走了过来。走过来了，真的是走过来。走过了一段青春萌动的花儿岁月，走完了高三这最后一段艰辛的旅途，洒下了一地的热血和激情，用渴望的眼神去仰望前面的路。

● 语丝

青春万岁，万岁青春。祝愿所有的人前方的路，都是康庄大道。

粉丝的世界大战

○10月17日　○星期二　○心情和天气：狂热高温

现在周某某很红，日韩影片更是受到巨大的青睐，在现在的学生生活里，时尚，潮流，所有带着时代色彩的东西都在泛滥，不可阻挡。

这不，黎梦洁的偶像是酷酷的王某某。那边那四个人组成的粉丝团，别看他们是男生，偶像说出来，也是如雷贯耳，那就是如今风靡亚洲的R&B小天王周某某。每每听到有人说周某某的坏话，他们准会吹胡子，瞪眼睛，可谓是"怒发冲冠"。

如果是男生挑衅，他们四人就对他一顿"群殴"，看他还敢不敢在此撒野；但如果是女生，他们则会很有"绅士"风度地跟她理论。

看，这不，晚自习休息时间到了，咖啡说了声："王某某脸太长了！"这可引来了黎梦洁的极大愤慨，她气冲冲地跑过去，用中指做出挑衅的动作说："有种的再说一遍，我洗耳恭听。"咖啡清了清嗓子说："嗯！我实话实说了，咳，咳……经过我们粉丝团的一致讨论，王某某的脸就是比周某某长一大截。"黎梦洁不服气地说："你们算老几！王某会钢琴、吉他、小提琴、贝司、鼓等，又会词曲创作、绘画制作，不管他脸长不长，但有实力！哪像你的那个什么周某某，爱耍酷，什么哼哼哈嘿，不成气候！""什么？什么？周某某不需要太帅，得奖无数，你的那个什么王某某，还不是靠着他家那点背景？"咖啡挑衅地说。黎梦洁掷地有声地回答："王某某比周某某帅多了！""王某某比周某某帅？别臭美了！"砰，咖啡一个"降龙十八掌"拍在课桌上，大有要跟黎梦洁"华山论剑"的架势。两人争得面红耳赤，无奈，二人找解微来评评理，解微颇有评委风度地说："嗯！从长相上看，王某某略胜一筹；从歌技上来说，两种风格，应该说是平分秋色；从舞技上来说，当然是王某某跳得好啦！从……"咖啡听不下去了："你干吗！处处偏袒王某某，你的偶像又如何？难道你没听说过吗？流星的出现是为了陨落！"谈到别人都好，就是不能提到她的偶像。在解微眼里，偶像是那么完美，今天居然有人这样说他，解微忍无可忍地说："怎么样！王某某就是比周某某好！周某某算什么，要长相没长相，要身材没身材，有什么用？再过几年就混不下去了。"只听他们的争吵声越来越大。"粉丝团"的其他成员也前来助阵，你一句："王某某，白痴！"我一句："周某某，shit！"吵得不可开交。同时，很多可怜的艺人们都被牵扯了进去，什么蔡某某与周某某！王某某与古某某……

　　一场骂战拉开帷幕，本班一名搞笑同学，拿着扩音器状的本子在讲台前讲："现在向你们跟踪报道骂战的经过。此次骂战的受害者是某些艺人，如王某某、周某某、古某某等，场面非常壮观，下面让我们来采访一下当事人……"这位同学的精彩演讲使得整个教室都沸腾起来，大家都开始讨论偶像，都在进行激烈的争论。各个偶像的粉丝齐聚一堂，力求为自己的偶像争点荣誉，搞到最后，教室里纸屑乱飞、口水乱喷、粉笔乱丢，霎那间，教室变成游乐场，喧哗声一阵高过一阵。突然，一个同学说："老师来了！"虽然只是轻轻的一句话，却使全班安静下来。坐在桌子上的同学，赶紧回到座位，站着的同学，立即把纸屑捡起来，以迅雷不及掩耳之势藏在了抽屉里，所有的同学在30秒内各归各位。顿时，身体碰撞桌椅的声音，在激动中把水杯弄翻的声声，此起彼伏，可最好笑的是，当同学们安安分分地坐在座位上等了5分钟后，竟连个鬼影都没有。咖啡对喊话的那个同学说："你小子找揍了！同学们，上！"就这样，一场粉丝的世界大战偃旗息鼓了，围攻个人的战争又拉开了帷幕。

●语丝

学生时代是青春最闪亮的季节。

我的两个好朋友

○4月10日　○星期六　○心情和天气：温暖和煦

世上有些花常开常落，有些花却只有一次花季，不经意就会开放，不经意又会错过。

那是属于我们的青春。

毕业照就压在写字台的玻璃板下，我静静地望着它，照片上那一张张洋溢着青春的笑脸，让我想起了昔日的同窗，想起我最要好的女朋友爱霖和最要好的男朋友胡野，你们好吗？我的朋友。

仍然记得那个晚霞布满天空的傍晚，好友爱霖惊慌失措地把我拉到操场上，给我看一封"情书"，信中那些热烈的话语，不禁叫人怦然心动。最令我吃惊的是，写信的竟是我的后座胡野。胡野是班里的体育委员，高高大大，热情、开朗，打得一手好篮球，常常用他的一句笑话把人逗得前仰后合。可这些日子，总见胡野魂不守舍，同学们都猜胡野一定是喜欢上女孩子了。作为他的好友，我也曾打趣地问他，谁料他竟窘得满脸通红。

"我要把这事告诉老师！"爱霖忿忿话语打断了我的思绪，我抬头看她，她紧咬着嘴唇，脸涨得红红的。的确，爱霖是优秀的女孩，我们年纪都还小，如此大胆的表白怎能不让她羞恼呢？可我的眼前还不时地浮现出胡野那张坦诚的脸和明亮的眼睛。于是，我便十分坚定地说："不！"

第二天，我把和爱霖"密谋"了很久的字条交给胡野，尔后偷偷地望着他，见他表情古怪地看了很久很久⋯⋯

后来，胡野和爱霖依然是很好的朋友。运动会上，爱霖是为胡野加油的队伍中最起劲的一个；课余时间，常见他俩为功课争得面红耳赤的情景。

初三，胡野在市中学生运动会的百米赛跑中力拔头筹，被省警校提前录取，不久，爱霖也如愿以偿地进入重点中学。毕业前夕，爱霖拿着赠言本给我看，胡野在上面写道："感谢你们，让我懂得了友谊的真谛。"

回顾那段岁月，真地让我们终身难忘。

胡野为了帮爱霖擦窗户，绷裂了裤子却毫无怨言的情景。

山间泥泞的小路上，我们三个互相拉手攀上顶峰的情景。

800米跑道上，爱霖"略施小计"，把我推过终点线的情景……

新年钟声敲响的时候，电话铃也随之响起，拿起话筒，那头传来好朋友亲切地问候："喂，新年快乐！"

电视里传来张学友的《朋友》："朋友不曾孤单过，一声朋友你会懂，还有伤，还有痛，还要走，还有我……"

我一直都记得那段青葱岁月中友谊带给我们的力量。都说知己难寻，知音难觅，谁都渴望有一个可以携手共同度过无数个春夏秋冬，无论风风雨雨都不会离开的朋友，我却一下子拥有了两个。

● 语丝

一份真挚的友谊是用金钱买不到的，是无价之宝，是人生最美的一道风景。拥有了友谊，你就拥有了整个世界。

不哭，不哭

○8月19日　○星期一　○心情和天气：云层深厚

"……朋友别哭，我依然是你心灵的归宿；朋友别哭，要相信自己的路，红尘中，有太多茫然痴心的追逐，你的苦，我也有感触。"

随着岁月的流逝，这歌词已经在我的脑海里渐渐地模糊了。如今，因为在学校里受了一点委屈，让我又禁不住回想起了其中的几句。这首歌曾是在我最失落的时候，我的老朋友用来安慰我的，当时我真地很感动。然而，现在我却又要用它来安慰我自己。

晚上看见"抹茶"闪亮的头像，竟有种说不出的塌实和安然。她静静地发过来一句话"你就不能不哭吗？"她怎么知道我想哭？她竟然从我寥寥的文字中洞悉了什么……我想笑笑，而她温柔的、让我从中感受到真心怜爱的话语却把我心里憋闷的种种感觉最终化成了眼泪，刹那间刷地抢先澎湃而出，雨点一样地打湿了键盘。

人与人之间的感觉真是非常微妙，尤其是靠文字联系的网络朋友，不论认识的时间多长多久，总是感觉心与心的距离永远是那样地遥远、那样地陌生，常常是相对无言的尴尬和疲惫。而有的人，没有说过太多的话，没有更多的了解，而每每说话，总给你一种熟悉已久的、让人信赖的感觉，每字每句都散发着一种温暖，一种默契、和谐。她仿佛洞悉了你的全部一样，把殷殷的关怀化为文字发送过来，让你真真切切感受到了友爱的温暖，知音般的默契，为你郁闷的心打开了一扇窗，渐渐在你面前呈现出一个风轻云淡的世界！

抹茶就是这样的朋友，此刻，她在网络那端静静地听，我在这头娓娓地说，相互传送的文字仿佛是一道透亮的清澈小溪，潺潺从心头流过，滤去了耿耿于怀的、不知该如何稀释的烦和愁。不知不觉中，灿烂的笑容又回到脸上。

是啊，人生永远只有一个方向，那就是向前，向前，再向前，何苦一定要重复翻阅早不值留恋的过去，把种种的不愉快死结一样地缠绕在自己的心上而徒增自己的烦恼？快乐的心境其实来得很简单，放下羁绊走向前方的路是一片风和日丽，为什么一定要作茧自缚，自我设置一个凄风惨雾的怪圈而久久彷徨？

与抹茶告别的时候，早已星光灿烂，月华如水，我心如水，枕着她的祝福入梦，一觉醒来该是个美丽的艳阳天！

● 语丝

人生本身就是一个不断完善的过程，生命的意义就在于追逐人性的真谛。然而苦痛是必然，要不然怎么会品到甜。而拥有一个真正的朋友却会加速甜化的过程，真正的朋友不一定要天天相见，但肯定是可以心灵相依的。

毕业回忆录

○8月20日　○星期五　○心情和天气：多云

在网站上找了好长时间才找到了毕业以后我们班的Children.com同学录，我进入以后弹出了一个对话框，上面有一栏写着：进入理由。我骄傲地打下一行字：俺进俺的班，需要理由吗？

● 那一天

5月的阳光非常热，我又想起了那一天下午。我们因为一点小事拌嘴了，竟然沉不住气地在课堂上吵了起来，下场是，我和我的女同桌都被罚站在外面，那天的阳光绝不亚于热辣的三伏！开始我们彼此都不说话，执拗地站着。老师略微惩罚一下就让我们回教室了，他临回办公室时说，"快毕业了，也不让我省心啊。"我看到同桌深深地看了我一眼。回到座位之后，我们同时向对方说："把你的本子拿过来我给你写一句话。"我翻开我的本子看到这样一句话：我要你永远做我的同桌！作为一个男生，我都想哭了。因为她写的和我一样……于是，我一直把那一天印在我的脑海里。

● "爱情"

只要有处在青春期的我们在，就一定会有这个词——"爱情"。那个青涩的年代，虽然我们不懂得真正的爱情，但是彼此间产生的朦胧的好感还是很多的。那个时候，我们的"爱情"就如水木年华的《蝴蝶花》里描述的那样：

是否还记得童年阳光里那一朵蝴蝶花，

它在我头上美丽地盛开，洋溢着天真无瑕，

慢慢地长大，曾有的心情不知不觉变化，

痴守的初恋永恒的誓言经不起风吹雨打，

岁月的流逝蝴蝶已飞走是否还记着它。

……

别哭着，别哭着对我说，

没有不老的红颜，

谁学会不轻易流泪，

笑谈着沧海桑田，

别叹息，别叹息对我说，

没有不老的红颜……

年少轻狂，我们就在这样懵懂的情感中接近着爱慕的他（她），学习着对方的优点，汲取着对方的关心，互帮互助，度过了友爱的三年。三年过去了，我们都已学会长大，却在日后的很多年无可避免地思念起曾经"爱"过的他（她）。

● 同学录

已经进入了中考冲刺阶段，班上却悄悄地传起了一本同学录。我看着写着我名字的那一页，有些茫然了，以前传的同学录，我都下意识地没有去写。或许我觉得，写了就意味着分离，意味着怀念，而怀念是伤感的。可是，这一次注定要在这上面写点什么，我真地不知道如何下笔，是写祝大家学有所成，还是祝大家一路顺风，考个好高中，或者是偷偷看看我曾经喜欢过的女孩有没有给我留言……

● 毕业留影

翻开那本厚厚的照片簿，其中最显眼的就是那一张毕业前的留影了。一大群孩子站在那里，让阳光照着我们那一张张红彤彤的脸，我们都显得有些忧郁，毕业了，我们就要分离了，以后就不能再和现在一样经常见面了。从摄影师喊一、二、三的那一刻起，我们美好的几年相处时光被那一瞬间所挽留，定格成了那一张让我觉得非常珍贵的照片。

● 中考过后

中考过后，同学们就像秋天枝头的落叶，纷飞到了全国各地，有乘机去旅游的，有去外地走亲戚的，有猫在家里啃读名著的。好不容易在班长的再三联络下，我们又相聚在一起了。尽管我们还未成年，但破例喝了许多酒。我们一个个都喝得满脸通红。分别时哭了，或许这一别，多少年都不会再像这样聚在一起了。班长红着眼睛说，哭什么哭，毕了业我们照样是一个班的……

●语丝

恰同学少年，风华正茂，好友相伴，携手共度，曾经点滴都在心头。

517寝毕业前纪事

○7月28日　○星期二　○心情和天气：晴转小雨

今天是离校的最后期限，寝室门上那四个字依然醒目，可匆匆而过的脚步却让我想起物是人非这个词。

早晨，不知道老大在哪里发了横财：一向勤俭的她竟然给寝室的姐妹带回了两桶肯德基外带全家桶。

我左手拿着鸡翅，右手举着玉米棒子说："老大，你老爹的股票是不是又涨了？"她瞪了我一眼。

午睡时，感觉床板在颤动，哭声隐约，倾耳一听，是上铺的老大，我爬上去推推她："怎么了，哭得那么伤心？"老大不理我，转身假装睡去。

午睡起床，老四借走了我的Lee牌牛仔裤，说今天跟暗恋两年零三个月五天的副班长告白。老大从身边经过，眼睛肿得像烂熟的樱桃。我拍拍她的肩膀："一切会好的。"老大对我挤出一个微笑后匆匆离开。

要毕业了，烦心的事特别多，考试没着落，成绩未知中，就连还没开始的爱情也变得迷茫。

下午，老四煞白着小脸回来，我问告白结果如何，老四说没找着人！

我买了4张电影票，不管怎么样，快毕业了，都该乐一乐。我们4个背了五六袋零食进了黑乎乎的放映厅，里面放的是《赤壁》，谁知道看到一半，老三和老四吵了起来，先是争论梁朝伟和金城武哪个帅，接着又上升到品味问题，最后竟达到老三和老六谁精神错乱的高度，电影没看完就险些不欢而散，还是老大出面提议去吃晚餐，才摆平这俩破孩子。

晚上，我们在一家火锅店吃着、喝着、闹着，老四不知怎么疯狂地往嘴里灌啤酒，一杯接一杯的看得人瘆得慌，老三一个劲儿地抢老四的酒，还不停地念叨："老四，梁朝伟最帅，我不跟你争了，快别喝了！"

这个夏天的夜闷热难耐，回去时我们4个手挽着手并排走在午夜寂静的街头，高唱着："找呀、找呀、找朋友，找到一个好朋友，敬个礼呀，握握手，你是我的好朋友……"场面甚是壮观。

收拾物品时，老四凑到我耳边说："要分手了，你给我留个纪念品吧。"我慷慨地说："随便挑！"老四满脸坏笑："那我就把Lee牌的牛仔裤留下了。"顿时，我眼冒金星。三年来，我搭吃搭钱，临走时还被诓去最心爱的牛仔裤，但看见老四纤细的长腿被这条裤子打造得有型有款，我心里还是甜丝丝的。

明天，我们就要离开，不知道未来会怎样！但临睡前，我隐约想起门板上的那四个字：友谊长存。

● 语丝

友谊是用时间的线穿起的珍珠项链，友谊是人生的四季适时绽放的鲜艳的花朵，友谊是一杯历久酿制的芬芳的美酒。友谊是一笔巨大财富，它能有效地提升人们的幸福指数。

50个人的格言

○5月29日　○星期五　○心情和天气：风雨交加

初中快毕业了，班里开始传起了同学录。我是最后一个被轮到的人。一栏一栏填着同学录，好像在做自我鉴定。爱好、性格、愿望，样样不少，我都一一填上了。到了填人生格言那一栏，我不禁惆怅起来。全班50个同学，只填了49页。剩下的那一页注定成为一页空白。我的思绪回到了刚上初中的时候……

刚上初中的时候，我交到了一个很好的朋友。他的个子很高，有着一张灿烂的笑脸和粗粗的嗓门。他总挂在嘴边的一句话是"我无所不能，因为我会飞"。所以大家给他起了个绰号叫"超人"。

说起超人，他并不是最优秀的学生，可却是最有特点的一个。

他是同年级最高、最壮的一个，据说小学五年级就有1米80，而且虎背熊腰，但一点也不臃肿；也许正因为又高又壮，所以他是掷铅球的校纪录创造者和保持者，至今无人打破。他从一年级起担任班级的体育委员并且掌管教室的钥匙，每天最早来，最迟走，从没听他喊过苦叫过累，可也从不以功臣自居。因为在他看来，做这些事很自然。他的运动服最多，冬天穿的，夏天穿的，几乎一年365天他都是穿着不同颜色、款式、大小的运动服度过的。

他为人豪爽慷慨，谁有困难，他总是倾囊相助，大方有佳。在老师的眼中，他身上既没有大部分学生在老师面前就有的拘束甚至害怕，也没有极少数自我感觉特别好的学生的张狂与傲气。他总是很自然，很放松，并且不是装出来的，而是来自他的天性。

……

总之，超人在所有见过他的人的眼里，尤其是熟悉他的父母、亲人、同学还有老师的意识里，他是蓬蓬勃勃的春天的象征，是最旺盛的生命力的象征，是健康快乐无忧的象征……提到他，总让人精神为之一振，谁也不会想到死亡会突然走向他，而且这么突然，这么不可思议，这么让人没有任何办法接受。可他真的走了，走得很匆忙，走得连最疼爱他的父母最后一面也没有见到。

他走时还没有过16岁的生日。

我们学校在镇里算是最好的学校，但和大城市的重点学校比起来各方面还远远不足。超人的父母望子成龙，看到超人的成绩应付中考并不理想时，决定花钱把他送到大城市去进行中考前最后的复习。

他启程的第二天清晨，我红着眼睛，很早就来到学校上早自习，同学们陆续走进了教室。预备铃响的时候，班主任走进了教室，语气有些颤抖地对我们说："知道不知道，超人死了，昨天死的，他爸妈还没赶到就死了……"

刹那间，我不敢置信地以为老师是在开玩笑，可是谁又能拿这种事情开玩笑呢。尽管我知道那天是几月几日，可我依旧慌张地翻着日历本，希望那天是4月1日……我无论如何接受不了这样的现实。我跑出教室趴在走廊的栏杆上呜呜地哭了，我不相信超人这样一个鲜活的生命会没了，他才离开这个学校几天啊。那节课我不知怎样走进教室，也不知道怎样挨到了下课。

后来，超人就时常在我眼前，心里。想忘也忘不了。越想越难过，越难过越接受不了他死去的事实。

而校园里角角落落都是他的影子。

超人从车轮下面抢救了一个小孩的生命，可他的生命却永远凝结在了那张见义勇为的证书上。其实他也是个孩子，那么有生命力的孩子！

如果，他是一只雄鹰，还没翱翔天空，便被折断了双翼；

如果，他是一朵小花，还未绚烂绽放，就已经过早凋零。

原本属于他的未来，不管是花海无边也好，还是荆棘满布也罢，他却连走下去的机会都没有了。

当我决定在格言那栏填上超人总挂在嘴边的那句话时，我发现，全班49个同学，每个同学都写了同样的一句话："我无所不能，因为我会飞。"我不禁对着同学录潸然泪下。

● 语丝

人生漫漫风雨路，我们曾一同走过。如今虽已远隔，心中思念不断。

毕　业　了

○6月17日 ○星期三 ○心情和天气：不愿看到的晴朗

挥一挥手，又怎能抹去这不断的眷恋，尽管人生离别是常事，真要告别时，却又难说再见。

——题记

高三毕业后，大伙儿吃了散伙饭，在KTV聚了一次，权当告别。这次我们包了包房，唱了一个通宵。

水晶唱了《千年之恋》，唱完了觉得没有充分表达感情，又唱了《千年缘》。万达唱了信乐团的歌，信每次唱歌都感觉像要杀了自己，万达更夸张，每次唱歌都像要杀了我们。唱《如果再回到从前》时，万达的眼睛都红了，我笑着问他，你想起了什么伤心事了，他说，妈的，唱的时候呛住了。无双为莎莎唱了一首《越单纯越幸福》，然后和子君合唱了一首《国境之南》。我和万达合唱了《天下》……

这一夜是个混乱的夜，谁哭了，谁笑了都变得恍惚。

我流着泪拉着莎莎的手说："莎莎，你知道我喜欢你吗？"莎莎说："知道啊，你知道无双喜欢你吗？"我傻眼，我不知道，我一直以为无双只是喜欢找我的麻烦而已……摇晃的灯光让我有眩晕的感觉，眼睛不知不觉地模糊了。

高中的日子，留给不羁的我们太多不真实的感觉：太多虚无缥缈的快乐，太多猝不及防的变数以及太多难以预测的结局。林林总总，叫我们应接不暇。

那些错过的感情，是我们始料不及的意外，抑或命中注定的劫数？我们不懂。我们只懂从同龄人刻骨铭心的教训中渐渐学会保护自己——学着禁锢那颗年轻狂野的心。

曾经以为，一句"不在乎天长地久，只在乎曾经拥有"是如此罗曼蒂克。

纵然不能相恋相许，但相识相知的美好已让人神往，叫人迷恋，也算拥有过一个唯美的故事。

然而，我们注定要错过，但如果有来生，请不要再让我们在这身不由己的花样年华相遇吧！

毕业了，曾经困扰我的考试压力没有了，我反而觉得空虚。

第二天早晨，我回到家，把我写的日记放到脸盆里，点了一把火，然后把黑色的灰烬冲入下水道，随之我的高中生涯也已经燃尽。

● 语丝

成长中的茫然是个必然的阶段，未来的路，还有很长，只要把握好成长历程中的每一次机会，努力走好，你一定会有一个美好的未来！

E网情深

虚拟的善恶战

○7月17日　○星期四　○心情和天气：阴有小雨

　　网络游戏，是一个21世纪的时尚话题，无处不在的网络游戏让我们意识到网络时代已经悄悄来到了我们的身边。有人说网络游戏就是PK，我认为这个是错的，也是对的，没有PK，一些网络游戏的寿命不可避免地就要缩短。有人提出：玩网络游戏不PK还能怎样呢？PK才是最终目的，PK需要理由吗？不需要吗？

　　PK是没有理由的，心情不好就去屠城杀新人，此类人被称为网络暴民，玩的就是恶意PK。不过喜欢PK的就找到了目标，一路追杀过去，杀人者终被杀，有点玩火自焚的意思哦。有的游戏出现了国战，也就是将PK合法化，其实这也是个趋势，这是一个需要多人配合的战争，是有目的、有计划的PK，而且不会有任何的怨言，上了战场就是随时准备牺牲的。不过PK也是一种技巧，可以说是一种竞技项目吧。而且团队PK是最见功底的：靠伙伴们的配合作战，心有灵犀一点通嘛！不过这也是到了仁者见仁，智者见智的时候了，分工明确，配合默契到了一定的程度之后，将无敌于天下！

　　本来PK和反PK是非常有趣的事，不过我看在PK和被PK者之间，无论是从武功技能，还是实际的经验，都有极大的差距，又没有正义高手出头维持平衡，真叫人看了腻味。见到有些玩家总是抱怨自己之所以PK某些人，全都是因为某些人太猖狂了，太怎么怎么了，从来没从自己为出发点考虑。其实，PK本无过，在这个虚拟的网络世界里，本来就是可以反映现实生活的，物竞天择，适者生存的，所以我相信，每个玩家都会有自己的抱负和理想，也都想过自己成为很牛的人物的时候是多么的威风。天下第一，本来就是个诱惑。

打网游是从去年开始的，最初打单机版的《仙剑奇侠传四》沉迷其中，然后开始了《魔兽》的征程。

网游让很多像我一样的青少年着迷，很多家长、老师都不能理解——虚拟的战争为什么让我们这么沉迷。

其实，我自己也不知道。大概是故事情节的神秘魔幻色彩，亦或是快意恩仇的感觉——你砍我，我就报复，即使被杀了，也可以再复活。游戏的可玩性，画面，还有多种多样的任务以及职业也是很吸引人的因素。总之，网络游戏吸引人的地方就是能和更多的玩家在一起玩，闯荡江湖，人人都可以创造出自己的故事，和现实中感受到的不一样，难道这样不能吸引你吗？

从某种意义上来说，游戏，更像是一种战争。在战争中，军、钱、粮是最重要的后勤保障、而游戏中武器、装备、钱、药同样是游戏的保障，尤其是 BOSS 战时，拼的是除了魔法和仙术的修炼等级外的武器、装备和复活药物了。

这里的战争，胜是虚拟的胜，败依然可以复活。而这里虚拟的战争胜负其实是现实世界的一种折射。而游戏有时更像是一种命运。无论你的过程多么精彩，打了多少装备、赚了多少金钱、拥有多少药，最终依然要按照游戏的剧情发展下去——死的人还会死、失败的人依旧会失败，而游戏中很少有真正的胜利者，这点和现实中一样。

游戏有时候真的很像现实的人生，我们卧薪尝胆、运筹帷幄、决胜千里。游戏给了我们一种虚拟的满足：在游戏中我骁勇善战、足智多谋，攻城略地无所不能，羽扇挥过，千军成齑，还有谁知道现实的我是个连杀鸡都不敢看的人呢！

● 语丝

兵者，国之大事也。生死之地，存亡之道，不可不察也。玩了网络游戏知道了战争的复杂，更明白了一个道理：战争的目的是——止杀。

网络情缘

○7月21日　○星期一　○心情和天气：骄阳似火

　　网络神奇，每个人都可以申请自己的家园，欣赏喜欢的音乐，倾吐生活的烦恼，释放心灵的郁闷，把自己的情怀传递。一句普通的问候，一首动听的歌曲，一个拥抱的表情，一份虚拟的礼物，在大家的眼里皆是灿烂的笑容，真诚的祝福……然而，我却有一份别样的网络感受。

　　我学会了上网，起初，只会看电影，一夜一夜地看，看到自己觉得无聊，看到再也不能够麻醉自己心中隐隐的痛。后来，知道了百度，于是就开始搜寻书的痕迹，易安居士的清婉，柳家三变的凄凉，东坡与稼轩的豪壮，就是那个时候，给我烙下了挥之不去的记忆。霍达笔下《穆斯林的葬礼》中新月的死亡让我垂泪；《白鹿原》里农民的智慧让我想起家乡的爷爷、奶奶；《狼图腾》里天人合一的寓意；《乱世佳人》里表现的坚强，《牡丹亭》《桃花扇》《大卫·科波菲尔》，我如饥似渴地读着，直到有一天，发现那本《追忆似水年华》我怎么也看不懂。

　　再后来，我发现网吧的电脑里有一个叫"QQ"的东西，点击之后，按照屏幕的提示，我顺利地申请到一个号码，可是上面空空如也，除了写着我名字的那个小企鹅，我再没有发现什么好玩的东西。偶然间飘过的网管笑嘻嘻地看着我，神情似乎是发现了史前的怪兽："这个是与别人聊天的东西啊！你不会吗？"

　　"嗯。"

　　"我教你吧！"

　　"谢谢！"

　　我疯狂地寻找上线的人名，无休止地发出加友的讯息，虽然应者寥寥无几，但是，好友的名单里终于不再孤寂，我学会了聊天，虽然我不知道应该聊些什么。我小心翼翼地说话，生怕在不经意之中得罪了这些千辛万苦，说尽好话求来的好友，惹他们生气，从此不搭理我。我学会了语音，学会了视频，学会了跑到别人的空间去欣赏别人美妙的文章。

　　直到有一天，夜深人静，屏幕上有了别人要与我视频的提示，我毫不犹豫地点击了接受，天啊！不堪入目的画面映入了我的眼帘，一个赤身裸体的男子做着下流恶心的动作，我急忙删除，但是呕吐的感觉却让我几天没有上网。从此，我不接视频，不接语音，也不再漫无边际地去加好友。

我不禁问自己：在虚拟的空间穿行，于伤感的文字中沉醉，久而久之心境疲倦，情感却很依恋，为难舍，离别痛惜，网络，究竟是什么？

网络有温情，有诱惑，有关爱，有罪恶，关键是看如何把握，网络背后颗颗真诚的心灵，永远让我们哭，让我们笑，让我们魂牵梦萦。也许在网络平台中，我们只是一个平凡的角色，只是一个庸俗的过客，学不会装扮，学不会隐藏，但我们一定会用澄澈的心灵之水，让羞涩的情感丰润芳香，一定会做纯真的梦幻之笔，坚守净土一方。茫茫的红尘之路我们每个人都走得辛苦而蹒跚，现实里的我们都有各自的无奈和辛酸。寄身于网络，我们要做的不是要把悲伤进行到底，我们要找寻的是相顾时会心一笑的快乐。从网络里感受快乐，同时用快乐去感染网络。也许这应该是我们痴迷网络的真谛。

● 语丝

在我们的人生大道上，肯定会有种种遭遇，当我们看到网络的繁花似锦时，也不要忘了警惕它背后的肮脏与龌龊。

Q 爱

○2月8日　○星期五　○心情和天气：平淡的晴朗

寂静的寒夜，漫长的寒夜，我悄悄拭着那总也流不完的泪水。

好长时间没看到他上线了，有一段时间我以为他生病了，他孤身一人，谁照顾他呢？难道是出了什么事？我这样担心着，疑虑着，愁肠百结，不能释怀。直到有一天我看到他又上线，才放下心来。当初和他说再见时，我的心里是多么难过啊，我扑倒在床上整整哭了两个小时。我漫不经心地玩着QQ游戏，偶尔在聊天室里向人发发牢骚，我甚至胡乱加了许多好友，然后又一个个删除。可这一切都不能减轻我心中的痛苦。

有一段时间，我以为自己把他忘了，我暗暗窃喜。可当我猛然听到一首歌、读到一首诗或看到一处风景，我的眼泪像泉涌一般倾泻下来时，我才明白，我忘不了他！我和他仿佛在前世就相识，只是今生无缘，我们在一起的日子是多么开心啊。心情不好的时候我就在家里唱唱歌、跳跳舞，排遣忧烦，有时候我突然会停下来，泪水狂泻而出，我慌忙以手掩面，我知道那是为了他，我想我是前世欠了他的，所以今生要用泪水来偿还。我总是找许多事给自己做，我从早晨6点钟离家去上学一直忙到天黑，偶尔的一点闲暇我也要出去走走看看，这样让我感到充实，没有时间瞎想。

我和他相识是偶然，就在那短暂的一瞬决定了一世的牵念。我当初为什么要加他为好友呢？仅仅是因为他的名字好听吗？难道冥冥中真有一种力量在左右着一切？他说那是上天的安排，我想也许就是这样吧。

人的一生是多么奇怪啊，有些事做梦也想不到，在一个月朗风清的静夜遇到了他，生命中所有的鲜花一齐绽放，美得我目瞪口呆！可当所有的花儿一起凋零后，只剩下满地的残枝败叶，只留下触景生情的余痕。他是一个多么明智的人啊，他知道该怎么做，是绝路就不要去走，是空梦就不要去想，为了还是学生的我，他选择了离开。而我，开始胡乱打发日子，不珍惜生活中的一切，把身边的幸福一点点地毁灭掉。直到漫长的时间酝酿出巨大的痛苦。痛苦真是一样好东西，它可以帮助人成长，使一个无知的人拥有睿智和哲思。

渐渐地，他成了我的一个亲人，就像父母兄妹一样，对他的牵挂也变成了对亲人的思念。从始至终，我们都没有说过一个超越亲情友情的字，他是哥哥，我是妹妹，我们是亲人！一次美好情感的经历与成长就是一次美丽的学习，我从心里感谢他，我要一生为他祈祷、为他祝福，希望他过得比自己好，我愿意为他承受所有的苦难。不为别的，因为他是哥哥，我是妹妹，我们是亲人！

新年第一天的夜晚，我隐身打开QQ，看到了他的QQ留言！简短的几句话包含了许多美好的祝愿。我看到他的头像亮着，感到温暖又亲切，泪水无声无息地漫过脸颊，我静静地坐在那儿，任由它流淌。直到他的头像暗了下去，我才去休息，我想今夜一定能做个好梦……

● 语丝

网络拉近了距离，让只隔薄薄屏幕的彼此，能感受到对方的心跳和呼吸，只因那份虚拟的美丽，默默地相守，默默地等待，默默地理解，默默地在心里装满了祝福和期待……网络带给人无数的快乐，但网络同时也让人感到孤寂、落寞和彷徨，对待网络，我们要理智。

我的网络，我的天下

○7月16日　○星期三　○心情和天气：飞扬跋扈的晴朗

"明天……开学……暑假作业……检查……"

我正聚精会神地趴在网上，耳旁似乎传来了妈妈的声音。

我一扭头，妈妈已快到我身后。

大惊失色！

但还是镇定异常地悄悄用右脚脚趾碰了一下主机上的"重新启动"，屏幕一下子黑了下来……

我很得意。

"洛洛，你在做什么，我说的话你听到没有？"妈站在我身后，狐疑地看着我。

"啊……我听到了。暑假作业嘛，我早就做好了！"我态度极好地告诉妈妈。

至于我刚才在干什么，还是不要和她提的好：我正在津津有味地翻看我的"日记"呢。它们全被我放在网上的个人主页上了。

其实，也不算是我的日记啦。网页的主人叫"灵儿"，芳龄17，是个高中生，美女，情感丰富，正遭受着爱情的困扰……

这个名叫"邂逅双华亭"的网页，是我的虚拟世界。整个暑假，我都在费劲地、一点点地把"邂逅双华亭"装修得漂亮起来，我还坚持写着"灵儿日记"。奇怪的是，我居然越写越带劲，写到后来，我都被这个多愁善感的花季美女感动了……

这样的东东，怎能让妈妈看见呢！她会当真的。

我打电话给子辛和飞猫，约她们到我家来一起对作业。

子辛暑假去北方，她在那儿待了两个月，我们还通过信。当我在白色信封上写上地址的时候，我居然有一种很奇怪的感觉，好像自己没有做过这样的事情一样。

结果在下封信中就把这样的感觉告诉了子辛，顺带埋怨她不用Email，简直就是麻烦。

子辛一直说她对电脑过敏。岂止电脑，凡是带"电"的，她一律不喜欢。

子辛对我说这些话的时候，飞猫在旁边听见了，就很不以为然地质问子辛："难道电视你不看，冰箱你不喜欢？还有，MP4呢，你不听？噢，好像是没见你听过……不过，电话你总不会不打吧！人类失去电话，世界将会怎样？"

子辛疑惑地说："哎，飞猫，最后那句是抄的吧。怎么那么耳熟？"

我笑弯了腰："人类失去联想，世界将会怎样？联想电脑广告啊！"

不过，子辛还真是个异类，她是真的很排斥带"电"的东西，对一些方便快捷的"现代化"工具也很少见她使用。

飞猫对我的网页叫"邂逅双华亭"感到好奇。我向她解释，我暗恋的那个爱穿白T恤的高一七班的小帅哥在游戏《千年》里的网名叫双华亭（好长的一句话）。

飞猫听了很郁闷，她说："洛洛，我知道你是个很直接的人，可你也不能这么明白地把你的罪恶目的大张旗鼓地写在你的主页上啊！"

我不屑："我都敢暗恋他，写个主页名有什么啊！要不是怕耽误人家小帅哥的学习，我还想向他表白呢。"

飞猫呼天抢地："洛洛，你邪恶的黑手怎么忍心伸向祖国脆弱的花骨朵呢！"

我无视："我就叫这名，我乐意，我高兴，我喜欢，你看不惯自己想办法，有招想去，没招死去——"

结果，飞猫真地扑到我的床上挺尸装死。

我的主页还是叫"邂逅双华亭"，嘿嘿，我知道早恋不好，但没人说暗恋不好啊，何况我对那个白衣小帅哥只是十分喜欢而已。小帅哥长得极其可爱，小包子脸，非但不影响他的帅气，还让这小帅哥生辉至极。记得，古龙前辈，在描述天字第一号美男——江枫的时候，用了这样的一句话："世界上，任何一个人，都敌不过他的轻轻一笑……"一见小帅哥，这句话便萦绕在我的脑海里，散之不去。

春风再美也比不过他的笑，没见过他的人不会知道。这一笑，天都晴了，花都开了，微风也醉了……

我的网络是我的天下，我做主，我就叫"邂逅双华亭"。

● 语丝

　　美好轻狂的少年岁月，飞扬跋扈的骄傲灵魂，在虚拟的网络中执掌自己的人生。

初恋逃兵

　　○3月14日　○星期五　○心情和天气：晴

　　时间的力量真是很神奇，它可以让那些曾经深深埋在心中的往事，都随着年轮的转动，变得渐渐模糊。当年内心的波澜，好像已经被时间抚得平整起来。我匆匆地走出了那个青涩的时代，却带不走那时对他，所有的心动和执著。

　　毕业以后就很少上网了，上网聊天只是为了练习打字，可是聊着聊着，不知不觉地投入了自己的感情，在网上胡乱地调侃，天南地北地神聊一气，竟然让我遇到了兴趣相投的朋友。这个朋友使我想起了一个人，一个多年以前的朋友。

　　上初一时，我们是同学。他的个子很高，所以坐在后排。第一次注意到他是在第一节语文课上，老师点名叫他读课文，他读得很流利，且随着课文的发展语调也变化多样。读完后，班级里便爆发出一阵掌声。我没有鼓掌，却被他的声音吸引住了。从那以后，每节课即使不专心听老师讲课，也会在他发言时，认真地听他的声音。然后，心跳开始加快。

　　我觉得我好像喜欢上他了，我发觉，暗恋一个人，真的是一件很辛苦的事。那种不由自主的喜欢，和欲罢不能的无奈，重重地压在我的心上。有时我会期待他突然消失，这样我就不用在每天上学时面对他了。因为我很担心遇见他时，由于太紧张而变得窘迫。

　　我是个很内向的女生，在学校很少说话，因而孤独傲慢成了同学们对我的评价。我并不在乎，我却在乎他对我的看法，但我从不敢和他接触。

　　网吧在那时已经像蚂蚁窝一样，到处都是。也正是这样才会吸引"网虫"大量繁殖，连我也成了一"只"，除了还在"孵化期"外，我与他们没有差别。

我爱上了上网，因为生活中不敢和人交流的我，在网上找到了属于自己的一方天地。

我申请了一个QQ号，叫"静"。从此便闯进了这个神奇的世界。

因为不爱和人交谈，所以似乎连怎么样和陌生人聊天都不会。试过几次之后，便放弃了。成了一个过客，飘荡在各个聊天室和网页之间。在那五彩的字条里，试着猜测那背后的故事。可是一声清脆的铃声让我走进了另一段生活！

"有消息？"我自问到，不禁有些惊奇。我点击了消息栏，"×××将你加为好友"，我很好奇，便查到了这第一位访客。可是我万万没有想到就是他给我的花季带来了"雨"。

快乐男孩：你好，我给你送来快乐，你欢迎吗？

我：很高兴认识你。

……

后来我便常跑去网吧和他聊天。我们熟识了以后，我向他倾吐了我的烦恼。

快乐男孩：这么说，你喜欢上了你们班的一个男生？

我：是啊，我很苦恼，我不敢对他说。

快乐男孩：或许他也喜欢你呢。

我：怎么可能，虽然我的学习成绩还可以，但并不是顶尖的；虽然我只是个画板报的宣传委员，但我并不像文艺委员那么有才；虽然我长得不难看，但和班花比还是差远了……

我尽情地诉说着，没有注意他已沉默了很久。

跟快乐男孩说了我暗恋的故事以后，我似乎感觉我的暗恋不再那么沉重了。可是第二天上学的时候，就听到班里都在传，说他要转学了……我回到家偷偷地哭了一场。他真的如我所愿地即将消失了，可是为什么我却这样痛苦。我把这个消息留言给了快乐男孩，他不在线。

过了几天，下了晚自习后，我背着书包，和往常一样走出校门。意外地，从背后传来了他的声音。我以为是我听错了，就算这个声音，是我再熟悉不过，曾在我心中荡起过无数次波纹，我仍然情愿相信是我听错了。我回头，却看到身后的他背着书包，正快步朝我的方向走来，我的心跳又开始加速。

"有事么？"低声问他。我想当时我的脸一定变得很红，我希望他在我的面前立刻消失，因为我不想让他看出我内心的变化。尽管，从始至终，这种近距离的接触，曾多次在我的意识中上演。

他从书包里拿出一张字条，然后说："这是我的QQ号，我想和老同学们保持联络。"我接过了那张字条，手心里紧紧地握着，对他说："一路顺风。"

马上跑去网吧，上了QQ，看到快乐男孩没有回复，打开那张字条查找那个QQ号，发现他就是"快乐男孩"！资料都是一样的。那时我突然哭了。我想起他说过"或许他也喜欢你呢"。我感觉很尴尬，心里也有点雀跃，但是内向的性格却使我迅速下线，并再也没打开过。我当了一个感情的逃兵。或许是因为他早就洞悉了我的内心，我的秘密突然暴露了出来，无颜面对他；或许是他即将到外地上学，我们不会有什么结果。就这样，我对他最后的印象就停留在给我字条那天那条放学的路上。

初恋的花季下起"雨"，而忧郁的雨季又在孤独中度过，美好的事物永远是最短暂的，但那份记忆也是最难忘却的。

●语丝

就让我们把美好的初恋放进记忆的长河，共同坚守这份心灵的距离。

网络深深深几许

○4月9日　○星期四　○心情和天气：云层深厚

由于学业繁重，很久没有上网了，终于，让人发疯的期末考试结束了，放了大假，闲暇无事，于是又想在网络上流连一番。熟练地打开电脑，一整套程序运营后，我进入了电子邮箱。"有没有搞错，那么多信。这死丫头，是不是又失恋了？"看着那么多的信件，我情不自禁地说道。

飞快地浏览完小梅的来信，我无奈地摇摇头，这小妮子自从涉足网络后，就幻想有网络爱情的出现，每每总是要向我诉说她的新目标的好与坏、喜与悲……我也只有耐着性子听完她的诉说，有时候还会提出见解，当然我的好意只能遭到她的又一轮"抨击"。哎，已是无药可救了，中毒深矣！

这次她又受伤了，而且伤得很深，以至于她也怀疑自己的想法与选择，我也只希望她能真的醒悟，免得再受到伤害。

曾经，我忙于学习的时候，小梅一直忙着上网。尽管我一再告诫她：网络是虚拟的。然而，她却不以为然。她说，虽然与网友的交流不多，但每一次交流，她都是真诚的，她也愿意相信他们的真诚。在朋友心情不佳时，她安静地倾听他们的忧伤，竭尽所能安慰他们，帮他们分析问题，也探讨学习和生活，对于朋友提出的建议，她虚心接受，也会如实谈谈自己的想法。很多朋友给她留下了深刻的印象，虽然他们彼此隔着千山万水，联系也仅限于一条网线，但她觉得彼此能够心灵相通，如果隔段时间不"见"，甚至还有丝丝牵挂。

确实，当我们相遇在网络这个虚幻的世界中，彼此聊天聊得很开心，也许会生出一种淡淡的、莫名的情愫以及一种冲动。网络里的男女都或多或少的彼此喜欢，彼此爱慕，都希望能在网络中寻找到一份从心底飘生的牵挂和柔情，素未谋面这份神秘的外纱一直笼罩在我们心头，我们要的是执著的火热的爱情。要的是心无城府的交往，网络构筑了一个个瑰丽的梦，柏拉图式的爱情不知吸引过多少男女。

没有灯火的喧嚣，喜欢夜的安宁，满屏的纷纷扰扰，是灵魂最深处浮浮沉沉的慰藉。笑或流泪，屏幕上自己苍白却真实的脸，同样麻木。

当一切都如过眼云烟的时候才会发觉其实爱上的只是自己依恋的那份感觉，爱上的只不过是一个带有曾经让人心动的昵称或者一个QQ头像。当它是五彩的时候附着随时的跳跃，你会认为它就是为你而闪烁，为你而载歌载舞，其实你不曾知道它同时联络着多少的女性或男性。

尽管我并不否定网络中的感情，网络也依旧是个虚幻的陷阱。网上的情意很薄很脆弱，不管是友情还是爱情，脆如玻璃，薄如蝉翼。一点点误会，一点点分歧，都能够葬送一段原本纯真美好的情意。从此，形同陌路，不再联系；或者，干脆从彼此的视野里消失，永不相见；又或者，换一个号码换一个名字，依然在你面前出现，但你却无从知道。联系彼此的，本就是没有生命的数字组合，记在心里的也只是某个昵称而已。鼠标轻点，删除无形，全在自己的心意。也许毫无感觉，也许会有不舍，只是，这样的过程，谁没经历过呢？这样的感受，谁又说得清呢？

我们每个人的潜意识里，都期盼着有一份真正纯粹，真正透明的情意存在，期盼着有一两个真正交心的知己存在，期盼着真情的永恒，期盼着别人也如自己一样，没有丝毫的目的，没有丝毫的杂念，纯粹为了交友而交友。但是虚幻的网络能把这些带给我们吗？

小梅还在期待，而我却在守候她的期待。

● 语丝

网络世界，纷繁复杂，混合着很多好的、不好的元素，徜徉其中，可以享受到很多平时无法接触的东西，仿佛刹那间，拓展了自己的能力。其实，回归真实的世界才发现，一切，原来都没有改变，改变的，也许是迷失在网络中的自己！

我家的电脑白痴

○7月3日　○星期四　○心情和天气：热死人

这年头电脑满地都是，基本上只要是个人基本都会上网，至少会打开QQ聊个天，打打小游戏什么的。这两天，我被我那妹妹搞得快崩溃了，精疲力竭，她把她的台式机，还有我的笔记本（就借她用一天），搞上一堆木马。木马都是些杀不掉的后门恶意软件，而我虽然电脑技术不高，但一直主张不到万不得已不重装的原则，最后居然进dos杀，所以有些出离愤怒了，想发火，看见妹妹无辜地看着我，又好气又好笑。

是不是女生都是电脑白痴？我发现我遇到好多女生（或女人），即使买电脑N年了，居然还是对windows操作系统一无所知，包括我妹妹和我妈妈。

现在回忆一下这些年来这些电脑白痴干的事。

有一次，我和同学约好打球，刚出门，我妹妹打电话给我，有点哭的感觉，说电脑显示全是乱码。我说，中毒了？她说，杀了，没毒，就突然这样了。我赶紧回去，确实所有的显示都是乱码，正丈二和尚摸不着头脑，我问她到底动了什么，她想了半天，才说好像点了输入法，我一看，我那天才妹妹把电脑语言给设置成了"秘鲁语"！

教妹妹用电脑N年以后的一天，我把门关上准备写作业。

妹：哥，机器为什么没画面？

我：……显示器没开吧！（这是她常忘记的！）

妹：怎么开？

我：……（由此我怀疑我妹妹不是在耍我，就是白痴。）

（然后不久）

妹：为什么音箱没声音？

我：线都接好了吗？

妹：什么线？

我：……（开门，出去一看，插在MIC上了，插回来。）

妹：为什么你来了以后就能发出声音了？

我：……（你以为我刚才在后面鼓捣那么久在干吗？）

（又过了一会）

妹：哥——机器坏掉了……（她的声音带着哭腔，每次闯祸都用这招麻痹我！）

我：……（无力）

妹：忽然就不动了，我什么也没敢动啊。

我：……（按reset）

她眼睛睁得大大地看着我说不出话，半天说出一句："这样没关系吗？"

她要不是我妹妹我就……

上学期我考得比较好，老爸奖励我，给我买了台笔记本，以前配置低点的台式机就顺理成章地给了妹妹。然后，小丫头只要用电脑就出千奇百怪的问题，让人应接不暇，最经典的一次是我到表哥家玩，表哥要带我练级，本来打算过夜的，晚上9点多了，老妈给我打电话命令我火速回家，说音箱不响，妹妹急得哭了。我奉旨回家救援，仔细检查各个设置发现没有问题，线也没插错，可音箱就是不响，询问妹妹怎么操作了，妹妹说一开机就不响，无语，再检查一遍，发现音箱插口有点松，往里一按，响了，我这个汗哪！

唉，往事不堪回首啊，我还得挽救我的笔记本电脑呢！

● 语丝

这是个网络时代，是个精英与电白横行的年代，精英指我，电白就是妹妹一类让精英咬牙切齿的人。

网事如梦

○10月24日 ○星期五 ○心情和天气：阴，有冰雹

关于自己还有她，我不知道该怎么讲。我只觉得，世界上的所有事，一定都有它结束的时候，当它应该结束时，无论你是否舍得或者愿意，你都只能去接受这个事实。金城武在墙角幽幽地说：如果一件事情注定要失去，那么我们能做的就是不要忘记。如果记忆是一听罐头，我希望这听罐头永远不会过期；如果一定要在它上面加一个日期，我希望是：一万年。

其实有的事，当它注定要结束时，我们不应该再挽留。我们能做的，也许恰恰只是把它忘记。

我和她从一开始就是个错误，可自己却一直执迷不悟。即使清醒过来，也不能真的忘记。那么就最后再回忆一次吧，从此对这段往事不再牵挂。

放学后，我常常闷闷地钻到我的小屋里，打开电脑，跨上小猫，打开QQ。在学习烦躁之余上上网，浏览些新闻，看看娱乐图片，对身对心都是一种解脱，但我却很少聊天。我不是不聊天，有的时候也不分同性、异性地聊会儿，随着聊天次数的增加，发现了一个共同点，那就是网友和我打招呼的第一句话全是单一的：你好。男的女的？聊吗？多大了？上学还是上班？哪里人？

渐渐地我对聊天的内容也就相应地感觉很枯燥、很单一、很麻木，因而也就对聊天不再感兴趣了，总觉得自己是在浪费时间、浪费生命。

直到雪狐出现，我才发现了聊天的新亮点。

雪狐的名字很玩闹，但她说话的语气给我的感觉却是忧伤。

网络的最大好处就是，彼此能够交流而无须担心对方知道你的秘密。因为网络里每个人都是虚拟的，都能包装自己。一开始，她就没有任何掩饰，把心中的烦恼说给我听。我也有烦恼，我很能理解她的处境，我就静静地听她倾诉……从此，我们成了无话不谈的朋友。虽然彼此未见过面，但她给我的感觉比现实中的朋友更真实，也许是我们之间早已有了一种默契吧……

这个春天里的一天，我们在网上互相留了手机号码。从那天起，每天在心底回味她的声音，想象她的笑容仿佛成了一种习惯。我知道自己心里的感受，渴望见到她。但我也知道，我们相识在网上，有缘相识，却无缘牵手。我们都是学生，我对她的这种感情算是网恋吗，要怎么说出口，我的心里好难受……有一天，她给我发来了短信，说想见我，我又何尝不是？我无情地压抑住了自己，对她说不可以。她对我说：我知道，你见了我会喜欢上我的。我的心无处躲藏，我无言以对……

后来我们没有见面，但是我们网恋了。天天在网上对彼此传达一些甜言蜜语。学习的重担确实减轻了，但我也发现一个可怕的事实：上课时，我想着她，做作业时，我想着她，上了网，更是迫不及待地追寻她的头像亮没亮……我的学习成绩就这样随着我对她思念的与日俱增而日益滑落。老师和蔼地问询和妈妈的苦口婆心，终于使我决心放弃掉这一段本该不属于我这年龄的感情。我的QQ再也没亮起来，手机也换卡号了。那一段日子，难过得像在戒毒。

学习累了，再也不能到网上去冲浪，我怕会想起她。偶尔抬头看下窗外，窗外的天空不知道什么时候，已经变得格外惨淡，地面被撒了一层薄薄的雪。我突然想，如果是厚厚的雪地，不管留下多少足迹，被风拂过后，依然是平整如初。在成长过程中，那个只属于网恋的年代，早已被匆匆的流年埋没了。告别了枯萎了的网恋，也封存了我将永远珍藏的记忆。

● 语丝

是谁在多情的季节，施下无情的魔咒，任萧瑟的风拂过枝头，摇落颗颗青涩的红豆。

再见，朋友

○8月2日　○星期六　○心情和天气：该死的炎热

一年前，也是在这个烈日炎炎的夏日，也是在这个电脑屏幕前，我认识了她。

当时我是个即将升入初二的学生。放假前夕，喜欢电脑的我接到了一个艰巨而又特别的任务——建设班级网站。那时我对这方面还一窍不通，只会做一些简单的网页而已，更别说建设网站了！我下定决心一定要做出一番成绩给同学们看！

妈妈为我开通了宽带，对网络不太熟悉的我，只有在网上乱游乱逛，寻找建设网站方面的资料，无意中了解到了腾讯QQ这个聊天软件。我对它充满了好奇，就下载一个，注册了我第一个QQ号码。刚刚接触新鲜事物，难免会很兴奋，在查找里乱找一气……找到的都是一些大人，说两句话而已，原因就是没有共同语言。

我只好又回到了我的岗位上，努力钻研网站的建设，几天以后已经初有成果了，有了自己的域名，并把一个写有"正在建设中"的网页发布到了网上，好兴奋啊！自己终于能建网站了！！！家人都为我喝彩。可这几天枯燥乏味的工作也够折磨人的了，我又把注意力转移到了QQ上，功夫不负有心人，终于找到了一个与我同龄的网友。刚刚认识，也只当是休息，只当是消磨时间，并且当今社会这么乱，我用了一个假身份——女，15岁，高一即将升入高二的学生，不过我用了真实的学校（我们学校初中高中都有）。不知怎么会有这么巧的事发生在我身上，她居然也说自己是这个学校的，后来证实她说的是事实，只不过用了虚假的班级。

我们的交往多了，对彼此也有了更多的了解，一段时间后我们都说出了自己的真实身份，我们同是即将升入初二的学生，在一个学校，我们便成了朋友。有空就在网上说些好玩的事，挺开心的。她知道我在建设班级网站，就鼓励我，支持我，给我坚持下去的力量。半个月后班级网站顺利建成开通！同学们都羡慕我的电脑技术，实际上在背后我付出了多少艰辛，多少努力，是他们不知道的。现在想来，没有她的鼓励我怎能做到呢？

开学了，学业很重，和她的联系也就少了。时间过得飞快，转眼间上学期就这么结束了，寒假来了，我们又在网上相见，我们互留了手机号码。从此，手机便成了我们之间主要的联系工具。除夕夜那天，她给我打了第一个电话，这是我收到的最真挚的祝福。她挺可爱的，像小孩一样。

初二下学期到来了，我和她越来越熟，成了最好最好的朋友。每当有空我都会和她发发短信聊一聊最近的学习生活，每到星期六她都会抽出宝贵的学习时间给我打电话。她生日那天，我放弃了吃午饭的时间把礼物给了她。晚上她给我发来了短信，她非常高兴！那是一盆花，我至今都不知道它的名字，是一株绿色植物，叶片多而密，给人积极进取的感觉。我还附了一张字条，上面写着："生龙活虎，日新月异，眼明手快，助人为乐"，组合起来就是"生日快乐"。

此后，不管她遇到什么困难，我都会为她解决，她说他信任我，因为我给她像哥哥一样的温暖，她发誓不管遇到什么，永远是我最好的朋友。她怕谁替代了她在我心目中的位置，我说："绝对不会，你就是我最好的朋友，没有人能替代你！"她说她喜欢我（当然是朋友之间的喜欢，最纯洁的友谊），不会让我失去她。她也依旧给我鼓励，给我信心，让我努力！

可，天有不测风云。就在我生日的前夕，她不理我了。给她发短信，她不理我，给她打电话，她不接，到她班级找她，她也不出来。这是为什么？我很疑惑！我曾想过无数个理由，可她却还是不理我。后来我才知道，是因为我们的频繁来往，被她妈妈发现了，认为我们不该在学习阶段这样交往耽误彼此的学习。她跟妈妈据理力争，被妈妈训斥了一顿。

我生日的前一天，她托人给我送来了礼物，是一个木屋风铃，还有一张信，里面写着"Happy Birthday！生日快乐，永远快乐！I'm so glad to have a friend like you！"署名是"你的挚友"。我明白她一定是选择接受她妈妈的意见，以学习为重了。我给她发了短信，我说我会把这段友谊当做美好的回忆，永远记在心里。

尽管现在我们已经把精力投入到了学习中，不再来往，但她对我的鼓励和支持，我永远不能忘记，没有她，我怎么能走到这一步。想要报答，却无法实现。那我就只能在心里默默地祝福她……把我的祝福寄托在白云上，送给她！在我心中，她是我永远的好朋友。再见了，我的朋友！

哥们儿老师

○10月21日　○星期六　○心情和天气：晴有微风

哥们儿老师，顾名思义，既是我的哥们儿，又是我的老师，但这个老师可不是正儿八经讲课的老师，而是在我初学上网的路上指导了我一段路程的老师。他就是王成科。他现在和我一个班了，对此他那张苦瓜似的脸上，曾绽放了三天喜悦的笑容。可当我问他，做我的老师就那么美么？他的苦瓜脸突然拉长，像极了一条长着五官的黄瓜。

变成黄瓜的脸愠怒地说："怎么说话呢？有你这么不尊敬老师的么？做你老师是我三生有幸——管得着么？"

我"呵呵"地笑了两声，说："兄弟，认识你值了，甘愿让我把欢乐建在你的痛苦之上。"

他很牛气地一撇嘴，我有些对不住他地想到了一个冬瓜头。

当时很流行上网聊天，QQ成为一种时尚，学习成绩优异，体育运动优秀的我，唯一的缺点就是没及时赶上这个时尚潮流。在网吧里看着别人悠闲地又是敲又是点的，屏幕随之变幻着五颜六色的图案，我就着急地对准键盘又是拍又是打，结果，屏幕还是不理不睬地黑着。

"英雄嘛！总是在别人最需要的时候出现！小弟弟，需要帮忙吗？"那时候王成科的脸既不像苦瓜黄瓜，也不像冬瓜，但我又不得不承认它与南瓜有什么血缘关系。

于是在"南瓜"的指导下，我学会了聊天，注册，浏览，下载，冲浪，以及其他一些乌七八糟的东西。然后他诡谲地说："小弟弟，我可不是什么正人君子，慷慨之士，我教你可不是无偿的。"

我想了想，将所有的口袋都翻了出来，堆在他面前，五元钱，两块泡泡糖，一把水果刀，一团揉皱的卫生纸。

"就这些？"他惊恐地问。

我看了看，不好意思地将卫生纸拿下去，带着歉意说："这个不算，因为我刚刚擤过鼻涕。"

他一把将我拉到吧台，大叫着："结账！"

我才明白自己上了七个小时的网，他给我垫了九块钱。

很简单，我们就这样结识了，巧的是，他还是我的校友，从此也就以我老师的身份自居。新学期开学了，我发现他总是到我的班里上课，我便心里很过意不去。对他说："你要是想我，下课过来坐坐就可以了，用不着整天趴在最后一排陪我上课。"

他用尽力气大骂了我几遍"傻瓜笨蛋"之后，我才明白——原来分完班我俩同班了。

班里人都叫他蝌蚪，我觉得叫他"蝌蚪"是对他的不敬，便讨好地称他"成哥"。

无论成哥的脸多么像瓜，但他却属昼伏夜出的动物。每当上课铃响起，他就像听到睡神的号令一样，立刻趴在最后一排的课桌上。不久之后，轻微的鼾声便穿插在老师铿锵的教导声中，听起来别有一番韵味。等到晚上熄灯铃响过之后，他那笨拙的身影灵巧地跳过宿舍的窗户，敏捷地跃上学校的墙头，"嗵"的一声，消失在浓浓的夜色中。五分钟之后，色彩斑斓的显示器面前，映照着一张蜡黄的脸。

一个不眠之夜又开始了！

成哥通宵达旦地聊天，已经到了走火入魔的程度，但他的语言也日渐风趣幽默起来。他常常对着我的耳朵喋喋不休地讲述他在网上遇到的艳文逸事，在他滔滔不绝的讲述中，一本本作业从我的笔下划走，一个个日子也从我的笔下滑走。

考试了，我一不小心又得了第一。成哥呢？他说是榜眼。我知道班里五十个人中，他排四十九。他有些气愤地说："考倒数第二的那个小子没考试，我便顶了他的缺。"他说："其实我一直是倒数第三来着！"

我没理他，收拾东西准备回家过年。他一把拉住我："你小子欠我的还没还呢？"

我又开始翻口袋。他突然握住我的左手，哽咽地说："救救我吧，我要完蛋了！"

我用手摸摸他的头，说："忘了过去，我帮你找寻明天！"

● 语丝

像罂粟一样带给我们快感的网络，对于上瘾的人来说，无异于毒品。如果我们学不会节制，学不会隐忍就只能在它面前溃败。生命中有很多美好的事物等待我们发掘，就是看起来枯燥的学习生活，也有乐趣在里面。

老鸟的养成

○3月19日　○星期三　○心情和天气：平静的晴朗

某个星期天，一个同学说很无聊，要我陪他去上网。21世纪的人了，连网络是个什么玩意儿都不清楚，不让人笑死才怪。于是我跟他去了。在某个网吧门口，我被扑面而来的烟味呛得差点窒息。三思而后行啊，我对自己说。在烟味里泡上小半天后，我最终还是没有行动，我看到的一切使我不敢有所行动。我的那位同学一开始就打游戏，一些不知名的坦克、大炮、飞机左战右突，看得我眼花缭乱。我说："帮我查查去年高中的录取分数线。"良久他才答应，去查，等了很久，没有动静。于是他又混入了坦克、大炮之中。

我孤零零的一个人，无所事事，就以观察别人为乐。我的左右都是些同龄或是看起来更小的学生，他们都在玩游戏，也是打仗的，但没有我的同学那么现代化。他们都是徒手搏斗，偶尔才用剑或刀这些原始武器。他们的脸上都带着笑容，很有成就感。另外有几个制造烟雾的家伙，手抓鼠标点来点去。我远远地看见那电脑屏幕上尽是些比原始人还原始的一丝不挂的怪物和粉红色背景的文字。

从网吧出来时太阳已上了中天，我问同学："你总来这些地方，你受得了那烟味吗？""不受也得受，这是市井气息，懂吗？"一副从群众中来到群众中去的样子。

尽管进网吧的这次经历看起来很糟糕，但我对网络的奇特产生了浓厚的兴趣。

某天走在放学的路上，听到一个女生对她旁边的男生说："那儿有卖书的。"男生说："我上网就再也用不着买书了。"听了他们的对话，我对网络的兴趣更加浓厚了。有了网络就不用买书了，又省钱、又方便快捷。在我和老妈"谈判"多次之后，老妈终于同意，如果我中考能考个一类高中，她就给我买。

终于，我成绩傲人地从初中毕业了。电脑配了，光纤网也装上了。一切就绪后，我开始迫不及待地踏上我的网上征途。

起初，我对这另一个世界的一切都感到新奇，但凡遇到的网站都要亲自拜访拜访。别说，这网上的资源还真多，上至报刊书籍，下至音乐动画，声光色效，应有尽有。

这时的我充其量还只是一只刚学会爬行的"网虫"，可我却急于飞翔，网络基础还没打好，就想来个"大跨栏"，以至网络语言不懂，网络知识不会，一度沦为"菜鸟"。确实，在互联网上是有很多讲究的。后来，我终于从查查简单的网页信息飞跃到了熟练地操作大型网络游戏，甚至还掌握了一些黑客的技术！就这样，我光荣地从菜鸟成为了老鸟。这其中，对网络知识的刻苦学习就不用说了，在电脑运用方面也付出了不少努力和艰辛，但结果是甜蜜地，我甘之如饴。

正如同人生有风雨一样，互联网使我品尝了酸甜苦辣，但苦尽甘来，依然还是"美妙滋味不可阻挡"，因为它富含新时代的气息。来，朋友，别犹豫了，带上你的勇气和我一起走进这奇妙的世界吧，让我们一起走进网络时代！

● **语丝**

网络世界纷繁复杂，正像所有事物一样具有它的双面性，它可能带给人沉迷，也同样带给人便捷，它可能带给人虚拟的快乐，也同样带给人交流的快速。21世纪是个什么样的时代——网络时代。

网　　恋

○5月3日　○星期六　○心情和天气：不该有的晴朗

不知什么时候，"网恋"这个新名词悄悄地进入了每一个人的脑子里。也不知道在什么时候，同学们见面相互问候的那句"写作业了吗？"变成了现在的"你上网了吗？"这张网的的确确真不简单，在短短的时间里就覆盖了整个地球。"第一次亲密接触"中的轻舞飞扬与痞子蔡的网恋故事感动了千千万万对少男少女。对于"网恋"，不同的人有不同的看法，有些人认为网恋无非是玩玩而已，偶尔放纵一下也没有什么不好。更有些人把网恋当成一种游戏，同一时间跟不同的人一起网恋。

对网恋有了这么深刻的体会后，我第一次上网时是抱着那种战战兢兢的态度，还好我的自制力还算可以，身边的好友不断地发生网恋，多数以悲剧收场。我也只有在安慰好友的同时告诫自己。

我开始接触QQ，第一个加的人是他。我和他聊得很投缘，从此，我迷上了QQ，到了不能自拔的地步。

深冬午夜，是那样的凄冷寂静。远处灯火辉煌。

而我，却独守着黑夜，尽管自己冷得发抖，却仍不愿睡去，硬撑着打开QQ等着他上线。

1月30日，我终于赢得了他完全的信任。他给我一条留言：我的地址XXX，收信人写XX就可以了，我期待着，期待着，你放飞的鸽子。我有点愕然，但心里是甜滋滋的。就在这天，我寄给他第一封信，也寄出我的第一个期待。

3月1日，读初三啦，快要升高中了，强忍着心中的思念，狠心抛下网络，收拾心情，回到学习中去。

剪不断，理还乱，是离愁，别有一般滋味在心头。

虽然驿动的心已经慢慢地平静下来，但我的成绩一落千丈，我"NO.1种子"的称号已被同学抛之于脑后。每天，都被班主任"请"到办公室，每次我都是低着头走出来，班上繁多的事务，使我心力交瘁。

4月5日，我失落地回到家，走到门口，我豁然发现邮箱里有一封信。我匆匆忙忙地打开邮箱，是他，真的是他。信里流露着关心，鼓励，支持。在我情绪最低落的时候，他安抚了我受伤的心，像一场及时雨渗进我荒芜的心田。

今天，我由早到晚都想着同一个问题，我们是否该在这几天做个了断，网络是不现实的，总有一天我们都会见面，很多事情都会随着见面而改变。而我们会变成朋友，恋人，还是陌生人，到最后都会有个答案。倒不如让自己早点知道，于是我找了个不成理由的理由，拨通了他的电话约他出来，他欣然地答应了。一个半小时的约会在"再见"声中结束。从他的眼神和表情，我知道了答案。我该放手了，该去寻觅另一片属于自己的天空，也该忘记他了。

我问朋友："怎样才可以忘记一个人？"

"你只需要花一分钟注意到一个人，一小时内变成朋友，一天让你爱上他，一旦真心爱上，你却需要花上一生的时间将他遗忘，直至喝下那孟婆汤……能不能忘记，要看你自己啦！我也没办法。"

● 语丝

对待网络中的情感，不要幻想会找到一生懂你的知己，不要给自己找无谓的忧伤，还是悉心体会现实生活的美好时刻，把网络留给你的短暂的心颤，放进你的心情日记，把开心留给生活中的朋友吧。

网络迷失

○6月27日　○星期五　○心情和天气：抑郁迷茫的阳光明媚

　　高一上学期的时候，我迷恋上了网络，经常去网吧通宵，通宵后上课都很准时，每天早上准时到教室，但一上课就坐在最后一排睡觉，每次都不交作业，老师说我的时候我还装着满不在乎的样子，总喜欢歪着头，现在想来那时像个小混混。

　　班里有个女孩经常取笑我，整天说我不求上进，不思进取，有愧于父母之类的话，还老讲些大道理，说什么现在就业难，我这样考大学都有问题，以后更不好找工作。我那时听了这些话都当耳旁风，每次都敷衍她几句。后来我有点动摇，怕真的毕不了业，考不上大学，就整天拿她的作业抄，那时的成绩是按照平时的成绩加考试的成绩算的，这样我每次还可以混个及格。后来她不让我抄她作业了，说那样是害了我，我只能说不抄的话成绩更差，毕业更有问题，她也不说什么了，每次上课的时候主动把她的作业本给我抄，但她还是喜欢用不冷不热的话来戏弄我。

　　就这样高一过去了，我们分了文理班，她选了文科，就这样我们不在同一个班里了。高二刚开学的第一天因为没有看到她，听不到她的冷嘲热讽，也没人给我作业抄了，我突然感觉心里空荡荡的，不禁悲从中来，那一刻，我才发现原来我已经喜欢上了她……

　　那时候我还没有从网络中清醒过来，因此无论上课还是课间，即使不睡觉我也很沉默，很少有女孩子和我说话，突然听不到她的声音，感觉很失落。第二天，我给她打电话，我说我们一起吃晚饭吧。可是她却说没空，她要和她男朋友一起吃饭。我一听懵了，几天不见竟然有男朋友了。挂掉电话之后，我失魂落魄地乱想了很久。爱情和友情经常在分开的时候才可以分得清，当两个人经常有说有笑没有任何非分之想的时候都觉得那是友情，但突然分开的时候让你魂不守舍的那一定是出现了爱情。

　　一连几天，我都没有勇气再联系她，我不断地在校园里、走廊里到处走，希望能和她来个偶然相遇，可是她好像故意躲着我。后来我也不再多想了，感觉任何事情不能勉强，该得到的东西不会轻易溜走，得不到的东西强求也没用。我那时更加痴迷网络，那段时间也是我在网上最有激情的一段时间，天天疯狂地玩魔兽，上开心网，上QQ聊天。

高三的一天，晚自习因为停电取消了。走在操场上，一眼就看到了人群中她的背影。

在送她回家的林荫路上，我们肩并肩走着，路上人很少，很静，我几乎可以闻到她的气息。在快到她家时，她突然停了下来转过身，看着我，默默地说："今晚找我有什么话要说吗？"我怔了一下，心里感觉很乱，想对她表达自己的感情，却又觉得沉迷网络而疏于学习的我已经没有了能给她承诺的能力。于是摇了摇头说："没什么。"她依然看着我："真的没有什么话要对我说吗？"我的心开始乱跳，沉默了几秒钟，我还是说："没有了，你早点休息吧。""好吧！"她微微一笑，"再见！"，我也故作轻松地说了声"再见"，便转身走了。走到拐弯处，我还是忍不住转过头来看她。我看到她还呆呆地站在那里，我突然感觉到一股莫名的伤感……

后来，因为我的堕落和轻率，该发生的事情终于发生了，会考好几科都没有通过。我终于尝到了网络带给我的苦果。而曾经喜欢的她，考上了一所遥远的大学，彻底走出了我的视线……

● 语丝

"莫等闲，白了少年头，空悲切"，沉溺网络、挥霍青春，留给自己的除了后悔还有什么？

虚拟世界

○3月5日　○星期三　○心情和天气：风中有朵雨做的云

同学们最近都很神秘地互相问："你去那个世界了吗？""去了，速度快极了！""嘿，哪天放学咱再去。"

我好奇地问同桌，那个世界是指什么？

她诧异地说："你不知道吗？咱们学校的微机室装宽带了！老师还给它起了名字叫'虚拟世界'。最近同学们都热衷于上网聊天呢。"

我恍然大悟，原来是上网啊。这年头上网已经不新鲜了，不过对于埋头学习的我来说是个新鲜的事物，我一点都不熟悉。我暗自下了决心：我一定也要体验一把。不能在同学中做个土包子。

第一次上网，都不知道怎么上，后来还是在微机老师的指点下，才知道，点开IE浏览器能上网页查看东西，有一个叫QQ的小企鹅是能聊天的工具。

我带着新鲜感和神秘感注册了一个"Q号"，开始了我的聊天之旅。

"你好。"

"你好。"

"你是哪里人？"

"呵呵，我是北京的，你呢？"

"天啊，这么神奇，我在大连，这么远也能聊天。"

……

我和"飞天魔女"是在七夕——"中国的情人节"那天认识的。一个值得纪念又富有浪漫的日子，所以引出了我们以后的浪漫故事……

她初次上网，我也不太会打字，起初我们聊天还比较拘谨，后来聊着聊着，打字也顺畅了，发现彼此志趣相投，所以聊得特别开心。

就这样过了一个多星期。我放了学常常往"虚拟世界"跑。但是有时候我去的时候她不在，她在的时候，我又没去。我们就在QQ上留言，然后我们就开始了第一次主动"约会"。

"约会"的那天，我们说了很多很多……我答应她要去大连陪她看刘德华演的电影《游龙戏凤》，请她吃必胜客（这都是在同学那听来的）。她也说放假有空来北京观光旅游，顺便看看我……

那天的聊天中少了以往的诙谐与幽默，却增添了一份温馨与温暖。到了聊天结束的时候，我不经意地问了她的生日，她说了一个数字。我差点没从座位上跳起来！我忙打字问她："真的吗？你的生日和我的生日是同一天！"她也表示很惊讶。

晚上我一直激动得睡不着，翻来覆去地想，这就是缘分吧。

第二天，我的电话响了，话筒里传来一个温柔的声音。

接下来的日子里，频繁的电话、上网几乎占据了我们生活的主体。整日昏昏沉沉，想念着未谋面的她。甚至有一种冲动，想马上抛下学业去大连找她。

微机室的老师发现了我的异样，找我去谈话。她说："知道为什么我把微机室起名叫'虚拟世界'吗？其实网络就是由一组组的数据组成的一个虚拟世界，这个世界有'爱'吗？我可以肯定地告诉你：'有！'但是这个'爱'真的能开花结果吗？或许你们互相的喜欢只是建立在网络带来的神秘感和新鲜感上，一旦这层面纱在现实中被揭去了，又不知会是什么样的结果。"

听了老师的劝告以后，我放弃了马上去找她的打算。不过我相信我对她的这份感情是真挚的，有机会我一定去找她。

我把这个想法告诉了她，她也很赞同我。我们曾经说过我们都很喜欢这种神秘的感觉，不管以后将会怎样，一切顺其自然吧。现在最主要的任务还是好好学习，天天向上。

● 语丝

并不是每段感情都会有始有终。网络的虚拟与神秘带给我们多少憧憬，多少幻想，又在现实的风雨中凋落了多少？

猿粪？缘分！

○7月2日　○星期五　○心情和天气：阳光灿烂

每个人都希望得到一份属于自己的真挚爱情，而随着网络的普及，爱情形式也不只限于现实生活中。可以说网络为人们发明了一个大玩具，这种不谋面的交流好像吸引着每一个人（人们好像很喜欢这种方式）。

一次偶然的机会碰触了网络，并一发而不可收拾。只记得当时是带着一种愤怒，一种冲动，然后是一种疯狂。人在痛苦的时候总是希望发泄的，无论借助于何种方式。大概有两个月的时间，我从一个几近"电脑盲"的人渐渐沉迷于被媒介炒得正火的Internet，这并不是偶然的。科学技术总是在不断提高，因此接触到网络是早晚的事。

网上有许多东西可以学，而我却偏偏迷上了BBS。开始的时候还真的很过瘾，也看过不少关于BBS上恋爱的故事，《第一次亲密接触》感动了很多人，当然也包括我。一直期待着何时这种Romantic的故事可以在自己的身上演绎一下，那种憧憬美极了。BBS给远隔千山万水的人提供了一处空间，一个场所，人们可以随心所欲，冲一杯咖啡，或点一支香烟，滑动鼠标，你便可以找到合适自己的话题。

和他相识是在网上。当时我还是一个新手上路，而他则是他那个朋友圈儿里的高手了。

说起来，很多朋友都觉得我们很浪漫，大约缘于那首网络上很火的《网络情缘》：网上一个你；网上一个我，网上你的温柔我就犯了错。网上的情缘，也轻轻地问我，爱一场梦一场，谁能躲得过。歌词又浪漫又煽情。对于初涉"网河"的女孩子来说，无异于高锰酸钾，催化啊。其实从相识到相知再到交往的过程和生活中也没什么分别，只不过我们放慢了一下见面的速度，真正见面已经是我们在网上认识半年后的一个暑假了。

当时我决定去见他也是经历了好久的思想斗争，网上流行一个词：缘分？猿粪！网上也说，越是谈得来的朋友越不希望见面。正因为感觉太好了，怕一见了面，美感就消失了。而他不想我们永远生活在网上，他的真挚、他的坚持竟然让我相信了他的话——我们在网下也会相处得很好。于是，我决定去见他。

那天的阳光特别强烈，刚进入七月气温就高达三十多摄氏度，似乎有意要灼烧这个人情太过荒凉的城市，换回人们日渐消逝的爱情。"微醉之酒，半开之花，唯宜唯是，不留余地而已，在感情没有变成理智之前，往往神情恍惚，此刻最易接受诱惑，这是人类的通病"。这是我在姐姐的大学艺术楼前橱窗里看到的一句话，我却隐约感觉到在这样的一个季节里，在这样一个多雨、多雾且很热的天气里，我会遇到一些美丽的事情，而不会是"猿粪"这般糟糕。

我到了约定的地点，正要打电话联系他，就发现身边有个男孩子，直觉告诉我，应该是他没错了，和照片上差不多吧。我想我当时不住地打量他的样子一定很傻。

开始的尴尬肯定会有，幸好我能说，可以缓和一下气氛。他不是很爱说话，但我感觉和他在一起，平静，踏实，舒服。

就这样，我在网上找到了我的 boy friend。浪漫吗？或许吧。后来，我们感情的加深完全是在现实里。他看看我，我看看他，在一起讨论讨论学习，上网互相关心一下。我体会着他对我的好，也感动着他的温柔，突然觉得人与人之间是需要缘分的。我想我是个网上的幸运儿，我感谢网络，因为毕竟是它赐给我一个机会，让我认识他。

● 语丝

　　拥有网络，是我们的幸福，美丽的网络可以让我们彼此联系着，让我们从陌生人成为熟悉的好朋友。网络同梦幻一样，每个人的心中都有梦。只要正确对待，我们就可以乘着青春的翅膀于这片自由的天空中飞翔！

成长日记

蓝色的风信子

○5月4日　○星期一　○心情和天气：又下雨了

花季：是阳光灿烂，无忧无虑的时候。一切都是美妙的。

雨季：是开始思考，多愁善感的时候。一切正在改变着。

那天我晃晃悠悠地又跑到花鸟鱼市场，隔着玻璃看着那些鼠科猫科……心里说：我的"家"很好，你们要是去了，会有享不尽的福。可是我实在没办法把你们带回家……转了一圈，我买回一株水草。放在圆形的玻璃缸中，灌上水。让她自己独享水中的静谧。叶子上还有晶莹的气泡，看起来翠绿可爱。心想，以后就养植物吧。绿绿的那些，摆满窗台，偶然一瞥，心里也会荡漾出绿波来。

那些盆栽，安静地呆在那里，等待清水，等待阳光。与世无争，不卑不亢。心里渐渐地喜欢上了绿色，喜欢泥土，喜欢植物，为她们每一点细微的变化而欣喜……

家骏问我想得到什么礼物。

"送我一盆花吧，"我说，"小小的盆栽就好。"

果然，今天就从家骏的手里接过了她。是一株蓝色的风信子。花期已过，大部分已经开败了。但看到忧郁的蓝色，心里还是喜欢得不得了，不禁想象她盛开时候的样子。我知道，每种植物都有自己的花语，所以我上网百度了一下她的花语。蓝风信子是所有风信子的始祖，因此它的花语是——生命。凡是受到这种花祝福的人，人生会洋溢着生命力。

心里微微地酸楚起来。

在这家医院住了将近一年了。当时被水泥块砸断的腿几乎恢复健康了。

身体上的伤痛早晚会好，但是心里的痛还是忘不掉。

爸爸，妈妈，你们在天国还好吗？

2008年那个季节注定是一个伤感的季节。到现在也忘不掉那一天。那一天，那一场地震让许多人的眼睛流干了泪水，让许多人一瞬间无家可归。我也成了一个孤儿。

得救后的许多个夜晚，我坐在床头一遍又一遍地回想那天的情景。

看郭敬明的《蓝色苍穹》，明亮的字里行间有着唯美的忧伤。他说没有欢笑的青春不完整，没有眼泪的青春是一种残缺，既然注定要笑、要大声地哭泣。那么我更愿意像倪睿思唱的那样：就让它来吧，我随风歌唱。

很久都没有的眼泪在那一瞬间跌落到手背上。

想起小时候总喜欢赖床，妈妈说，要依靠自己的意志起来。尽管那天上学我迟到了，但是后来的每一天我都能准时到学校。

● 语丝

我告诉你，昨天停止的风，是落下西天的夕阳。我告诉你，世上没有别的东西，只有一个充满明天的海洋，一个充满明天的天空，我们在日落时说，明日又是新的一天。

One world, one dream

○8月2日　○星期日　○心情和天气：醉人的晴朗

奥运，曾经在多少代人的心中燃烧过希望，曾经在多少代人的手中传递了梦想。因为这个梦想，有炽热的情感、有跳动的脉搏、有奔涌的热血、有咸涩的汗水，每一个路标都刻下关于梦想的预言；因为这个梦想，把失落交给曾经，把彷徨还给昨天，把汹涌的光热、激昂的声音纳入胸怀，每一个时刻都印证着关于梦想的誓言；因为这个梦想，用微笑迎接闪电，用坦然面对狂风，心底不息的永远是那一把炽热的火炬，跳动的火焰里折射着生命的光辉。多少个风风火火的日子，多少次风风雨雨的磨炼，多少个日日夜夜的等待，2008年，梦终于实现了！随着雅典奥运会圣火的熄灭，五环旗从爱琴海边来到了万里长城脚下，世人关注的目光也从雅典投向了北京，投向了这个东方文明之都。那象征着奥林匹克精神的五环旗也徐徐升起在正飞速发展的中国。历史的风霜磨砺着一个民族的铮铮傲骨，岁月的雨雪锻造了这个民族的不屈灵魂。2008年我们迎来了来自五湖四海的宾客。我们中国已经发生了天翻地覆的转变啊！奥运会在我们的国家举行，我们是多么骄傲和自豪啊！

一想到北京奥运会成功的举办，还是学生的我就热血沸腾。2008年8月8日，整个中国成了一个不夜城，大家都沉浸在喜悦和自豪中……北京奥运的口号就是"One world，one dream"（同一片天空，同一个梦想），我们为了这个梦想曾经付出了多少努力啊，而当这梦想真正实现的那一时刻，举国上下，激动不已。那一天我们与各国体育健儿欢聚一堂，我多想坐在"鸟巢"的观众席上为各国健儿加油啊，不管他们来自哪个国家，我们都会为他们加油鼓掌！这就是我们共同的梦想！

我们要学习奥运精神，努力奋进，一步一步坚强攀登，作为学生，今天我们要做的就是让激情的奥运精神，激励我们不断进取，我们每一个莘莘学子都要顽强地为祖国的强盛努力学习，并努力增强我们的体质，使我们成为身心健康、体魄强健、意志坚强、充满活力的社会主义接班人！只有这样，我们祖国的明天才会更美好！

● 语丝

追求没有尽头，除非生命终止。

谁的青春没有伤痕

○11月5日　○星期四　○心情和天气：潮湿的心

一年又匆匆过去了，岁月蹉跎。不知道从什么时候起，我开始不敢回头张望过去。时间带走的原来比想象的还多。我不知道曾经在我心底留下过痕迹的那些人现在好不好，变成什么模样，至少我已经不是原来的我了。青春微凉不离伤，这几个字像是一道晦暗的光，是阳光下的阴影。不自觉地想到一句歌词，"我的青春，也不是没伤痕"。Tanya这么唱，唱出了她的青春和记忆，唱碎了她的爱情。那么，我们来想一些关于青春的字眼。

青春是什么？小墨说是爱情、友情、伤害、背叛、分离，那是微笑与眼泪，那是成长和蜕变。我说青春是太阳、是暴雨、是疯狂。它没有任何杂质，没有世俗和虚伪。如果有一天，我们终于恬淡地懂得要放弃不属于自己的东西，不再能够自如地在人群中大笑，那么，我们丢掉了它。

很多时候，我们一生的旅行都只是为了忘掉一个人。在这场青春的电影里，和凉之间的爱情令我绝望和不堪，于是我害怕这段记忆，不愿再去触碰。在爱情里，女人是不是都会丢掉自我和周遭。在写这篇日记的时候，我找出很久以前放在抽屉里的王菲的歌，试图丢掉这种感觉。小墨，她和我其实那么相像。我们时常沉湎于自己的思考，只做取悦自己的事。聪明，偏执，一点点神经质。我们如同6月里的植物，焦灼，慌张，却艳丽地生长。而王菲其实也是这样。

小墨说："水儿，忘了吧，爱情不是我们这个年纪应该经历的。"

我是怎么回答的呢？

那时的我，沉浸在与凉的热恋中，叛逆地对待一切阻力，疯狂而霸道地想着一个人，然而，年少的轻狂毕竟抵挡不了现实的压力，于是在悲伤中选择松开紧握的手。然后身心都投入到学习中，在忙碌中假装自己没有受伤，假装自己没有痛。只有在深夜，才敢躲在被子里低声哭。

爱是青春永恒的主题。在关于青春的文字里有亲情、友情和爱情。小墨说她喜欢爱情，就像喜欢席绢一样。她笔下的人物从校园一直到社会，在爱的轨道上磕磕碰碰，在梦想与现实之间挣扎，却往往活得绚丽。他们的故事是我们浓缩的青春，仓促而美好，无声地告别和沉默地挽留在风里此起彼伏。但是，那是展现在我们面前的另一条青春的道路，美丽得虚幻。我们经历的，更多的是人世的悲欢，曾经拥有的和现在拥有的终将失去，即使是伤痕。

● 语丝

假如生活欺骗了你，不要悲伤，不要心急，忧郁的日子需要镇静，要相信，快乐的日子将会来临，一切都是瞬息，一切都会过去，心儿永远会向往着未来。

因为有你

○6月14日　○星期日　○心情和天气：晴朗

空荡的街景，

灰暗的天空，

因为有你，

我的世界便开满了鲜花；

因为有你，

我们的命运便连在一起。

——题记

　　我偶尔也会拿出留言簿和毕业照，在那里细细地观赏，细细地回忆当时的情形，还有一些相关的往事，不时地笑着，或是叹息着，很多时候都是一直发呆，直到有人过来打断我，可能我就是一个为记忆而生的人。

　　六七月份，紫薇花开时。校园里的大叶紫薇也已次第绽放，一开始是粉点树冠，然后是半披紫衣，等到开得淋漓尽致，盛装待人时，毕业之歌也随之奏响了……

　　舍不得校园里的那一树树的大叶紫薇、白玉兰、洋紫荆，舍不得窗旁伸手可及的大叶榕，舍不得桃李园旁那株木棉，舍不得图书馆前那一丛丛的天门冬，还有，广场上的映山红，教师楼前的蒲葵，湖边的落羽松……还有，杜英，莲雾，相思树……

　　想起了安妮的一句话："不知道喜欢花朵的女子，是因为内心荒芜，还是生命力激盛……"

　　酷热的天气，还有严重的感冒，这就是现在的我所面对的。一个人，一直面对着眼前的一切，毕业不期而至，我一下子都不知道自己能做些什么。

　　早上，我去学校体育馆参加了毕业典礼，拿着毕业证书，茫然地坐在椅子上，不时地有同学把留言簿递过来写留言，我总是很快地写下自己的名字，然后写下一段真心的话，然后依依不舍地返还给主人，我知道，我的那些留言，可能就是我以后的影子。当他们看见那些字时，同时出现的，还有很多关于我的往事。

典礼的国歌响了起来，都起立了，我记得当时我凝结在那个旋律中，我当时就发誓要永远记住那一刻，一辈子都不要忘记，那是我高中里最后一个记忆，因为这个典礼后，我就不再是一个孩子了，在法律意义上是个成年人了。

可是，校园的绮丽让我眷恋不已，同学间的话语还没说完，毕业的钟声就已经敲响了。还好，还好，我还有留言簿和毕业照。

在思念要满溢的时候，轻轻地翻开，就像翻开那些甜美的记忆，那些曾经走过的痕迹也清晰地留在了那里。

● 语丝

相逢的欢乐是因为有了离别，没有离别就没有欢乐的重逢，因为离别创造了等待，等待通常是很苦很累的，是心的煎熬。思念是等待的延续，重逢是等待的终点，所以我们才会在重逢时，绽放如花的笑颜。

有谁为你撑起一片天空

○3月27日　○星期五　○心情和天气：微微的暖意

微雨的车站上，为了贪看一本心爱的书，我竟腾不出手来撑伞。

忽然，左边的一个女孩带着她的伞靠近我说："我们一起打，好吗？"

我竟然拒绝说："不，不用了，我有伞，雨不大，我……"

忽然，我感到懊悔，我怎可对一个高贵的女孩如此说话？也许她是鼓了极大的勇气才来和我说话的，而我竟给她那样的回答。

每当雨季，满街的伞绽放如朵朵湿菌，有哪一朵愿意让你共同寄身？而这片唯一的庇护竟被我拒绝，何其愚鲁！

整个雨季我常站在冷雨的街头等车，时时想着，那安妥有如屋檐般的伞何在？

当我们走在这个世界上，常常肆意独行，未必有什么恶意，却会在不经意间伤害一些人或错过一片好意，我不知道拒绝了那样的好意，对一个善良的女孩意味着什么，却总会在下雨时回想起，有时也问自己：

在这个物欲横流的世界，有谁会为你撑起一把伞，就像撑起一片天空？

我把这段际遇讲给浩，浩没有直接回答我，他给我讲了一个故事：有个科学家做过一个试验，让一组中国人和一组美国人分别写下20句关于自己的话，即Who am I？结果发现中国人的很多答案都是自我否定的。即使一些正面的自我认识也常用负面方式来表达，像"还好""还不错""不算太笨"。美国人的答案里却一句自我否定都没有。

我们中国人在表达上的自我否定，有相当复杂的原因。这或者和我们的社会表达习惯有关，我们中国人一向视自谦为美德。还可能与我们中国传统的老庄哲学有关系，我们习惯于用辩证眼光看问题，凡事一分为二。还有一种解释是自我防御，就是说我们先在别人面前降低对自己的评价，以此作为一种退路。

浩总结说：拒绝别人并不是本性使然，而是一种自我防御，错不在你，也不在她。只是有时，我们容易忽略别人的善意。当我们察觉，又会对自我进行否定，其实，不必考虑那么多。我们行走在这个世界上，无论如何都不会让所有人满意，那么就别去强求太多，让过去的过去，然后，重新来过。

●语丝

高瞻远瞩的人可能看不清细节，深谋远虑的人可能看不见眼前。我们都不可能完美，与其抱残守缺，不如断然放弃。在下一个雨季到来时，撑起另一片天空。

月　儿

○3月5日　○星期四　○心情和天气：下雨了

月儿离开了我们，在只有16岁的时候。

心情是忧郁的蓝色，就像这天一样。

如果说这世界上还有一种颜色让人看了以后比看蓝色还要感伤、哀愁的话，那我的心情就姑且再用它形容一下。

政治老师说人的情绪也是有周期的，是23天还是28天我已经记不清了。我也不清楚自己现在是处在哪一阶段，总之是低谷就对了。

　　下午，大病初愈的青青来找我，当她双手捧着我的脸关爱地叫我一声"小可怜"的时候，我刚刚建立起来的掩饰瞬间崩溃。我一言不发地看着她，仿佛得到了最贴心的安慰。但是，我喜欢"小可怜"这个名字，它让我找到了归宿。

　　总感觉，这两天多愁善感的人不只我一个，而且是有上升的趋势。月儿的遭遇让越来越多的同学叹息身边的人和事，或是倾诉或是沉默，但眼里流出的都是深邃的忧郁，仿佛穿过了世界最后一道彩虹后留下的无穷的沉淀。但我不能知道那些我的眼所不能看见的人们此时都在做着什么，尽管我努力地要去想象。我想人大概注定只能活在自己的经历里，永远也难以真实地去感知别的人，别的事。

　　浓重的夜色流了下来，充溢了我全身的血管。我感觉到暗红的血液在沉甸甸地流动着，带着无限沉重的心绪。

　　月儿只有16岁，那么美丽的生命，就在一个瞬间，逝去了。

　　车祸曾经是个很遥远的名词，应该只有在电视剧中才会出现的。可是，我不知道当它出现在现实生活中时，会让人这样难以接受——连一向严厉的老师的眼睛里都会写满悲伤。

　　我和雨呆在角落里。我站着，看外面黑得什么都看不见的天空；雨坐着，手中的手机不停地换着音乐，说还记得自己捉弄月儿的情景。

　　接着，是一片宁静。

　　宁静，是风带来的？是夜晚送给这季节的礼物？

　　我们又不由地想到现在，想到离去的月儿。这样，我们7个好朋友少了1个；这样，我们的回忆多了分重量。

　　好像这样的年龄不应该有这样多的感慨和思绪。但事实上，很多时候、很多事情，看到的人要比经历的人更能被触动。而此刻，我感觉自己并不是在触动，而是在流动。是在两个时空流动。因为我知道，我们回不到这即将过去的秋，也走不进那未到的冬。

　　于是，就这样，接近了，离开了，消逝了。

　　每天，每当日记告一段落的时候，心情便又会被尘封，并且在外面套上件洁净、靓丽的连衣裙。有时，我也无可奈何地在日记里划落一些支离破碎、断断续续的文字，我甚至不清楚到底应该写些什么，但还偏偏握着笔不肯放手。我想这也是日记的一大优点，只要是心情，那么落纸就会是篇优秀的文章。哪怕那里到处都是不连贯的片段，谁也不会一挥笔就把它划为三类文并附加上因全文不连贯没骨架而丢下可怜的分数。

愿离我们而去的灵魂永远像风，飞向天涯……

● 语丝

生命的记忆有始有终，远游的生命不需要归宿，无论走了多远都不要，因为人一旦有了归宿，便会径直朝它走去。

独　　舞

○9月3日　○星期四　○心情和天气：天气开始凉了

孤独若不是由于内向，便往往是由于卓越，太美的人感情容易孤独，太优秀的人心灵容易孤独，其中的道理显而易见，因为他们都难以找到合适的伙伴。

——题记

她的名字叫一舞，是身为舞蹈老师的妈妈给取的。

从小，在别的孩子去追蜻蜓撵蚂蚱的时候，她就已经在妈妈的监督下开始了舞蹈基础训练。

那些日子对她来说是灰暗的吧，小女孩渴望的应该是外面广阔的天空和自由的空气，而不是一遍一遍的舞蹈基础训练。

等上了学，由于从小的舞蹈训练，她的气质与其他的女孩都不一样，清丽中带着沉静，还有几分高傲，引得无数小男生的倾心。在经历了几个小男孩为谁能送她而大打出手的事件后，我这个哥哥，很荣幸地得到了每天接她放学并送她到舞蹈教室的差事。

这一接送就是6年。

然后，她上初中了，出落得更加美丽，舞蹈方面的成绩也开始一一浮现，学校、市里、省里拿来无数奖项，然后她变成了学校里的风云人物，很多人都知道了她的名字，她的荣誉让很多同龄女生羡慕，她们却不知道她为此付出了多少。

今天，她们学校汇演，她在台上独舞，风姿万千，称赞声不绝于耳，只有我看到了她下台后的疲惫神色。

她，一直是不快乐的？

回家的路上，她一言不发。我试着挑起话题，却都终结在她的沉默里。

一舞，要怎么告诉你，生活是可以自己选择的，如果跳舞不能带给你快乐，你可以选择放弃。只是，你从来不说，你沉默着，任妈妈把她的梦想强加在你身上。而我看着这么疲惫和不快乐的你，好心疼。

还记得你没学跳舞时，小小的样子，爸爸买给你的洋娃娃都比你高，你整天跟在我的屁股后面叫哥哥，我带着你在社区里四处淘气。如今，你长大了，好像越来越不快乐，你舞跳得好，学习成绩也很突出，可是看你每天练舞回来还要熬夜学习，哥哥觉得很心疼。我知道妈妈对你的期待，但我真地不忍心看你那么累，我曾经试着跟爸爸谈这个问题，但是，爸爸和妈妈的想法是一致的，他们都认为成功是要付出代价的，你今天的辛苦就是明天的幸福。

也许，他们的观点是正确的。因为，你每次在台上跳舞，都像是来自旷野的精灵，美丽得孤寂，这种空灵的美让台下的观众惊叹。这是你辛苦的代价。

可是，我还是想问你，一舞，付出了这么多，值得吗？

我的问题并没有让你惊讶，看来，你已经考虑过这个问题，你只是轻轻地回答我，"哥哥，并不是所有人的付出都会有回报，我付出了，也得到了，这是我的幸运，你看我已经是幸福的了，怎么还会有值得与不值得的抱怨呢？"

你的回答很清晰，映衬着脸上淡淡的坚定，让我一直抽痛的心慢慢舒缓了。

原来，原来你是这么看的。原来，原来在不知不觉中你已经成长到可以对自己的追求做出回答。原来，原来我一直心疼的妹妹并没有我想的那样不快乐，真是，真是太好了。

我很开心，你是这么认为的，也为有你这样的妹妹感到骄傲。

我去买了两根棉花糖，给了你一根，大大的棉花糖几乎遮住了你的小脸，甜甜的滋味取代了在心底蔓延开来的担忧……

● 语丝

在人生的战场上，不要觉得自己已经拼了命，也不要怨环境对你的要求过苛，应该想的是，自己的对手更拼命，别人的环境是否要求更苛，否则你在拼命之后，还是可能惨败，而且一败涂地。

过好每一天

○4月23日　○星期四　○心情和天气：晴朗

　　16岁的乐园，愉悦成长。人可以不成功，但不可以不成长。我们每一个人都应该真诚地充满激情地活着，珍惜拥有，感恩一切，过好每一天！

——题记

　　今天去教室兜了一圈，当看到星期日的教室人都是满满当当的，不觉得有些惭愧，想想自己天天过的生活，忙乱中却过得不知所谓。

　　自从考上重点高中以后，生命一下子跃入了另一个阶段，初中的时候成绩斐然，上了高中也以为会应付自如，可人算不如天算，高中里布满了初中时期的尖子生，我小小地松一口气都会跟不上他们的步伐，这样紧张的生活让我充满了压力，胸口仿佛有块千斤大石。总是以为自己在小小放纵之后拿起书本依然是学习成绩优良；总是以为上课不用听讲，凭着自己的聪明脑袋就可以把一切搞定；总是以为校外的活动很精彩，很丰富，可以充实自己的高中生活。可事实是，短暂的松懈后再拿起书本，都差点认不出里面的文字；面对书中的各种数字、符号，仿佛在看着天书，直转得脑袋迷迷糊糊；本想去好好锻炼下身体，却不断纠结于各科学习成绩的高低，忙乱学习中却不知道要得到什么。这样的生活真的是我想要的吗，或者说，我的人生一定要经历一段这样没意义的生活吗？

　　不知道曾在哪里看过这样一句话：当你成熟了，你就长大了。都说长大后会看得清生活，会看得清生活的酸甜苦辣，会懂得适时回头。我还是个孩子，虽然我已16岁，却不断困于自己对生活的失望中不能自拔，我知道我的想法显得那么稚嫩，显得那么不成熟。

　　我的意志渐渐被这种失望摧残得只剩下零零碎片了，每当我想要努力拼凑的时候，又被它生生撕裂开，毕竟没有破蛹成蝶的坚韧，于是，我湮没在茫茫人海中，成了庸人一个。

　　长不大了吧！可是我该怎么办呢？生活中虽然不缺少对我关怀备至的亲人，真诚待我的朋友，良师，一切一切对我好的人。可是，生活就是生活，人生路还是需要自己来走。

很喜欢看《平凡的世界》，感动于书中的每个角色，因为平凡，所以感动。里面的景物描写总是显得那么地寂寥，在那个孤寂的世界里，会感受到生命的真正意义。我同情孙少平，却也深深被他感动，感叹作者没能把他的命运写得更好些，或许每个人都有自己命中注定的遗憾吧……我应该像孙少平一样，真诚而充满激情地在这个世界上生活，竭尽全力地去劳动，这样，我才会真正地长大。

是的，从人的生命历程来看，我还处在暮春时期，不会永远那么悲观。人生中真正的青春激情还没到来，美好的生活正向我招手，就如我写下这篇日记的这一天，就是一个平平常常的日子，而不是一个特殊的日子。生活就应该这样，每天都是平平常常的，生活应该从平凡中开始，所以，从现在开始，过好每一天吧！

● 语丝

我的心印着普通人的愿望，眼睛里印着普通人的悲欢，我所探求的也是人们都在探求的答案。是的，我平凡，但却无须你的深沉俯视，即使我仰视什么，要看的也不是你尊贵的容颜，而是山的雄奇，天的高远……我承认我的确平凡，平凡得像风像水，然而，平凡并非没有自豪，并非没有魅力可言。

美人鱼的传说

○6月10日　○星期三　○心情和天气：大雨

今天看了宫崎骏的影片《悬崖上的人鱼公主》，对人鱼感到好奇，那么美丽，那么神秘的传说中的生物，让人神往不已。

世界各地有着许多关于美人鱼的传说，都十分美丽动人，其中要算安徒生童话里的《海的女儿》，最为感人。它不但打动过无数读者的心，也给飘泊在海洋中的海员以美好的憧憬。

在航海史上曾经有这样的传说：一天，一艘威尼斯商船正从印度返航，当天夜晚，皓月似银，海平如镜，水手们忽然看见水面远处出现一个人身鱼尾的美人，裸着胸怀，恬静地抱着婴儿，但等到他们驶近，却什么都不见了。

遥远的传说和童话里的故事，相信的人毕竟不多。很久以前，流传着在阿拉伯西海岸曾发现一种上半身像人，下半身像鱼尾的动物说法，而且拍下了照片。有人却不信，认为这是凭传说和想象绘制后拍摄的伪造品。

历史上，有不少自然历史学家和探险家都深信她的存在。博物学家普利尼是最早对美人鱼作出详细记录的人，他在公元1世纪所著的不朽名著《自然史》中写道："人们称作'海中仙女'的美人鱼，决非寓言故事，她们同画家笔下的美人鱼完全相符，只是皮肤格外粗糙，全身上下长满了鳞片，连那极像妇人的上半身也不例外。"1492年，哥伦布航海归来，也提到美人鱼。他描述了他的一个海员所经历的事情：他看到了3个美人鱼高高地挺立在海面上。不过，她们不像画中那么漂亮，她们的脸有某些同人相似的地方。

按传统说法，美人鱼以腰部为界，上半身是女人，下半身是披着鳞片的漂亮的鱼尾，整个躯体，既富有诱惑力，又便于迅速逃遁。她们像海水一样善变；声音通常像其外表一样，具有神秘性；一身兼有诱惑、美丽等多种特性。

但到18世纪初，人们对美人鱼的传说产生了越来越多的怀疑，博物学家们开始重新思考自己的见解。埃利克·蓬托皮丹在《挪威自然史》中认为，大多数关于美人鱼的传说纯属无稽之谈。

然而，世界上许多国家都有类似美人鱼的民间传说，它那持久的生命力说明，美人鱼的故事很可能是以某种事实为依据。事实上，远远看去像美人鱼的动物大概有这样几种：海牛、儒艮及各种海豹等，虽然它们其貌不扬，但同传说中的美人鱼却有几分相近。

海牛的躯体几乎无毛，比人体略大，雌海牛突出的胸乳在某种程度上同女性的乳房相似。海牛没有其他肢体，多脂肪的躯干末端有一个由两个水平鳍组成的尾巴。儒艮的体形类似海牛，突出的口鼻上生着粗糙的胡须。据说它在哺乳时常常把上身探出海面，用一只鳍把幼仔抱在胸前。海豹不仅有类似海牛的前鳍和桶状身体，而且它的眼睛格外温柔，富有吸引力。海豹的跳跃和惯常姿态也很像传说中的美人鱼。

有关美人鱼的传说，已有两千多年的历史，跨越了文化、地域和世纪，在全世界广泛流传着，许多国家都铸有美人鱼雕像。不过，丹麦的一尊小美人鱼雕像是历史之最。

传说很久以前，一位王子乘船经过哥本哈根，因遇到风暴，船沉没了，王子被一位美人鱼冒险救起，两人一见钟情，坠入爱河，并立誓永远相爱。王子离别时答应有朝一日来迎接美人鱼姑娘进宫。自那以后，痴心的姑娘每天都坐在海边的岩石上等候王子归来：岁月流逝，好梦难圆，王子最终没有归来，可怜的美人鱼姑娘就像长江边上的望夫石那样，变成了一尊雕像。

1912年，丹麦雕塑家爱德华·埃里克森，根据安徒生童话并加上自己的想象力，用紫铜雕塑了"海姑娘"的塑像，置放在哥本哈根港口海滨公园的沙滩上。

哥本哈根的美人鱼雕像是丹麦的艺术珍品，名扬世界。据报道，每天有上万名游客来游览观光，每天给人拍照多达上万张，数目之大，可谓世界之最。由于世人爱她，常有人悄悄地给她戴上花环桂冠，有关部门收藏起来的花环桂冠就多达数万件。若天气转冷，人们怕她冻着，就给她披上各种毛衣花衫，尽管有关部门为了保持她婀娜的身姿，不停地收走衣衫，但还是不断地发现她身上各式的衣衫。为了满足国内外游客的心愿，她被仿制成由各种材料制成的纪念品，被带到世界各个角落。

关于美人鱼的古老传说，跨越了文化、地域和世纪，在世界上广泛传播。人类的想象力似乎是天马行空，但美人鱼的传说又给人们的想象带来无数绚丽的光芒。

青春的秘密

○7月13日　○星期一　○心情和天气：开心的晴朗

小学体检的时候，男女生是分开的。

老师让我们女生把衣服脱掉，只穿着一个底裤去接受各种检查。检查完就穿戴整齐地离开检查室，换男生来检查。

放学的路上，我好奇地问同班的男生："你们检查的时候也都脱光吗？你们男生和我们女生有什么不一样的地方吗，为什么要分开检查。"

被问的男生脸红红地不回答。

跟我同路的女生用肩膀碰了我一下，小声说："你问他那个干吗？"

我不知道为什么不能问，但他俩的反应告诉我，这件事是不该问的。

上了初中以后，我的身体开始发生了一些变化。胸部渐渐鼓了起来，而且时常有疼痛的感觉，胳膊下面的腋毛也多了。我感到很害羞，没敢问任何人。

没多久，学校给我们发了一本印刷精美的小册子。

看到这本小册子的名字后，我终于明白，我小学时渴望知道的那个秘密和我最近身体变化的原因即将被揭晓。一种新鲜的朦胧感油然而生。

终于有一天，老师举起了这本小册子，对我们说："这本书我要抽出时间好好给你们讲讲。"

同学们都表现出极大的兴趣，我更是有点莫名兴奋。于是，带着新鲜感和好奇心，第一堂课开始了。

然而，我们失望了。

皮肤，骨骼，五脏，六腑……这些单调而冗长的内容，老师用催眠曲一般的声调讲述着，大家都感到乏味。但是课堂里依然很安静，同学们都在入神地翻看着后面的章节。

后来，再上课的时候，情况就大不一样了，教室里浮动着神秘的骚动。有的在面面相觑，有的在交头接耳，有的在窃笑……后排的几个女生都面带绯红。

尽管同学们神态各异，却都和我一样，有着一个共同的心愿，那就是希望老师快些讲，讲到我们真正想知道的地方。

漫长的一个学期就要过去了，这门课也将要进入最后一个部分，然而就在同学们期待很久的时刻到来的时候，老师却突然宣布："后面的章节由同学们自修，有不懂的地方向老师提问。"

同学们先是一愣，紧接着爆发出压抑的嗡嗡声。班里的混世魔王突然喊道："奥秘有待于我们自己去探索吧！"话音刚落，一阵哄堂大笑，老师微微地摇摇头。

过了两天，老师又突然说："男生先出去自由活动。"

我们女生很好奇，为什么我们不一起出去自由活动呢。

男生显然也十分好奇，走到门口还有伸脖子回头的，没走的故意在那收拾书桌磨蹭。

老师微微笑了一下。

等确定男生全部走没了，老师才对我们说："今天，我把这本《生理卫生》的最后一章讲给你们，大家仔细听。"

然后老师细细地把男人的构造和女人的构造，男生和女生青春期生理上的变化一一地做了讲解。

讲完后老师又派我们出去自由活动，把男生叫回来听课。

听了这堂课，我真的感觉受益匪浅，埋藏在我心头多年渴望知道的秘密终于不再拥有神秘的面纱。原来最近我身体上的一些变化都是青春期正常的生理现象。我不会再为了这些而害羞苦恼了。

● 语丝

假如最温柔的水声能唤起我们一汪心事的美丽，假如最青翠的叶子能带给我们些许颤动的风色，那么请从岁月的每一个渡口走出来。

清　空

○3月27日　○星期五　○心情和天气：天流泪了

健忘是一种病态，善忘是一种境界。

——题记

上学期，她从别的学校转来时，一颗少女的心已经破碎，遭遇令人同情。一个学期，她默默学习。在那所学校，她一直被一个高年级的男生纠缠、刁难，流言蜚语满天飞，由于那人学习好，她成了罪魁祸首，好像一切因她而起，没人相信她才是被纠缠的人，最后不得不转学。这人这事成了困扰她人生的噩梦。一有空，她就咬牙切齿地恨，就想象那恶人今后如何考试落榜，如何倒霉，如何遭天谴。

最终，那个成绩很好的男生高考不理想，上了一所二流学校。

而她虽然离开了那所学校，换了新环境，可是，那段经历的坏心情一直伴随着她，以致深夜想起来，还常常气得发抖。

她现在是我的前座，和我的几个姐妹也谈得来，谈到这事，除了一致声讨，说些"恶有恶报"之类的话外，均无良策让她消除心里的阴影。而我想说的也只有两个字——清空。像电脑删去回收站里的文件一样清空。

电脑里，一些没用的程序，一些含有病毒的文件，对付它们的办法只有一个，删除。然而删去之后，它们去了"回收站"。这相当于在人的潜意识中，存在病毒蔓延的阴影，正如这位同学，恶人已受惩罚，但自己心痛的感觉仍然时时猝不及防。

她只是完成了第一步程序"删除"，而没有完成下一步程序"清空"。没有在心情的回收站中，把那些梦魇般的带有病毒的"文件"彻底清空。

每个人的生活中，都可能遭遇一些糗事和几个恶人。我们凭着良知，希望恶人倒点霉，受到一些惩罚，可事实上，恶人有时生活得比我们更好，正义之剑常姗姗来迟，这是现实的无奈。于是，这些恶人的影子到梦里来跟我们打架。"恨"，在某种程度上，会将恶人的影子放大，弄得我们时时不快。

有人说，仇恨的力量比热爱的力量更为强大、更为浓烈。你爱一个人，你对有恩于你的人，会随着时间的流逝而淡忘、而改变。但你恨一个人，可以恨得刻骨铭心，恨他或她一辈子。但这种仇恨并不能给你带来快乐。一个人，只有等到他想起一些人内心充满怨恨时，才觉悟到，与其把自己恨出病来，还不如把这个人从心中摘除。旅法作家木心在《哥伦比亚的倒影》一文中说："常以为人是一个容器，盛着快乐，盛着悲哀。但人不是容器，人是导管；快乐流过，悲伤流过，导管只是导管。"一个人的心里，装不下太多，人不能做"容器"，只能做"导管"，做容器只能堆积、淤塞，只能破裂。

让那些悲哀流出，即清空。有许多陈年集结的蛛网，有许多伤心的碎片，有许多不忍回眸的往事，沉积和飞舞在心灵的空间，正如电脑中包含病毒的附件，需要及时清空。

现在，我伏在电脑前，需要对回收站里的废物做一次"清空"。"咔嚓"一声，是一种告别，一种决裂，也是一种更新，那叫——再生。

● 语丝

穿过世俗的风雨，流言的暗礁，仇恨的漩涡，让心之航船，驶向宁静的港湾。据说，火凤凰每五百年都要投入火中，一切的清空只是为了——再生。

清明节扫墓有感

○4月4日　○星期五　○心情和天气：有点冷

清明是怀念逝去的人的日子。唐朝诗人杜牧写道："清明时节雨纷纷，路上行人欲断魂。借问酒家何处有？牧童遥指杏花村。"宋朝诗人高启写道："满衣血泪与尘埃，乱后还乡亦可哀。风雨梨花寒食过，几家坟上子孙来？"

似乎清明与眼泪、哀愁结下了不解之缘。夙瑶说："万物盛衰乃是常理，无恒强，无恒弱。"这个世界上的每一个事物，都会从丰美走向凋零，一如生命。

清明，是对已经故去的人的纪念。

他们已经不在这个世界上了，但是，他们活在我们的记忆中。

今年的清明节罕见地没有下雨，学校组织我们去烈士陵园扫墓。我们每个人都要带一朵白花，到烈士陵园时，献给先烈。

烈士陵园，因为我们的到来而多了许多生气。时间过得太久，我们已经无法知道这一个个土堆下面埋的是谁。很多墓前连个名字都没有。老师说，我们可以将准备的白花放在任意的墓前，然后要在墓前默哀3分钟。

我随意选了一座墓，将一直握在手中的，已经有点温度的花放在上面，墓碑已经残破得厉害，名字已经无法辨认，但生卒年还隐约看得清，我算了一下，这墓的主人只活了21岁。

21岁啊，和表哥一般大呢。表哥在读大学，意气风发，青春飞扬，据说还交了女朋友，而这墓的主人，在同样年纪却已经黄土埋骨了。即使他没有死去，想必也已经经历过战争的残酷。

如今，他静静地躺在地下，而我这个与他素不相识的人因为有缘而站在他的墓前，为他献上一朵花，算不算对他以生命换来的今天安定生活的一种微薄的回报？

清明，是个让人伤感的节日，其实下点雨反而好些，至少心中的感伤有种天地同悲的感觉，而不像现在，压抑得厉害。

3分钟已过，我仍静静地站在墓前，轻轻地说："你看到了吗？这漫山遍野的学生能有今天安定和谐的学习环境，就是你和像你一样的人用生命换来的。如今国泰民安，请你们安息吧。"

回校途中，我静静地坐在大巴上，突然想起了席慕容的那首《泪·月华》来。

忘不了的是你眼中的泪，

映影着云间的月华。

昨夜下了雨，

雨丝侵入远山的荒冢，
那小小的相思木的树林，
遮盖在你坟山的是青色的荫。
今晨天晴了，
地萝爬上远山的荒冢，
那轻轻的山谷里的野风，
佛拭在你坟上的是白头的草。
黄昏时，
谁会到坟间去辨认残破的墓碑，
已经忘了埋葬时的方位，
只记得哭的时候是朝着斜阳，
随便吧！
选一座青草最多的，
放下一束风信子。
我本不该流泪，
明知地下长眠的不一定是你，
又何必效世俗人的啼泣。
是几百年了啊！
这悠长的梦还没有醒，
但愿现实变成古老的童话，
你只是长睡一百年我也陪你，
让野蔷薇在我们身上开花；
让红胸鸟在我们发间做巢；
让落叶在我们衣褶里安息，
转瞬间就过了一个世纪，
但是这只是梦而已。
远处的山影吞没了你，
也吞没了我忧郁的心。
回去了穿过那松林，
林中有模糊的鹿影，
幽径上开的是什么花，
为什么夜夜总是带泪的月华。

● 语丝

我们常因为相同的境遇而相遇，又因为不同的境遇而分开，在这千万种不同的境遇中，唯一相同的就是人生的最后一站。

秋天的微笑

○10月6日　○星期二　○心情和天气：令人伤心的阴

只是一次无心的偶遇。

这是一个深秋很冷的日子，我出了门，漫步到一片光秃秃的小树林，遍地都是飘落的黄叶。我踏着落叶缓缓走着，一阵秋风袭来，地上的落叶悠悠地飘落起来。

"每一片落叶都是一只断了魂的蝴蝶。"我举起双手接了几片。

"不对！每一片落叶都是一个秋天的微笑！"一个陌生的声音。

我吃惊地四处望了一下，看见一个和我差不多大的女孩正向我走来。

她穿着一件黄色的风衣，敞着怀，风把下摆吹起来，很潇洒。

我觉得她好像一片黄叶。

"你好。"

她微笑着伸出手，我也伸出了手。

"你很忧郁。"她笑了，"你不认为每一片落叶都是秋天的微笑吗？"

我觉得她的手好暖和。

"难以置信。"我摇摇头。

她歪着头，一个微笑迅速在她脸上绽开："其实，你也许坚持你的见解，但我并不欣赏。像我们这样的年龄应该快快乐乐的。"

"并不是每个人。"我拾起一片黄叶。

"人生在世，需要爱，更需要奉献爱，微笑恰巧是爱的表达方式，我喜欢秋天，秋天并不像你理解的那样伤感，她是个奉献的季节，向人间奉献的是颗金黄色的心。"

我沉默了。

今天在树林中偶遇的女孩，是不是森林里的精灵，又或者是秋天的精灵?

我的性格内敛得有些忧郁，常常自苦，好好的小说都能看得泪流满面，做一些伤春悲秋的傻事。

比如行走在落叶间，我会认为是踩在叶子的尸体上而伤感得郁郁，但是，那个精灵一样的女孩说，落叶是秋天的微笑呢，那么行走在落叶间不就是在微笑中穿行?

原来，人与人的心境有这么大的差别!

把拾回来的叶子细心地展平，夹在日记本中——希望我能记住秋天的这个微笑。

● 语丝

潮湿的夜露，冻成薄冰，把心包紧，在晚风中抖动的枯枝变成心弦的颤动。那铺满黄叶的小径，也许正是弯弯曲曲失落的人生。

惹祸的口哨

○4月28日　○星期二　○心情和天气：多云

如果时间能够倒转，我期盼口哨的声音能穿越时空，唤回阿直的宽容与友好。

——题记

在我这十几年的读书生涯里，我最难忘的是初一的那次期末考试，最难忘的是那个叫阿直的小男生。他个头很矮，衣衫褴褛，源于他家境的贫寒。他父亲是典型的农民，母亲是附近厂里的工人，厂里不景气，母亲面临下岗。这就是我所知的关于阿直的全部情况。那时在我幼小而单纯的心里，除了学习，像阿直这样的差生根本不会在乎。班里的同学也都瞧不起他，他也怀着很强的自卑感。

记得那次期末考试，阿直正好坐我旁边，我当时心里觉得很别扭，阿直凭什么能与我这优等生"并肩作战"! 试卷发下来后，我一头扎了进去，都懒得看他一眼。当我正以势如破竹之势横扫众题时，一道与众不同的题目犹如半路杀出的程咬金，我顿时手足无措，只好愣在那里，抓耳挠腮，冥思苦想起来。这道题可是拿高分的关键所在! 我平静的心掀起了一阵阵涟漪。我下意识地含住了挂在脖子上的口哨——这个坏习惯曾带给我不少的麻烦。于是，戏剧性的一幕发生了，我竟在着急之际将口哨吹响了，那声音在静谧的气氛里尤其清脆刺耳，我以迅雷不及掩耳的速度将口哨取下捏在手里，在我与监考老师目光交接的刹那，我紧张得几乎要掉泪。等着宣判死刑吧！我在心里这样想着，闭上了眼睛。当我睁开眼睛的时候，发现监考老师已明晃晃地站在了阿直的面前，那神情，那目光，就像那正欲捕食猎物的老鹰，他不由分说，啪地一巴掌打在阿直那瘦削的脸颊上，恶狠狠地问："那声口哨是不是你吹的？你知不知道考场纪律？"这时，我分明地看见阿直那欲说又止的神情，但是，他只用平静的目光扫视了一下我，便缓缓地低下了头。他怎么不争辩呢？他不是可以在众目睽睽之下不承认自己是破坏考场纪律的人吗？他在没有任何反抗的情况之下被老师抓小鸡似的提到考场外面去了，其实，他在健壮如牛的监考老师面前又何曾不是只任由宰割的小鸡呢？那一刻，伤在阿直身上，却痛在我的心里。阿直用他的沉默成全了一个优等生的自尊与清誉，而我，一个所谓的优等生却连承认的勇气也没有。一想起那个时刻，我便感到无地自容。

结局是意料中的事，第二天，他便在众目睽睽之下被他的母亲——一个同样瘦弱的中年妇女领走了。我看到了他母亲那如葱般瘦削的手，顿时热泪盈眶，而阿直一直沉默不语，耷拉着脑袋，搀扶着略显疲惫的母亲，默默地走向校门。那一刻，我看见阿直的脸上有泪光在闪烁、在跳动。为什么他不在被冤枉之时哭却要在母亲面前哭呢？那一刻，我真想冲上前去，向他们母子说明一切，然后向校领导澄清事实的真相。可是，我始终鼓不起这份勇气。我恨懦弱的自己，也恨那个是非不分的监考老师。但是后来听同学说，监考老师是有意成全我而陷害阿直的，因为阿直在许多老师的心目里都留下了恶劣的印象。可是，我连一点儿感恩的心也没有。这种建立在别人痛苦之上的荣誉与恩惠，成了一道无形的枷锁，束缚了我幼嫩的心灵，我的心灵世界将不再有欢笑与阳光。阿直走后，我曾经去他家找过他，想对他说声"对不起"，到了那却发现已人去楼空。

这只惹祸的口哨我还一直保留着，在沙滩上，在草地上，在睡梦里，一遍遍地吹起它。我期盼它能穿越时空，唤回阿直的宽容与友好。如今，朋友们到我家拜访，常常会问："怎么老放着这只口哨？"我总是一笑置之，他们哪里知道，这只口哨的背后隐藏着怎样一个辛酸的故事和一个坚忍的少年的背影。

● 语丝

相聚相散总是有喜有悲，但是朋友间的偶然是多么不易，我们的人生轨迹已有一个交点，但是交点闪亮的后面是直线的延续和另两条直线的交会。

人 心

○1月19日　○星期一　○心情和天气：还是这么冷啊

人的心可能就是一面湖水，而成长历程中的种种，像一些五彩斑斓的石头，不断地投进湖里，或大或小的波浪，或轻或强的震动，当一切平复以后，这些石头也就永远地留在了湖底，不声不响，但永远存在。

因为爸爸工作调动的原因，我的高中是在一个小镇上念的。高一的时候，老师把一个调皮的差生放到我和另一个女生中间，想让我俩的沉静能让他安静，但他的调皮和古怪反而影响了我俩的学习，以至后来我的数学都几乎不听课了，因为已经跟不上进度，所以没法听。他时而涂涂画画，时而拿手机放放歌，我俩都不胜其扰，跟老师说，老师也没办法，只是说让我们多忍耐忍耐。

后来一熬就熬到了高一的期末考试。期末考试是文理分班的考试，也是差生班和重点班分班的考试。我抱着灰心的态度尽力地考，但我想，一直没听课的成绩会是很糟糕吧。

阳光灿烂的9月，我迈入了高中二年级。没想到，我居然吊了个文科重点班的车尾，进了重点班。我觉得生活肯定会变得与以前不同。

有句话说得好：希望越大，失望就会越大。

被分到重点班来的同学都是年级里学习中上等的同学，按理说，学习氛围应该是年级一流才对。可是渐渐地我发现，这个班的学习氛围比我一年级的时候还糟糕。上课时，我的周围很吵闹，大家都三五成群地聊着天，几乎没人记得讲台上有个老师，言语中，还夹带着各种不同的笑，激动的，微微的，忍不住的，应有尽有，有不聊天的就低头写着什么。

老师看到这种情况，停止了"念经"，虚伪地道了一声："静下来。"

大家几乎没感到有点威力，但终究给了老师一点面子，大家终于停止了聊天和手头的动作。

这种场面，老师的这句话，见怪不怪。类似这种情况，在这个班几乎每天都有。

这么乱，这么杂，犹如一间新开张的菜市场。

这种环境中，几乎没人可以静下心来认真听讲，就算我有这样的想法，也是很难实现的。而听说差生班的学习氛围却是非常好，因为他们觉得落后了我们一步，所以他们非常地努力。

初中同学聚会的时候，有同学羡慕我进了重点班，我却像哭一样告诉他们，重点班并不是想象中那样优秀。他们都不理解，其实我也不理解。我唯一知道的是，那个学期的期末考试，我考得很糟糕，终于被换到了差生班，而差生班的头几名填补了重点班后几名的位置进了重点班。而平时上课说话聊天最热闹的那几个同学竟然成绩高高在上。原来他们是如此地自私，自私到牺牲自己的上课时间来影响其他人的成绩，回到家里却暗暗地努力读书。

我欲哭无泪。

高三时爸爸申请调动工作到别的地方，虽然地方偏远了些，但相信我这梦魇般的两年高中就此画上句号了。

如花生命

○4月16日　○星期四　○心情和天气：晴

虽然生命中有许多不能承受的东西，人生艰辛，岁月坎坷。但是，我们要怀有一种责任，不要放弃，更不要放弃自己不会再现的生命！

——题记

人的生命是有限的。可是为什么又有很多人不珍爱生命？是因为生活中的挫折和痛苦吗？生命和生活是紧密相关的，没有生命就没有生活，没有生命就没有快乐。常言道：每个人的生命是宝贵的，人的生命只有一次，一旦失去，就无法挽回。然而，有的人却不把自己的生命当成一回事，因为，我们学校有人上吊自杀了。

事情的发生地点就在我的宿舍楼，是校友。这件事很快就在社会上产生了巨大的反响，有人说，生命不仅仅属于自己，这样做太自私了！有人说，现在初中生的学习压力这么大了吗？这么想不开？有人说，珍惜生命，远离自杀！……

是啊，生命，是多么宝贵，可是他却永远看不到这美好的人世间了。读了8年的书，却轻易地把一切抛诸脑后，他的双亲一定会悲痛欲绝吧。在学生中想以"死"来逃避考试，逃避家长老师的责骂、同学的嘲笑的人不在少数。这些如花一样的生命啊，就这样因一时的冲动凋零在青春飞扬的时刻。为什么？是他们没有意识到生命的美丽？

生命是什么？以前的我恐怕不会思考这个问题。随着一天天长大和知识的增多，渐渐我懂了，生命是渺小的，就像大海中一粒粒金黄的细沙，一点儿也不起眼；生命又是伟大的，就像一颗颗璀璨的夜明珠，珍贵无比。因此，我们要热爱生命。

说起生命，不得不提到我的妈妈。古人有"身体发肤，受之父母"的说法，自戕则是对父母的不孝。所以妈妈在对我的教育方法上，总是与众不同：每当我贪图玩耍不小心摔破或碰破身体的某个地方时，我都要向妈妈道歉才行。这可是从小培养的习惯。起初我很不情愿，但当我经历了一件意想不到的事情后，我有了深刻的认识。

那还是我上小学的时候，一天下午没有课，我高高兴兴地走在去"小饭桌"的路上，突然从身后跑过来一个同学，拍了我肩膀一下，叫着我的名字。我当时认为他这是在向我挑逗便毫不犹豫地向他追去，并不假思索地"回敬"了他一拳。接下来我俩便短兵相接，你一拳我一脚地打逗起来。到了"小饭桌"我们也没有"偃旗息鼓"，我抄起了"水枪"，他拿起了水瓶……我俩谁也没听阿姨的劝阻和说教。就在我猫腰拣东西的时候，对方手中的水瓶便向我的头部重重地砸来。出乎意料的事情发生了，那装满水的瓶子再加上用力过猛，落到我头上后，鲜血就像开了闸的水，顺着我的额头流淌下来。我俩吓坏了，在场的人也都惊呆了。我捂着流血的头，害怕极了。因为我从来没有看到有谁流过这么多的血，当时我幼稚地想："这下我完了。""快送医院吧！"不知是谁打破了那可怕的沉寂。

我被同学的家长和阿姨送到了医院，大夫给我的伤口缝了针。又是打针，又是吃药，又是照CT。原本清闲的中午，被弄得手忙脚乱。我后悔极了，要是当时我们都能控制一点，要是我们能听大人的劝阻，要是……这下妈妈肯定又不能安心工作了。

妈妈下班后看到我时，我已经被包扎得像一名刚从战场上下来的重伤员。看到妈妈那牵挂的眼神，听着她那语重心长的话，我惭愧地低下了头，发自内心地说了声："妈妈，对不起！"

通过这件事，使我深深地懂得了生命的脆弱，它就像薄冰一样不堪一击，更使我懂得了我们要像爱护我们的眼睛一样去爱护它。在我们有限的生活里，有很多不如意，但这也算我们在生命里的挫折吧，挫折只会教导我们，不会让我们在朦胧的生命里迷失方向。我们要从乐观的角度去看每一个问题。岁月在轮回，人生在飘逝，让我们驾一叶扁舟于江河之上，寻觅所谓的幸福。漫漫人生路，请别忘了幸福的存在，就让生命带给我们期待的幸福吧。

● 语丝

让我们带着这样的一首小诗踏上人生之路吧：

我微笑着走向生活，无论生活怎样回敬我。

报我以平坦吗？我是一条欢快的小河；

报我以崎岖吗？我是一座大山庄严的思索；

报我以幸福吗？我是一只凌空飞翔的燕子；

报我以不幸吗？我是杆劲竹经得起千击万磨……

三个生日

○6月2日　○星期二　○心情和天气：平静的雾气

18年前的今天，晨昏交替之际，一小丫头片子呱呱坠地了。那个就是我啦！

记忆是最好的摄影机，会原原本本地记录下自己生命中最生动、最开心、最美丽的片断。

以前，我很遗憾自己没有及时在儿童节那天出生，可是后来妈妈对我说，其实6月2日过生日更好，因为6月1日我可以收到儿童节礼物，6月2日我可以收到生日礼物。我听完就乐了，这样我就可以过两个节日，收到两份礼物，确实不错。

●小学时的生日——遗忘的日子

小时候的我特别爱热闹，每逢生日的时候，总希望一大堆叔伯姑婶来给我过生日，那个时候还没有对礼物形成概念，只是喜欢穿上新衣服，切开自己的生日蛋糕，听大人们对我的祝福。

当时我念小学二年级，那天也是6月2日，我带着同学送我的生日礼物，开开心心地回家准备迎接父母给我的生日惊喜。但是，一回到家里我发现，一屋子的冷清，没有一大堆叔伯、没有礼物、没有蛋糕，于是开始猛发脾气，冲着母亲大喊："你们不知道今天是我生日？我同学都记得给我生日礼物，你们是我父母却不给我过生日，你们怎么能这样?!"我的口气很差，哭的声音很大，躲进了自己的房间，不肯吃晚饭，捂着耳朵不愿听父母的解释。其实，父母并不是忘记了我的生日，只是他们记的是农历的生日。或许他们根本就想不到我会这么介意吧。不过是个小生日而已，我居然可以这么歇斯底里，自己现在想想都有些可笑了！

●初中时的生日——16岁生日——友情如书

16岁生日，按我们这儿的习俗，是要摆酒席的，这是一种成年礼。前一天，父母就把我的房间打扫得干干净净，后来姑姑还在我的床上铺了一条好漂亮的床边毯。过生日当天，我的许多好朋友都来了，一大堆亲戚朋友也来了，场面很热闹。

晚上，开始小心翼翼地拆礼物，翻开好朋友送给我的一张张卡片，一个字一个字地念出她们送我的祝福。那些卡片至今我还保留着。管的"友情如书"在我的床头放了好多年。芸的杯子我一直藏着不舍得用，后来被打碎了，我伤心了好几天。慧的音乐盒，有荷兰风车的味道，我很喜欢。还有景的博士风铃，声音很清脆……当我遇到挫折、不开心的时候，我不会忘记，在我的身后还有许多好朋友的支持，正是有了她们，我才觉得我不那么寂寞！

●高中时的生日——洋溢的青春

高一时，我有过一段玩得特别放肆的日子。那个时候，同桌雪是个剔透玲珑，特别讨人喜爱的女孩，许是感染了她的活泼吧，我也似乎放得开了很多。也正是那段日子，给我留下了最精彩的回忆。我们一起爬山、溜冰……做了很多很多以常规的眼光看来是不务正业、耽误学习的事情，可恰恰是这些事，却让我留下了最深刻的印象！让我懂得什么是"洋溢的青春"。

在一年一年的生日中，我逐渐走上成长的道路。现在想一想，成长是什么？成长就像一场幸福的灾难！幸福、灾难，我总归是喜欢这两个词的，尤其是它俩在一起的时候，总是出奇地迷人。很简单的词，却长满了那些关于成长、关于爱的所有所有的纠葛……

● 语丝

就在我们不经意间，岁月悄悄改变了我们的容颜。

我长大了

○12月8日　○星期二　○心情和天气：阳光灿烂的日子

成长是一杯茶水，需要我们慢慢品，细细饮，才能品出其甜蜜，饮出其苦涩。

——题记

又是年终的时候了，我写字台上的台历一侧高高隆起，而另一侧却薄如蝉翼，再轻轻翻几下，365天就在生活中徐徐谢幕了。

我不禁感叹："我长大了！"岁月匆匆，似白驹过隙一般，倏地，我已从一个咿呀学语的小娃变成了一个中学生，还没等我细细品尝，童年就弃我而去了。

午后，捧着一杯绿茶，淡雅的茶香，水烟缭绕，氤氲中，我看到了近日的一幕。

她是经常与我吵架的对象。不幸的是，这学期却恰好和她是同桌，真是不是冤家不聚头。这日晨读，她忘了带英语书。她用可怜巴巴的眼神望向正在读书的我。我看看她，她并没有开口说话，可我心中早已觉察。"要不要借她一起看呢？"我默想，"她又没问我借，为什么要给她一起看。"平日的矛盾促使我反对这种做法。然而，我又想，书中的道理、老师的教诲到哪去了呢？难道"互相帮助"只是一个随便喊的口号吗？矛盾是有，友谊尚存。经过一番心理斗争，我最终还是把书挪了过去，示意与她一同看。她抚过书，抬头看着我，我俩传递了一个暖意的微笑。

是啊，我长大了，也学会了微笑。

夜晚，桌上摆着一杯红茶，浓郁的茶香沁入心脾，品上一口，涩涩的，亦令人感伤无穷。

节假期间，我仰慕上了一位网友，从他的言谈中，我迷恋上了这种感觉。然而，功课繁重，我不能沉迷于这种感觉。于是，我抑制自己不再上网，尽管，有时忍不住，常会偷偷开启电脑，但每当想起他对我说的话："好好上课，好好考试!"我又会回到现实中，捧起书，认真阅读起来。

每每关上房门，上床睡觉时，我总抑制不住自己的感情，也时常潸然泪下……

是啊，我长大了，亦学会了思念与哭泣。

如果说童真是无瑕的美，那么长大就更是一道亮丽的美。我学着享受其中，酸、甜、苦、辣，同样萦绕着长大的我。

我的长大让我不再无忧无虑，而是变得多愁善感。看到桃花的凋谢，我情不自禁地伤心。桃花曾经多么美丽，曾让小鸟为她放开动听的歌喉，曾令蝴蝶为她翩翩起舞……现在却是落花一片。可是我又想：昨日的辉煌掩盖不了今日的沧桑，花开花谢本是自然循环，我们又何必为此而郁郁寡欢呢! 人生嘛，不应该只是回首从前，看清现在，更重要的是展望未来! 未来才是你的希望，未来是由你来主宰的，不要再沉浸在辉煌的过去，那只会令你显得更加无能! 你要用信念唤起心中的斗志，这样，你的人生才会因此而辉煌! 相信明年的桃花会开得更加灿烂。就这样，我总是从中得到一些小启示，让我受益匪浅!

我的长大又让我变得坚强。人生的不公与艰难险阻磨炼了我的意志，我和哭鼻子挥手告别，因为我知道哭是懦弱的行为，所以人生中的艰难险阻是我成长的宝贵财富!

让我们背起今天的行囊，满怀信心地去迎接明天的挑战!

●语丝

都说生活总是充满太多的悲伤，失去过太多，才明白失去的只是原本不该拥有的错。

我 和 你

○10月5日　○星期日　○心情和天气：开心的晴朗

　　我和你，心连心，同住地球村，为梦想，千里行，相会在北京。来吧！朋友，伸出你的手，我和你，心连心，永远一家人。　　——题记

　　2008年北京第29届奥林匹克运动会上，《我和你》唱响全城，唱响了"地球村"几十亿居民的无限激情，更唱响了这届无与伦比的奥运会的开幕式！

　　2008年北京奥运会，我们中国军团取得了51金，21银，28铜的前所未有的好成绩！这宝贵的100枚奖牌，圆了我们中华民族的百年奥运梦想！从1908年张伯苓建议组队参加奥运会，到1932年刘长春单刀赴会，再到2001年7月13日申奥成功，最后到北京奥运会的成功举办，有多少人为此付出了汗水！这可是整整100年呀！

　　北京奥运会上，有泪水，也有欢笑，更有无限的感动。

　　你时时刻刻可以看见志愿者在对你微笑。这些志愿者来自五湖四海，但是，他们的心都是一样的，用志愿服务，来为奥运会争光添彩。志愿者用甜美的笑容迎接各国的来宾。当来宾有什么需要时，他们会主动上前帮助；当来宾有什么语言不通时，他们会主动上前翻译；当来宾想了解中国文化时，他们会主动上前介绍……在北京奥运会志愿者主题歌《我是明星》的歌词中有这样一段："每一个人，一样有用。自告奋勇，不约而同。忘了自己，宽了心胸。我是明星，点缀天空。萍水相逢，都不平庸，每一个人，都是英雄，所有光荣，刻在心中，来自内心，我的笑容。"也许，这就是志愿者无私奉献的精神。

　　北京湛蓝的天空，显得那样广大和开阔，这些云朵如在一幅巨大缎面上织就的几朵白色的小花。如此地温馨而又浪漫。

　　李宁、姚明等运动员用自己辛勤的汗水，创造不可能的突破，将奇迹留在历史的记忆中。当杲杲立足于那最高领奖台，当国歌伴随着民族精神缓缓升起，激昂奋起声将中华屹立于世界之上，手中紧握那沉甸甸的奖牌，泪流满面，此刻的意义已不再是奖牌。

　　这就是中华儿女，这就是中华精神，这就是中华文化，这就是中

国，伟大的中国。当外国朋友来到中国时，我们所代表的已不再是自己，而是整个中国，我们让自己做的事更好，更加完善，将不一样的文明传播于世界，让世界上所有的人知道我们都是中国人。

雪白的起跑线召唤着赤诚的心，同一起跑线的我们簇拥着激动的心情。于是我们整装待发，前进的双翼早已迫不及待。"Bei Jing"口令一响，全国人民共同出发。奔跑在属于自己的舞台，奔跑在属于自己的天地，竭尽全力，为我们的"2008"添砖加瓦。"我是一个伐木工人，我就去砍伐；我是一支蜡烛，我就去燃烧；我是一颗心，我就去用力地爱。"

● 语丝

坚持到底不要放弃希望，若要就此放弃的话，就等于比赛已经完结了。无论是人生还是赛场，只要是竞技，就永远不能放弃。

哥　哥

〇2月25日　〇星期三　〇心情和天气：怎么这么冷

在这个世界上，一个人重感情就难免会软弱，求完美就难免有遗憾，也许宽容自己这一点软弱我们就能坚持，接受人生这一点遗憾我们就能平静。

——题记

考试成绩不理想，我很不开心，抱着膝盖躲在角落里发呆。

哥哥敲了我的卧室门进来了，他看我忧郁的样子，没说什么，坐在我身边，我自然地将头靠在了他宽阔的肩膀上。

"不开心了？"

"嗯！"

"因为考试成绩不好？"

"嗯！"

"你听说过好孩子和坏孩子的故事么？"

"没有。"

"从前有兄弟俩人，哥哥很乖，助人为乐有上进心，是村里公认的好孩子。而他的弟弟，正好相反，爬树打鸟，不喜欢学习，只喜欢做自已想做的事，淘气极了，是大人们眼里标准的坏孩子。

有一天，这个坏孩子从河里救了一个落水小孩儿。后来每当他淘气打鸟时，大人们都会笑着想起那年他从河里救了人的事情。他也许淘气，也许不爱学习，可他是个好孩子，没人质疑。

后来，他哥哥遇到了同样的事，不同的是，他没有下去救那孩子，因为他不会游泳。"

"……"

就着窗外微弱的光，哥哥看着我的眼，"你猜，这件事以后，那些人会怎么说这个一向助人为乐，众口称赞的好孩子呢？"

"那哥哥完美的过往就像一张白纸，只要有一个污点，都会刺眼不已，以后他的全部人生，也许，只剩了那一个污点。"我明白了哥哥的意思。

"是啊，大家已经习惯了好孩子的好，脑子里给他留了固定的模式，无限的期许，容忍不了他行为的丝毫偏差，他们的想法，被大多数人认定了。可谁还会真地去探究这孩子到底会不会游泳呢？其实这一次，就算他救了人又怎样。在他的人生中，迟早会有一次力所不及，一个'污点'，然后被人们无限扩大……可怜他活得这么认真，活得这么辛苦。"

哥哥看着我，他的眼睛黑得柔和深邃，温馨的气氛带着催眠的魔力，他伸手撩开我额前遮挡的刘海，"妹，我做不了那张白纸，我也不想你，去做那张白纸……"

他抚开我眉间的深深的"川"字，"我们都只有一双手，两只眼和一张嘴，人生在世，不要事事都那么辛苦。"

哥哥的声音低低的，手也很暖和，温暖了我有些凉凉的心。哥哥大我4岁，从小就极宠我，就算我欺负他，他也总是温和地笑笑。

今年我17岁，哥哥已经上大学，上大学是要住校的，哥哥读的大学也不在我们家所在的这个城市，只有在寒暑假才能回家。

距离的产生让我觉得哥哥离得好远，我已经没有办法像小时候那样成为他的"小尾巴"，也不能在外面受了欺负后威胁别人我的哥哥会替我报仇，在受到委屈之后也只能躲起来偷偷地哭。

但是，哥哥一直是我心中最大的依靠。好多话我都没办法告诉爸爸和妈妈，但我想让哥哥知道，因为哥哥是这个世界上最在乎我的人。

就像，就像我今天不开心，很看重成绩，死要面子，哥哥知道我，所以没有用简单的语言安慰我。以这样技巧的方式劝慰我，是顾忌到怕伤害我小小的、可爱的自尊心吧！

我希望，哥哥永远都是最在乎我的哥哥！

● 语丝

潮淹没了昔日的足迹，风吹散了昨日的泪，未来的大道，我们是否能同行？

生活没有"如果"

　　○11月9日　○星期一　○心情和天气：好晴的天

世上许多事情，其实根本不必强求，功到自然成。

——题记

在一所不太好也差不到哪儿去的初中念书，也不知道为什么混得如鱼得水。大祸小祸没少闯，大奖小奖也没少拿，总之就这样飘进了初三。

初一的时候疯狂崇拜语文老师，不料人家老是对自己毕业多年曾考进东北师大附中的课代表念念不忘，惹得我好不服气。那时候连东北师大附中在哪儿都不晓得，就义愤填膺地宣布："不就是东北师大附中嘛，我考给你看！"孰不知三年后竟要为这一句"豪言壮语"万劫不复。

中考指南传了下来，翻开第一页——东北师大附中512分。顾不得吐舌头，只想钻到地缝里去，全班52双眼睛，看得我差点晕过去。好容易熬到下课，班主任还不肯放过我。办公室的空调照例铿铿地工作着，慷慨地替我掩饰着其实没用的深呼吸。对面坐着现任语文老师——一位快退休的"老资历"。

"经过年级组、团组织商议，决定推荐你为我们学校的三好生，下礼拜报到市里。如果批得下来，中考可以加15分，好好把握！"之后的一大串申报程序我都左耳听右耳冒了，却始终无法衡量出是祸是福。本来要考师大附中是"口出狂言"，如今不一样了，如果加了15分再考不上，真要当个"千古罪人"了。

三好生批下来的时候，班主任的脸色同我一个样——深沉！拿到证书的那天离中考已不远，而我也早已习惯在全校羡慕外带嫉妒的眼光中生活。所以剩下的那几天也不太艰难，当一个人一心只读圣贤书的时候，是决不会在乎窗外有几只麻雀的。

之后，复习，中考，日子行云流水地过去了。

中考前一天晚上，坐在书桌前发呆，想了一个可笑却现实的问题：如果真的考砸了，怎么办？

答案有二：复读，跳楼。而我选择了：上床睡觉，三天后再思考。可惜我的同学太爱护我了，没给我思考的机会。从嘉年华回来的第二天，我的成绩已经进了母校的历史。

结果没有悬念——我以超过分数线14分的"绝对优势"（也就是说实际分数差了1分）告别了初中生涯，圆了这个本不能圆的梦。同学聚会时开玩笑说："假如没有那15分，你会不会填东北师大附中？"我说："我真地不知道。"

坐在东北师大附中的电脑前敲下这段文字，贴在我的博客上，我还想对耐心看完我博客的朋友们说：世上许多事情，其实根本不必强求，功到自然成。如果没有15分，或许我会更努力，考得更好；或许会自甘堕落；或许……然而重要的是，这一切的前提是"如果"，可是生活哪有那么多如果。脚踏实地最重要。

● 语丝

五彩的天空是谁在尽情地飞舞，匆匆的脚步不肯作片刻停留，想要追上那匆匆流逝的岁月，就不要再哭。

18岁的天空

○8月9日　○星期日　○心情和天气：骄阳似火

18岁是一个奇妙的年龄，它介于成人与孩子之间，它徘徊于理性与感性之间，它充斥于压抑与放纵之间……

——题记

总是习惯对着教室窗外的浮云久久呆望，无限幻想，无限期盼；总是黯然地看着镜中不知何时长出的红色痘痘的脸，独自神伤。18岁的教室窗外总是令人神往；18岁的脸庞复杂多样；18岁的心，渴望绽放，渴望更多注视的目光。

18岁是一个与青春和梦想同时相伴的年岁。在青春里嬉闹，梦想总如轻舞一般飞扬。18岁的不紧不慢不是成熟；18岁的每一次磕碰都叫成长；18岁的她在意别人口中的"小女生"；18岁的他喜欢"大男孩"的称呼；18岁的青春总是酸酸甜甜；18岁的我们总想浪漫满屋；18岁是一个少不更事的年龄，总是有用不完的好奇，总是有太多的渴望，喜欢有所喜，有所虑；18岁的心中有很多很多奇特的花样；18岁的我们总觉得不够自由；18岁的我们喜欢什么都去尝试；18岁期待一次惊险刺激的远航；18岁的我们渴望更高更远的飞跃；18岁的梦想总在远方。

18岁的你我只是刚刚迈过一道门槛儿，是结束，亦是开始。结束了依偎父母怀抱的声声娇嗔，开始学会坚强忍受挫折后的疼痛；结束了大哭小闹，开始学会即使泪水盈眶也不愿出声；结束了曾经的一切稚嫩，开始在成长中坚强。18岁的你我忽然明白了什么叫作责任。18岁也学会了承受。是鸟就有想飞的梦想，有翅膀就有翱翔的信念。

我们告别了17岁幼稚的美丽，换得"17岁那年的雨季"的婉转与豪放，以及一个崭新的梦之黎明。

所以，18岁的我们，要飞，要翔。

如果说机遇是上帝的恩赐，那么磨难则是生活的垂青。

只因为世事充满许多不如意，世界才如此之大，坎坷旅途中我们走来了，但前途遥遥，注定我们还要历经千辛万苦。

莫悲观，莫消沉，悲观消沉会使生命失去蓬勃的生机；莫苦闷，苦闷烦忧只能给旅途增添迷惘和悲凉。18岁的我们要闯，闯出人生的信仰！18岁的我们要磨，磨出生命的辉煌！不再迷恋昨日的辉煌！便不再迷恋昨日的幼稚与童真，也不再为昨日的失意而彷徨，背起数千斤的行囊，告别春之温柔，寻求夏之热烈。

18岁的天空，飘动着白色的梦。18岁的我们就像一阵风，追随着梦想，一直在远行……

● 语丝

用飘扬的柔肤编织翅膀，让纯洁的心灵引航，在高山峻岭一路飞翔，总有一天，我们会是世界目光的焦点。

NBA，实力决定胜负

○1月10日　○星期六　○心情和天气：寒冷的阳光明媚

我还是个小孩子的时候，爸爸就常常抱着我一起看NBA，那时候的NBA是迈克尔·乔丹的天下，他像黑色的精灵，在球场上游走，每一个动作都是那么狂放不羁，那么行云流水，那么游刃有余。有一次，爸爸让我去开电视，打开电视机时的画面，正是乔丹的一记飞身投篮，在以后的很多年里，那个潇洒的身影像模板一样刻在我的记忆里，以至于一直到现在，乔丹仍然是我最喜欢的篮球运动员，没有人能取代，即使，我也喜欢科比、艾佛森和姚明。

科比·布莱恩特，被誉为"飞人"乔丹的首席接班人，创造了NBA历史上诸多纪录，同时也是NBA历史上最有争议的明星之一。他和乔丹有很多相像的地方，都有出神入化的球技，都是那么自信而高傲，都是那样将胜利视为追求的目标。

NBA是职业篮球的最高竞技场，那里汇集了世界上球技最好的球员，然而想要在那里出人头地，实力永远是最大的资本。

因为实力强大，赛场上，乔丹面对对手的嘲弄（你能闭着眼睛把球投进吗？）瞬间闭上眼睛投球出手，篮球画着美丽的弧线瞬间将对手的气焰浇灭；因为实力强大，科比有理由不去和周围的人交往。他的球感、技巧、反应、运动天赋，无不凌驾于其他球员之上。在他找不到合适的队友时，他总是最相信自己；因为实力强大，艾佛森打球一向自信得狂妄；因为实力强大，姚明能在强者如云的NBA站稳脚跟，第一个以黄种人的身份昂然屹立在NBA的赛场上……

NBA，那里五光十色，充满了荣誉、金钱、胜利的诱惑，那里的球员能拿到天文数字一样的薪金报酬，能拥有让世界瞩目的机会，能让世人膜拜欢呼。然而，那里的比赛是最激烈的对抗——体力、技巧、配合、谋略等等，最终的胜负结果是实力强弱的最终体现。

看NBA，学到了很多东西。小时候，只是为看比赛而看比赛，欣赏的是比赛的激烈对抗。现在看比赛，发现很多东西：他们的每场比赛都像是一场战争，战前，他们分析对手的优势和弱点，制定战略战术；比赛中，他们随时观察敌我力量的对比，以此来调整战术，巧攻严守；战后，他们分析、归纳、总结，然后提高。这样的缜密和郑重其事让我们这些看客也将每场比赛看得神圣。

乔丹说，球场上，实力决定胜负。这是我一直坚信的，当你的实力只超过别人一点点时，别人嫉妒你；当你的实力超过别人很多时，别人仰望你。

今天，我们生存的这个世界也是一样，只有成为强者才有傲笑天下的权利。

●语丝

胜者为王，败者为寇真的界定了世界的法则吗？胜者永远不败吗？为寇者不能东山再起吗？这都没有定数，世间没有永恒不变，也没有注定失败者必定全盘皆输或事事不如意，成败间没有绝对的对错，那又何必执著于表面所看见的？实力永远是决定胜负的关键。

我多么想长大

○9月11日　○星期五　○心情和天气：平淡的晴朗

穿行于街头闹市，远远传来"我不想，我不想长大"的歌声，我便加快了上学的步伐，心想，创作这首歌的人肯定是脑子进水了。和我同龄的或不同龄的学哥学姐学弟学妹们又是多么地多么地想长大啊！

长大的人，父母与之交谈都是商量、征询的口气，而我则是被动地接受爸妈的命令与要求。

长大的人，可以买时尚的服装，穿名牌的鞋子；可以染发、烫发；可以戴金、戴银、戴铜、戴锡、戴铁等各种首饰，父母老师无权也不会干涉。而我看到街头一酷到底的帅哥靓姐，只能是望"洋"兴叹，不敢有非分之想。即使有心仪的服装或鞋子，也要小心翼翼、谨小慎微、可怜巴巴地乞求老爸老妈慷慨解囊。

长大的人，看精彩的电视、有趣的小说，再晚，父母也不会阻止。坐着看，躺着看，无所顾忌。而我，每当看到精彩之处或有趣之时，爸妈总是问："作业完成了吗？还有时间看电视？连看电视都是坐没坐相，站没站相，还躺着看，像大老爷们了，还不早点去睡。"这种口气就不容我不接受。

长大的人，可以名正言顺、堂而皇之、明目张胆地交男朋友或女朋友，并会得到父母的大力支持，而我即使偶尔与异性交谈一次或与之礼节性地挥手说声："再见。"如果恰好被来校接我的爸妈瞧见，他们便紧张得惶惶不可终日，三拷六问地探询对方是什么人？成绩如何？你与他（她）关系到底如何等等，那种怀疑的目光着实令几天大倒胃口，气愤异常。

长大的人，别说是偶尔晚归，即使是经常晚归，父母也是"天高任鸟飞，海阔凭鱼跃"，而我，偶尔晚归，且未超过晚10点，爸妈便审问犯人似的问与哪些人在一起，为什么到现在才回来，好像与我交往的同学、朋友一个个都是杀人掠货、无恶不作之徒，真是气煞我也。

长大的人，上网聊天，玩游戏，随心所欲；而我，还属国家法律禁止入网吧的未成年人，家长的三令五申，老师的苦口婆心，都令我不敢越雷池一步，若有同学连拉带拽，语言相激而勾起我上网的冲动，最终也要接受"冲动的惩罚"。

我多么想长大，长大后就不要背诗词歌赋；我多么想长大，长大后就不要为英语单词与语法句式而劳神费力；我多么想长大，长大后就不要天天面对老师那一张张严肃而古板的脸；我多么想长大，长大后我就可以游遍祖国的山山水水，踏遍世界的名胜古迹，就可以尽情地上网聊天，玩游戏，就可以肆无忌惮地看电视、看小说。我多么想、多么想长大，长大后我就可以自由地飞翔！

● 语丝

少年自负凌云笔，到而今，春华落尽，满怀萧索。成长让人期待，真的长大又会怅然若失。

为你点一支生命的红蜡烛

○5月19日　○星期二　○心情和天气：一片云

5月19日下午，老师在课堂上提议同学们全体起立为四川地震中的死难者默哀1分钟，并祈愿天佑我中华。

下课后，同学们又聚在一起回忆：开始听到地震的消息时，只是感到震惊，后来我们所知道的一切更令我们悲痛。而这次起立默哀，则使我们想起了那时的感觉，甚至都要流泪了。

《礼记》说："人之所以为人者，礼义也。"面对死难者，内心的同情和哀悼固然重要，但也需要通过一些礼仪形式表达出来，以便给那些灾难中的人们以精神的慰藉和鼓励。此外，哀悼仪式不仅可以提升悲伤的氛围，而且还可以感染民众，并净化自己的心灵。此外，它还告诉活着的人们：我们仅仅是灾难的幸存者，而在此后不可预知的天灾人祸中，我们也有可能无法幸免于难！

毫无疑问，灾难发生后首要也是最重要的一点，就是抢险救灾。但直接参与抢险救灾的人毕竟是少数的专业人士，对绝大多数民众来说，默哀和纪念以及捐助活动可能是最好的参与方式。面对四川地震，到目前为止，除了网络上轰轰烈烈的纪念活动和社会上如火如荼的捐助活动，再就是人们的哀悼活动和纪念仪式。

当人们遭遇的重大灾难超出地区政府及其民众的心理承受能力和灾害救助能力时，国家必然成为人们的主心骨和救护神。"9·11"事件发生之后，美国几乎家家挂起国旗、人人紧握国旗。与此同时，全美不但接连几天降半旗为死难者致哀，而且此后每年的9月11日，都会降半旗以示纪念。2005年"卡特里娜"飓风造成了重大人员伤亡，全美同样是降半旗哀悼。

事实上，举国降半旗哀悼重大灾难中的死难者已经成为国际惯例。比如，俄罗斯前总统普京曾下令，为别斯兰市劫持人质事件和车臣飞机失事中的遇难者降半旗致哀；2004年东南亚海啸灾难中，东南亚各国无不为死难者降半旗。

当然，更多的哀悼仪式和纪念活动是由民众自发组织的。2002年9月11日，宾夕法尼亚州的数千名民众自发聚集在尚克斯维尔的一片野地上，纪念"9·11"事件1周年。年仅11岁的穆利亚尔波尔扎主持了纪念仪式，她说："人们可以通过小的方式来行帮助人类的善举。即使是一个拥抱，一个亲吻，一个微笑或一次挥手，祈祷或者为我们所爱的人默哀，纪念我们永难忘怀的爱人，这都会让人们感到欣慰。"

是的，小小的哀悼活动或纪念仪式，不仅是普通民众力所能及的事情，也是最能表达同胞之情和哀悼之意的好方式。最重要的是，让我们每个人通过自己的言行来为死难者默哀，并告诉仍在灾难中煎熬的人们：无论有多么大的苦难和艰险，我们都会与你在一起！

晚上，我和几个要好的同学参加了广场上一次人们自发组织的"点一支生命的红蜡烛"活动。我小心地呵护着手中的小小火苗，平静而虔诚地祈祷：愿在四川地震中死难的同胞走好，也愿天佑我中华无灾无难，国泰民安。

● 语丝

不要害怕阴影，它只不过意味着附近有光。灾难过后，我们仍然相信会有彩虹。

生命中的"穆律罗"

○6月15日　○星期一　○心情和天气：很热很热

穆律罗是17世纪西班牙最有名的画家和贵族。在他众多的奴仆中有一名叫塞伯斯蒂的青年奴仆，对画画有种与生俱来的喜好。穆律罗给学生上课时，塞伯斯蒂就在一旁偷偷地学习。

一天晚上，塞伯斯蒂一时兴起竟然在主人的画室里画起画来，以至于穆律罗和他的贵族朋友走进画室，他都没有发现，穆律罗并没有惊动塞伯斯蒂，而是静静地望着他笔下优美的线条出神。塞伯斯蒂画完最后一笔，这才发现身后的主人，他慌忙跪下，在那个等级森严的社会里，塞伯斯蒂是会因此而被主人处死的。

这事成了贵族们津津乐道的话题，就在他们纷纷猜测穆律罗会以何种方式严惩他的奴隶时。他们却听到了一个令人震惊的消息，穆律罗不仅给了塞伯斯蒂自由，而且还收他作了自己的弟子。

这是贵族们决不允许的，他们开始疏远穆律罗，也不再去买他的画，贵族们都说穆律罗是个十足的傻瓜。

穆律罗对此却不以为然，他听了只是一笑，"那些傻瓜又怎能明白，塞伯斯蒂将会是我穆律罗最大的骄傲。"

300年后，一位历史学家在写到这个故事时，补充了两点：

一、事实证明，改变一个人命运的，往往是他自身的才华，塞伯斯蒂证实了这一点。

二、一个受后人尊敬的人，不仅仅是他的传世作品，更重要的是他的人格，穆律罗正是如此。

而在意大利的藏馆中，塞伯斯蒂的作品与他恩师穆律罗的名画摆在同等重要的位置，都是价值连城。意大利人是这样看待这件事的：他们是17世纪最杰出的两位画家，他们是师徒，都很伟大。那些说穆律罗是傻瓜而没有买他画的人，才让人觉得是多么地浅薄。

这个故事是很久以前看到过的，当时感动于塞伯斯蒂的才华横溢和穆律罗的独具慧眼。不经意地就将它留在了我的QQ空间里，今天偶然翻出来，就记了下来。

我是个喜爱文字的女孩，见到美丽的诗句或喜欢的文章就记下来，没事也常写些淡淡的小文。

最初写的文字是给自己看的。有些写在了日记本上，有些写给了我所逗留的网站。总觉得网站之于我是个特别的存在，那里没有熟识我的人，让我觉得自己像个隐形人一样，把自己在生活中不敢说的、羞于表达的心声袒露出来。对爱的人缄默，对陌生人说心事。文字是我精神成长的唯一表达方式，那是一个年轻的少女在探询生命真相时无法压抑的大声呼喊，也是不想苟且流俗的决绝姿态。时间是恒河的沙，今日的是与昨日的非在瞬间转变着，我太年轻，很多事物让我看不清，于是我用笔、用电脑记下曾经触到我的生命折痕，然后用文字传递我的生命信息——好好地生活，做敦厚纯良的赤子，不厮混这难得的人生，即使今日被人否定或与现实的评价标准相距甚远，只要我静静地学习成长，就必然会遇到我生命中的"穆律罗"。

也许千百年后那又会是一段佳话。

● 语丝

我们常以为外来的帮助最重要，实际发自内心深处的力量才是我们熬过冰雪获得重生的力量。

我们都是一家人

○5月29日　○星期五　○心情和天气：晴

因为我们是一家人，

相亲相爱的一家人，

有缘才能相聚，有心才会珍惜，

何必让满天乌云遮住眼睛。

因为我们是一家人，

相亲相爱的一家人，

有福就该同享，有难必然同当，

用相知相守换地久天长。

处处为你用心，一直最有默契，

请你相信这份感情值得感激。

　　很久没唱这首歌，我把歌词记在日记里，如今唱起来，竟是那样的温馨和令人感动。是的，我们都是一家人，一家中国人。

　　2008年5月的一天，下午上第三节课的时候，老师没来。我们几个淘气的学生就开始斗地主，正斗得来劲时，有个同学说地震了！然后，一位老师过来通知说地震了，叫我们到操场集合，我们打开教室门，往操场上奔，其他班也陆续往操场上赶。集合完毕后，校长拿着话筒宣布地震了。在很短的时间内，操场变得一片寂静。

　　回家后，晚上打开电视，看突发事件播报，才知道是四川汶川发生了7.8级地震，时间是14：28分，想想那时我们都在安静地上课，可是远处却已发生了惊天动地的大事！地震了，我首先想到的是汶川的灾情。2008年是奥运年，可是这个奥运年遇到的事情真是太多了。一会儿雪灾，一会儿地震。不过，即使有太多的困难，相信只要我们中华民族同心协力，定能把一切困难化无。

　　汶川地震发生后不久，救援工作就展开了，许多消防官兵，民警官兵冒着生命危险展开营救，温家宝爷爷也走在了抗震救灾的前沿，在第一时间奔向灾区，看着电视里救援人员没日没夜地营救受灾民众；看着那抗震救灾的志愿者不顾艰险；看着那捐献者的无限爱心，我感动了。

这次地震的震级比较大，波及范围也比较广，几乎整个亚洲都受到了影响，其中北川羌族自治县的灾情最为严重。与当年的唐山大地震相比，这次汶川显得严重许多，救援工作也困难了许多。在地震中有一对夫妇，他们紧抱着自己的孩子，随着楼房塌下去，自己粉身碎骨，孩子却只受了一点皮外伤；有位老师，她急着疏散学生，却被压得尸骨不全；有对情侣，到死也紧紧拉住对方的手。翻开废墟，许多孩子被压得头破脚断，甚至身首分离，角落里堆着一群孩子，掀开水泥板，这一切显得那么触目惊心。孩子的父母在呼唤自己的儿女，那声音，仿佛声带都要震破，多么撕心裂肺的叫喊，可他们的儿女却已回不来了……

这一幕幕都牵动着每一位中华儿女的心，我在日记里悄悄写下了我的愿望，祈祷灾区人民能够早日重建家园，我也砸碎了小猪存钱罐，用自己的方式默默地帮助灾区人民。那时有同学问我："你的存钱罐14年来就没打开过，你舍得吗？"我笑了。我记得我是这样回答他的："虽然不同姓氏，但我们都是一家人，一家中国人。"

● 语丝

面对天灾，我们常常显得弱小而无能为力，但是所有微薄的力量汇聚在一起，定能撼动天地。

我是农民的女儿

○8月12日　○星期三　○心情和天气：烦恼的雨天

人世间，什么最重要？有人说是金钱，有人说是权力，但我觉得最真实的，是浓浓亲情。即使你没钱，没权，没地位。城里的人称农村出来的农民为"乡巴佬儿"，我却觉得农民是最纯朴的，拥有一颗善良的心，没有城市人的勾心斗角。

我是一个出生在农村的孩子，我是农民的女儿。但是我从不为出生在农村而感到自卑，也从不为不出生在城市而感到遗憾，相反，我为在农村长大而感到自豪、骄傲。

农民们每天"脸朝黄土背朝天"，日出而作，日落而息，天天如此，年年如此。或许有人觉得这种日子太单调，太平凡，太乏味了，但这却正是许多人向往的，平平淡淡的生活，粗茶淡饭，却无比幸福，甜蜜。

小时候，我家很穷，一家人相依为命，住在一间很简陋的平房里，屋子里光线很暗。到了下雨天，外面下大雨，屋里下小雨。

每天，爸妈都会去田里干农活。留我一个人在家中。我那时是个不知天高地厚的小丫头，无忧无虑。觉得就算天塌下来还有地撑着，天大的事发生了还有父母撑着。

爸妈每天都辛苦地劳作，就是希望我将来有出息。

记得，我开始上学的时候是在7岁那年，在这个穷困的小山村，那时的学费才不过50元钱，可在那时这50元对于我们一家来说仿佛就是天文数字，爸爸东挪西借才凑到了这个数。我懂得那钱的来之不易。所以，小学我的成绩一直很好。父母是看在眼里，乐在心头。我也自满于那时中上等的学习水平，并顺利考取了县里的重点初中。直到有一天，当爸爸垂头丧气地交不出初中开学的学费时，我急哭了，哭着喊着要上学去。爸爸忍着眼泪无奈地去了趟医院，回来后为我交了学费。从那以后，我更是冒着酷暑，顶着严寒勤奋地学习，我的成绩突飞猛进，突然成为学校的尖子生。参加了不知多少次竞赛，也不知拿了多少个奖状。同学以我为荣，学校以我为荣，父母也以我为荣。但是我心里藏着一个秘密。这个秘密就是，交学费的前一天晚上，我偷听到了父母的谈话，父亲是到医院卖血给我换来的学费！当时我愣住了。为此父亲躺了好几天。是父亲那瘦小的身躯中的血给我换来的学费啊，我要对得起他们对我的付出。

小时候，别说买新衣服，就算能吃上一点肉就已经心满意足了。记得那年，妈妈借钱买了几只小鸭子，我细心地照料它们，不敢有任何闪失，看着小鸭子一天天长大，我心里别提有多开心了，到了春节，小鸭子已经长得很肥壮了。那一年春节，我终于吃上了鸭肉。满心欢喜的我啃着鸭头，脸上洋溢着幸福，妈妈看着我狼吞虎咽的样子，和蔼地说："等妈妈有了钱，一定给你买更好吃的。"我看着她笑了，笑得那么自然，那么灿烂。

艰苦的农村生活决不会击垮我，因为我有我爱的人和爱我的人，我会勇敢地面对困难。我觉得生活在农村是一种磨炼。让我有了克服以后人生道路上的困难的意志。

现在，我家的生活有了很大的改善，我们住进了二层楼，家里也添置了许多家具。但儿时的那种经历却记忆犹新，难以磨灭。

● 语丝

当我们年龄渐长，愈来愈觉得钱之可贵，就可能用钱去衡量一切，甚至亲情、爱情。岂知在这世上，没有钱之前早就有了爱，当我们没有赚钱之前，早就赚得了爱，我们因为爱而来到人间，当有一天我们离去时，带不走钱，只能带走满怀的爱。

学　书　法

○6月14日　○星期六　○心情和天气：晴空万里

话说，前一夜，我做了一个奇怪的梦。

不知为什么，我忽然跟一个看不清脸的男人住在一起了。

不大的房子，书香萦绕的感觉，好像在哪里见过。

房间的门永远关着，窗帘从来不拉开。

房子里有不少仆人，做事很沉默。

男人也很沉默，好像还很温和。没事便吟诗作对，写了一手极其美丽的书法。（妈妈：书法是用美丽形容吗？）我彪悍得很，没那么诗情画意，所以总的来说是我罩着他。

有一天，他要我写一副字，我说我只会硬笔，写得也很差，他不语，将毛笔递到我面前。我说我真不会，要不你给俺换支钢笔，铅笔也行。

他气，把笔丢在地上，我怒（lz就小学学过一学期毛笔字，你就强人所难），推开他，夺门而出。

拉开大门的一瞬间，发现外面满世界都是僵尸！

……僵尸们想往屋子里面冲，擦着我身边冲进来几个，我吓呆了，男人忽然出现在我身后，低沉地念了几句不知是咒语还是什么，所有僵尸都跪下了……

我更震惊，原来我一直以为被我罩着的人其实一直在罩我。

转过身发现，平时沉默的仆人们一个个忽然变成了骇客帝国，把冲进来的僵尸三下五除二就给咔嚓了！看那身手绝对不是第一次见血……

然后，仆人们一个个站在男人身后恭敬地等待指示。

外面的僵尸们也低眉顺眼地匍匐在地。

难道我男人是僵尸王？

这……太冷了……太酷了……

就在我想回头看看男人到底长什么样的时候，醒了！

翻个身，希望接着做这个梦。结果是精神抖擞，然后作出一个重要决定——俺要学书法。

第二天，也就是今天，宣纸、笔、墨、砚台、字帖俺成套地搬回了家。举动太大，让一直认为俺是废柴的娘亲感动了一把——以为她不成器的女儿在活了16年之后幡然悔悟，重新做人，变得有理想、有追求，除了胡吃海喝外终于有了点业余爱好——直接表现为给俺报销了所有花费。

先翻出一个罐头瓶，盛些水，将俺花了20大洋买来的善琏湖笔泡进去。据打了八折卖笔给俺的老伯介绍，湖笔湘墨是笔墨中的极品。当时，俺呆呆地问了一句20块钱就是极品了？老伯半天没回上话。

后来买字帖，他死都不肯打折，与这有没有关系？（疑惑ing）

简单地从垃圾场般的书桌上收拾出一块空地儿，美滋滋地将宣纸摆上，提笔在手，嗯，很有书法家的感觉。

翻开字帖第一页，开始研究垂露点和曲头点有什么区别。准备开写，发现没有磨墨。兴致勃勃地在砚台里滴点水，边回忆古人红袖添香的感觉边开始磨墨，一圈、两圈、三圈、四圈、五圈，滴水，一圈、两圈、三圈……胳膊有点酸。期间娘亲送盘水果表示关怀，并对俺费劲磨墨的状态表示怀疑。俺也怀疑俺的脑袋是不是被驴踢了，为啥舍物美价廉的"一得阁"而取贵而不实的"湘墨"墨块啊，还得磨，鄙视之！

一边磨墨，一边可怜古人，写个字还真不容易，所以古代读书人才那么少？不过，貌似古人写字有书童或丫头给磨墨的？要不以后找娘亲大人冒充一下？

终于墨磨得差不多了，俺的热情也磨得差不多了，依葫芦画瓢涂了满纸的垂露点。边涂还边寻思，据说王羲之练了几十年的字，这耐性还真不是一般人能有的，书法家果然是书法家，就不知道长得帅不帅？

耐心告罄，晾墨、卷纸、洗笔、收工，与老爸抢电视去。

临睡前想：不知今夜那很强很低调的僵尸王是否还会入梦来……

● 语丝

青春年少的我们有一颗不安分的心，说风是风，说雨是雨，那是青春的绚丽和飞扬跋扈的肆意。

我们都拥有奇迹

○5月30日　○星期六　○心情和天气：小雨

地震，这个遥远的名词，也许所有的人都从来没想过会经历如此可怕的自然灾害，然而它实实在在地发生在了四川这个山清水秀的地方。像恶梦一样，它就这样给我们带来了心灵阴影，甚至是心灵创伤，给我们所有华夏子孙带来难以泯灭的伤痛。梦醒了，所有的人都在哭泣，尽管我们呐喊：四川不哭，中国不哭，悼念所有逝去的生命，鼓励活着的人更加坚强。此时此刻，我们还有什么理由不坚强地活下去？活着更多的是一份责任感，于亲人，于国家，社会责任感沉重地压在每个人身上。不抛弃，不放弃宝贵的生命。

回忆地震发生的那一刻，还是不敢相信自己真实地经历了大地震，回忆起来不只是后怕那么简单，已经找不到词语来形容当时的心情。不禁感叹生命的珍贵，生命的脆弱，死亡只是刹那间的事，没人能够预料下一刻会发生什么，上一刻是大喜，也许下一刻就是大悲。原来这就是心痛的感觉，揪心的感觉。

地震的时候我们正在教室上自习，就感觉整个楼突然在晃，大家都面面相觑，不知道发生了什么事，等到晃动已经停了的时候才反应过来，原来是地震啊。想想其实很可怕，对不对？如果当时我们这里就是震中或离震中很近，我们全都会丧生。

新闻马上就报道了这次地震，四川汶川发生大地震，随后的图片、视频、新闻广播都让人触目惊心，中国，可爱可怜的中国，又一次遭受了天灾。不明白为什么地震之前没有预兆，发生这样的事，只能责问老天爷，可是天是没有感觉的。

新闻图片里那些倒塌的楼房，那些地面的裂缝，那些慌乱的人群，那些从废墟里扒出来的书包鞋子，那些受伤的人满脸的血渍，那些在平地上摆着的被一长条白布掩盖的已经逝去的生命，那些撕心裂肺的哭喊，那些沉重的表情，那些说不完的悲哀……

生命其实是很脆弱的，不是吗？有时候我们竟会忘了生命其实是脆弱的，我们以为自己很强大，我们以为我们无所不能，我们以为我们还有很长很长的路，我们不顾一切地追求美好未来，可是当这样的灾难突然降临，我突然明白，原来可能在下一刻，我的呼吸和心跳就会停止，死亡从来不曾离开，他潜伏在我们周围，任何时刻都可以将我们带走。

逝去的就是这样鲜活的生命，上一刻繁花绽放，下一刻就凋残遍地，这就是大自然的威力。人在这样强势的自然面前从来就是这样地渺小，找不到任何方式抗衡。所以大家都要好好地珍爱生命、珍惜生活，你可知道，你现在所拥有的生命已是奇迹，你所拥有的生活已是恩赐，幸福吧、大家都幸福吧！

● 语丝

我们以为精致的生活就是那些遥远的快乐，直到我们发现身边熟悉的风景就是别人眼中的遥远，我才知道我险些错过了什么。

一起约会

○1月10日　○星期六　○心情和天气：彻骨寒冷

除了热恋时期，人们通常不知如何约会，尤其在突然空闲下来的时候：一段紧张的学习刚刚结束，你想松一口气；一个忙碌的大型考试刚刚过去，你突然自由了；或者外出到某地旅游，到了可要等到第二天才能开始玩……总之，一个习惯忙碌的人，突然有了一段可以完全自由支配的时间的时候，时常会表现得不知所措。

说到约会，人们很容易想起情人之间的约会，浪漫的，一对一的，花前月下的。那样的约会固然美妙，但却不是唯一。如今人们把"约会"概念化了——人们太喜欢给所有的事物加上框子，即便是无中生有，也在所不惜。

暑假的傍晚，天色暧昧。天空半红半蓝，半明半暗。落日余晖呈现出的红色，使原本湛蓝的天空，变成了淡紫色的调子。我想，所有的故事，夜的故事，都将在这暧昧的紫色中开始。

硬币掉在地上又蹦了几下，终于躺倒。反面朝上。我想，和朋友打发这个夜晚。和谁？去哪里？我还不知道。拿出手机，逐个拨打电话……这是暑假周末的傍晚时分，每条街上都在塞车。好多人都没有空闲。

我终于拨通了一个电话，他是一个初中时很好的朋友，却在高中后渐行渐远。但那次约会过后，一段并不暧昧的友谊开始了。之后的三个月后，他猝死于车祸，我感受到生命的脆弱和无常，并时常感谢那个夜晚偶然的约会。

假如有一个夜晚，你有足够的空闲和自由，你会去约会吗？和谁？去哪里？用什么样的方式打发你的时间和自由呢？

要约会，先要问问自己的内心是否自由，或者说，你在多大程度上是自由的。

很多时候，我们的不自由其实是情非得已的——学习、考试、玩乐，我们都不太尊重自己的内心，我们时常否认自己的渴求，压制自己的愿望，只因为，我们怕别人不认同自己。我们时常忘记是在为谁活着，忘记了我们每个人的生命都是非常短促而有限的，其实，每个人一生下来，死亡就已经在某个地方等着你了。谁都不晓得自己还有多少时间。

想"约会"的时候，你是不是会怕什么？想去赴一个"约会"的时候，你是不是还有很多顾忌？如果你有自己的原则，如果你相信自己对事物的把握，如果你看事物美妙的一面多过不完美的一面……或许，你就会变得勇敢些。

● 语丝

寄给你一句温暖的问候，只想引你回眸从前流转的岁月，那曾经深深的爱，在你心中是否沉寂已久。

在坚持中成长

○9月17日　○星期二　○心情和天气：大雨
　　"坚持"是所有生命的信仰，我相信。　　　　　　　——题记

　　地震的时候，我正在视听教室上英语听力课。快要高考了，已经到了复习阶段，老师对我们放任自流。复习阶段太艰苦了，简直是人生中少有的一段黑暗时期。为了松口气，我在电脑里偷偷上了QQ，QQ就在此时弹出了关于四川地震的消息。这里离通州很近，据说通州达到3.9级，估计是学校教室属于老楼，太结实，我们没有震感。接着就是网上各地好朋友一个个信息的发来，清一色询问："四川地震北京通州有强震感，你还好吧?!"

　　我以为是地壳偶尔使小性儿，震动个三四级，就与朋友打趣回复："我没感觉，不过我有个很讨厌的网友是四川省的，总在网上发评论和我对着干，看来遭天谴了！"

　　回到家，我打开电视（我是只锁定央视新闻、凤凰中文两个台的人）便看到海霞姐姐在屏幕上用焦急的语气播报着："……5月12日14时28分四川省汶川县发生7.8级地震……"这下，我真有点蒙……和身边的弟弟说的第一句话——啊！第二个唐山！

　　刹那间，我心中开始鄙视自己最初冒出的私人念头，强烈鄙视自己！我开始为成了"孤岛"的汶川感到心痛，为中国感到难过。两天来的关注中，时间似乎停止了，真希望时间停止，给被困灾民多点等待救援的勇气呀！

　　年初为雪灾揪心了一把，这突然的地震又把我的心也揪了上来。我胆小，晕针，但是也18岁了，是个成年人了，汇了自己积攒多年的压岁钱到红十字账号后来到了学校的献血车前，几乎是鼓足勇气走去的。为此，还给男朋友发了个信息，他说，别怕。对，不怕。但，真是无奈，今天在学校的献血活动只收A型血，我的是B型，不收！只好登记在血库先应急，改天到自己家附近血站献血好了。

　　放学回家的路上，和我一路的同桌说，我知道你现在恨不得冲到汶川抢了泉灵姐姐的话筒呢。我不语。我发觉我除了献血、捐钱、坚守自

己的道德外，竟帮不到什么，只有压抑的心痛。

学校后面有一片核桃林，一个人呆在里面，时间总能凝固。

前一阵模拟考试的成绩下来了，不尽如人意，考个重点大学没问题，但是清华还是有点差距，我就经常一个人到核桃林反省自我，哪科的成绩还要提高，复习哪方面还要加强。可现在，我一个人来到核桃林把头埋在蜷起的双膝，却无法平静，祖国正在被天灾折磨，我的内心波涛汹涌。我心痛无奈于自己并不是站在一线的人，不能第一时间帮助自己的同胞。但理智告诉我要相信希望，用心在属于我的轨迹上尽最大的努力做有意义的事。人类是在一次次灾害中成长历练的，没有远古的火灾，现在的人类应该还在吃生冷食物。那么面对地震灾害，能做的也只有救助、捐款、流泪……想到这里，我发觉自己的内心在某个角落还是悄悄地坚强着，并没有自己想象的那样脆弱。我暗暗地对着核桃树祈祷，祈祷受灾的人民坚持下去。让我们一起迎接曙光的来临吧。

勇敢的青春，是在坚持中成长的！我一直这样鼓励自己。

● 语丝

当人由信念支撑时，往往能超越生命的极限，而失去信心时，生命的支柱就会轰然倒塌。

我的守护星

○5月15日　○星期五　○心情和天气：小雨

每个女孩心中都有一颗守护的星星，他忽隐忽现，在我们的心中不停闪烁。

——题记

我常在黑暗中行走，背着有些沉重的书包。白天繁忙的学习似乎在这一刻与黑夜沉淀在一起。我很迷恋这种宁静的黑暗。

有一天，我无意间抬头，发现天边有一颗很明亮的星星一直在注视着我，无论我走得快还是慢，他都跟在我身边。

我是双子座的女孩，水星是我的守护星，于是，这颗总是跟着我的星星被我命名为——深（动画片里代表水星的神的名字）。

深是一颗很美丽的星星，比任何星星都亮，他在黑夜中陪着我走向回家的路。每次，我很累或者很烦躁的时候，抬起头看见他，就会平静许多。

深就悬挂在我从教学楼出来的最右方上空，每天放学出楼门的那一刻我都会下意识地去寻找天空中的他，然后将一天沉积在心中的疲惫、枯燥、烦闷的情绪吐出，回到平静的最初。

今天晚上，刚踏出楼门，我就下意识地抬头看向天空的右方，嘴里无意识地喊着："好漂亮的星星啊！"很多路过我身边的同学都朝天空望去——今天阴天，黑黑的天空中除了乌云什么都没有——然后用看神经病的眼神看我，我不甘示弱地挨个瞪回去，然后继续在天空中找我的星星，可惜，看情形，今天晚上他是不会出来了。

我有些郁郁，深这家伙，太不敬业了，就傍晚下了点雨，晚上就不开工，哼！还有没有王法了？（王法不管这个!）

今夜，没有深的陪伴，回家的路显得格外漫长，我在昏黑的夜色中还踩到了水坑，唉！人生不如意果然十之八九，我想找一个能陪伴我的守护星，还遇到旷工的！

回到家，已经9点半了，简单收拾了一下，我就坐在写字台前，翻出日记本，在日记中将深这个不尽责的家伙狠狠地埋怨了一通。

然后合上本子睡觉。

● 语丝

曾经以为星辰与我无关，有的也是偶尔的路过，当我也想有一个方向时，我不由开始担心起星辰。

彩虹的翅膀

爱就一个字

○8月15日　○星期五　○心情和天气：晴

　　每个人都有个家，因为有了家，才有我。每个人对家都有着深厚的感情，浓厚的爱，因为有了爱才有我。

　　　　　　　　　　　　　　　　　　　　　　　　　——题记

　　时间在你的眼里是怎么样看待的呢？

　　我的父母是个普普通通的农民，他们为了我付出了18年的心血，在这期间有多少的心酸，有多少的故事，作为子女的我是无法全部体会的。他们用血和泪含辛茹苦地把我养大，而未来他们又要搭多少时间在我身上，在他们的儿女身上，这，是未知数。他们的时间是没有数量的，他们的时间是无私的，这一切都是因为他们对我的爱。

　　虽然我的父母只是个农民，但是他们很要强，从不在任何人面前低头；虽然我的父母只是个农民，也从没有人能看到他们脆弱的一面。以前无知的我总是觉得自己的父母没有能耐，在朋友面前总是"掉链子"，现在我终于知道错了。他们努力地满足我的一切要求，直到今天我才明白，我想，我对他们说"对不起"已经远远不够了，我唯一能说的和做的就是一个字——"爱"。

　　8月，是个让我父母难受的一个月，我们村像我这么大的孩子都各自考上大学远赴外地念书去了。每当他们的父母问我的父母你的儿子现在干什么，打算干什么的时候，我的父母只能选择缄口不语。虽然只是普通的一句话，却触到了他们最伤心的地方，因为我辍学了，待在家里。曾经，我是一个坏孩子，一个不讨人喜欢的坏孩子，每日每夜活在自己的世界里，一个任何人都不了解的世界里。那时我叛逆，不羁，倔强，任何一样都可以把我送往黑暗的深渊。我就在光明与黑暗之间苦苦挣扎，想堕落，又不敢堕落。看着父母为我伤心流泪的样子，我仿佛一下子成长起来，但犯错误的那段时间已像水一样流走了。

有一回，父亲酒喝多了，他对我说，"儿啊，不知道为什么老爸在别人面前总是那样的坚强，但在你的面前就是那么的脆弱。"说到这父亲流下了眼泪……其实我是知道答案的——只因您是我的父亲，我是您的儿子。我的父母无论承受多大的苦处都把它放在自己的心里，不让我难受，其实我都看在眼里记在心里。老爸总是开玩笑地安慰我说："此处不留爷，自有留爷处。"那时我感动得想哭。

我的母亲没有什么文化，但是她为我付出的，却能让那些有文化的母亲自愧不如。母亲给了我两样宝贵的东西——我的生命，和一颗善良的心。

我决心回到学校，为他俩争回荣光。高中在自学中完成，然后报了一个网络工程的那种培训学校，我笨鸟先飞，没事就往微机房跑，第一次内部测试打了78分，这加大了我的信心。在以后的学习中也越学越顺，后来我报名参加了国家级的网络证书考试（CCNA），全英语的试卷，总分1 000我打了970分，学校都以我为荣。那学期，我的奖学金就达到4 500元。当我急着把证书和奖学金捧回去给父母看的时候，我以为会看到他们的微笑，却看到了一脸的泪水，那是喜悦的泪水啊。

"把爱全给了我，把世界给了我，从此不知你心中苦与乐……"《懂你》这首歌我经常唱，因为它表达了我们做儿女对父母的感恩之情。因此，我想告诉全世界：我的父母是世界上最好最好、最最可爱的父母！我爱你们！

父母离婚了

○9月8日　○星期一　○心情和天气：小雨

从小到大，我的父母很爱我，对我很好，他们把可以给我的最好的都给我，可是我还是不快乐，如果一个家庭分成爸爸和我、妈妈和我，而不是爸爸妈妈和我，那么这不是一个完整的家。

我一直很爱我的爸爸妈妈，凡事都依赖他们。在他们的庇佑下我就像一个长不大的孩子。但是孩子也有孩子的心事。

我一直希望自己的父母可以相濡以沫地生活，到了白发苍苍的时候可以两个人手牵手去逛逛公园，但现在，我似乎认清了现实，这根本就是我一厢情愿的想法。或许我真地错了，因为我的缘故，结果两个脾气、个性完全不同的人勉强生活在一起，只能是一个悲剧。

什么互相迁就，互相包容全部都是鬼话连篇，两个要携手共度一生的人，没有共同的爱好，没有共同的兴趣怎么能够相处一辈子呢。

我小时候，爸爸妈妈就经常吵架，只是那个时候我根本就不理解为什么他们要吵架，本来一家三口好好在一起生活不是一件很美好的事情的吗！我小时候最大的愿望就是可以左手牵着妈妈，右手拽着爸爸，然后一起幸福地逛儿童公园，但是这个愿望永远也只是一个愿望而已。父母错开的工作时间以及他们之间的破碎的感情都不可能让我的愿望成真了。

我似乎明白了，夫妻俩最悲哀的不是出现第三者，出现第三者使夫妻感情破碎起码证明这两个人心里还是有彼此的，最起码还是有夫妻之情的。最可悲的是两个人完全个性不合，一个喜静一个爱动，必然会有矛盾产生，即使可以包容一时又怎么能够迁就一世呢。一个错误的结合只怕只能是一生的悲剧，使我无奈的是这个悲剧居然在我家里上演。

我一直很羡慕我的同学，也许有对他们家世的羡慕，但是更多的是我真地很想像他们一样拥有一对志同道合，相濡以沫的爸爸妈妈。我的爸爸妈妈，他们是这个世界上最好的爸爸和最好的妈妈，他们对我的爱真的是无以言表，即使穷尽我的一生只怕也无法报答他们。他们一直在尽他们的全力为我提供在他们能力范围内的最好的给我。在他们的爱护下我觉得我像一个公主，一个享尽荣宠的天之骄女。

可是唯一的不完美，就是爸爸妈妈不是一对好夫妻。他们都没有错，只是时间错了、对象错了、地方错了……总之一切就是因为一个错误的开始，他们了解彼此不够深，在父母之命、媒妁之言的撮合下，两个人就成了姻缘，自然而然我就诞生了。我本来应该携带着满满的爱出生的，可是我却是一个意外的错误。因为我这个错误导致了两个人的不快乐，如果加上我应该就是三个人了。

也许是我太不争气了！在那个年代，如果出生的我是一个男孩子，那么想必妈妈一定可以母凭子贵了，在这个传统的家庭里就可以占据一席之地了。再不然，如果爸爸的对象不是妈妈，而是一个长袖善舞，八面玲珑的人的话，我想我们现在会有另一番不一样的生活。毕竟妈妈太过耿直，不适合与姑姑、叔叔之流的两面人斗。如果我们不是在大城市，而是在更穷一点的山沟里的话，也许生活还能单纯一点，毕竟没有那么大的贫富差距，内心里也不会有那么多的不平衡了。

可是，如果世界上没有那么多如果，又怎么会有遗憾呢，毕竟人生始终都是不完美的。

我现在真的后悔，为什么我小时候曾经那么无知地强硬要求父母在一起，也许，离婚对他们而言比现在貌合神离要好吧。勉强在一起的两个人无论怎样都始终没有办法幸福，既然没有幸福，我那么刻意让他们在一起就没有意义了。其实完整并不一定是生活全部，有时候也许有点缺憾会更好。

● **语丝**

随着年龄渐长，我们知道那些美丽的故事不过是一个个童话，只能成活于虚构的世界。

关于幸福

○10月21日　○星期六　○心情和天气：阴有小雨
这个世界太复杂，容不得一颗单纯的心。

——题记

星期五是个灰暗的日子。回到家，躺在床上看着雪白的天棚，不知不觉睡着了。醒来时已经午夜。肚子一阵狂叫，爬起来，翻出一包泡面，煮熟，吃掉。

把作业摊在桌子上，做了两道几何题，然后发呆。

在这个大大的房子里，只有我自己。爸爸与妈妈在9个月前分手了。我一直认为他们只是分手了，至少分手这两个字要比其他的词更容易让我的心接受。其实，怎么称呼都避免不了现实，而这也只不过是我安慰自己的方式，人有时候就喜欢自己骗自己。

成人的世界是那么复杂，我一直知道爸爸妈妈之间的感情很淡，可从来没有想过他们会分开，也不知道我所熟悉的世界有一天会崩塌，更想象不到，短短的9个月，我就已经适应了这样的生活。

原来，无论我们的经历让自己的心多么难以接受，日子也总要过下去的，太阳会照样地升起来，然后又落下，我们经历的日子一天又一天的重复，心在似乎同样的日子里惶恐、受伤、滴血然后麻木。

我握着手中的笔无意识地在草纸上画着，笔尖划在纸张上，没有一点声音，痕迹却留了下来，纸上的线条仿佛是生命的痕迹，纵横交错，却已经找不到源头。妈妈的眼泪和爸爸的咆哮似乎已经离我很远很远了，而那些曾经以为平淡的日子已经变成了记忆里最深刻的幸福回忆。

放弃被踩躏的、可怜的草纸，把笔扔到书桌上，去洗手间洗脸。

镜子中的自己神色有些憔悴，眉宇之间染着清愁，伸手抚平紧皱的眉头安慰自己，一切都会好起来的，一定会的。

在闻到空气中弥漫的泡面味道时，流下泪来。

● 语丝

家庭失和，外人看热闹，自己人受伤，孩子心碎。

回家的街灯

○6月11日　○星期三　○心情和天气：多云转晴

那是一个夏日雨后的黄昏，我和妈妈拌嘴觉得伤了自尊心，一气之下离家出走。在急跑一段路程后，喘着气停下来，仰头望望天，淡蓝的天空似乎透着一股清愁，西方也是微红的霞光，我不知道我要去向哪里，只是走着，走着。远山如黛，煞是好看，却如剪纸般给人一种不真实的感觉，正如我会离家出走让父母难以置信一般。夏日黄昏的街道是热闹的、喧嚣的、煽情的，也是惊喜和刺激的，在我眼里却是落寞的、孤寂的，甚至是荒凉的。正当我拖着单单的影子踽踽独行时，我看见了妈妈的背影，想也不想，我扭头就跑，没几步就撞到一辆自行车上而跌倒下去，手掌擦破了皮，看着鲜红色掺和着黑色的泥沙的手，我竟不觉疼痛，望着发现妈妈的街角，妈妈已经没有影子。我轻轻吹了吹伤口，甩了甩手，想继续行走却被车主拉住，在那一刻所有的委屈涌上来，顿时双眼溢满泪水，蹲下去轻声哭了起来。车主是个看上去比我大几岁的哥哥，他把车子支了起来，慌忙拉过我的手看了看，说要带我去医院擦药。我跟他去了，我并不是想擦药，只是觉得不知道该去往何处。从医院出来，当他明白我要离家出走而不回家时，他笑笑说："街灯每天都离家出走，但到了晚上就回家了。"我不懂他的话，依然在他的护送下回家了。

其实想想看，离家出走就像是一个句号，起点还要回到原点，外面再好也比不过家里温馨，有父母亲人的关爱，这份亲情原本就是什么时候也不能舍弃的。当然通常离家出走时都是在发生问题的时候，但出走绝不是解决问题的方法，在某种程度上说只能激化矛盾，使简单的问题复杂化。那件事过去了很久，有一天，我走在车道中央，橘黄色的路灯散发着柔和的光亮，我想起送我回家的那个哥哥说的话，"街灯每天都离家出走，但到了晚上就回家了"。一群中学生骑着自行车从我身边飞快掠过，看着他们远去的背影和自己长长的影子才发觉自己是那么孤单与无望，也在那一瞬间才发觉陪伴自己的是灯，对，是灯，灯的家就是夜行者的心、是寂寞者的心，心就是灯的家，无论快乐的心还是痛苦的心，灯始终会回家。我不知道我的解释是否能诠释哥哥的话，但我至少明白，很多人的心中都有两盏灯，一盏灯是自己点亮的，另一盏灯是别人点燃的，他们都是靠这两盏灯走自己的人生路的。

● 语丝

很奇怪，这个世界上给我们最多爱的，是我们的父母，可有时伤害我们最深的也是他们，是不是因为他们是我们最重要的人，才会让我们觉得被伤害时分外难以忍受？

除了你妈妈

○7月13日　○星期一　○心情和天气：平淡的雨天

大堆大堆灰黑的云，小心翼翼地在头上挪动。挪走的，未擦亮一眼闪烁的星星；挪来的，未带来一抹清洁的月光。苍穹如盖，只有这些灰亮的或灰弱的云在静静地走着——走着，像走着妈妈的那些过往。

妈妈，女儿从未对您说：您就是女儿的天空。您将日月星辰呈现给女儿，也用雾雨风雪沐浴着女儿，女儿在您的昼夜阴晴，春夏秋冬里感受着快乐，咀嚼着苦楚，将窄窄的心胸一点一点坚韧地打开，慢慢地成长着，走向成熟，走向广阔。

妈妈，今晚女儿用一种特殊的方式陪您聊，聊聊您的那些一直响在女儿心头的日子……

小时候，父母只是一间小厂的普通的工人，家里也就过着略显拮据的生活。但是妈妈，您却没有因为生活的紧张而亏待我，而是把您的所有都给了我。您宁愿苛刻自己，省吃俭用，也要让我和周围同龄的孩子有着一样的生活条件。可儿时的自己，却总是嫌弃您没有给我一个富裕的生活环境，总是那么在乎无私关爱之外五颜六色的物质享受。

妈妈，您的手很巧，我儿时的衣服几乎都是您用家里那台旧式的缝纫机为我做的，冬天身上暖暖的毛衣也是您连日连夜、一针一线编织出来的。但不懂事的我却总认为是家里穷，买不起市场上花花绿绿的衣服，您才自己动手做的，我的心里是极其不情愿的，总是觉得别人会看不起我，笑话妈妈给我做的衣服。现在想想那时的自己，心里真的是长长的愧疚，其实自己的无知童年，是被母亲的爱密密地编织着，那是多么温暖的时光啊！

家庭的生活也抛给了您沉重的压力。您总是打着两份工：白天上完正常的班后，晚上就在那台缝纫机上为别人加工服装。一件衣服的加工费很低，您就一次接下了老板很多的定单，经常通宵达旦地工作。一批做完，马上又接下一单。我的影像里还清晰地记着您一边用套袖擦着汗水，一边还不停地拨弄那线头的场景。在我刚上中学时，因为厂里不景气，您和爸都下岗了。可是为了一个家庭的生活，您不得不再找事情做。那之后，您卖过盒饭，做过商场营业员，给私营老板打过工……生活的艰辛也加剧了您的衰老，身体的疾病也因为长久的操劳逐渐显现出来。可您总是不愿意去医院，舍不得买价格稍贵的西药，而是选择效果根本就不明显的低价中药。您认为，孩子的成长，比起自己微不足道的毛病，更需要积攒"不必要"的开支。

您的婚姻也是艰难的。我小时候，您和爸爸就经常吵架，爸爸固执的大男子主义性格使他常常对您动手，您悲伤的泪水在幼时的我已不知见了多少次。虽然这样，可是您还是在我的身边没有离开。我大一点之后，外婆告诉我，要不是因为当时我小，您不愿我童年是个单亲家庭，也许您俩早就离婚了……也就在去年，因为爸爸的叛离，您们之间痛苦的婚姻也就终于走到了尽头……

我想，在我的生命里，最最感恩的就是给了我无私的爱的妈妈，您。

妈妈，女儿要和您聊的事是那么多。用文字抒写，也不是几千千几万万的文字能写尽的，因为您是用胸怀来感化着您身边的每一个人，您是用是品质来影响您身边的每一个人，您是用是无言的行为来教育着曾经伤害您的人，还有您的儿女。

即使爸爸曾那样伤害过您，但我还记得他曾说过这么一句话：我这一生还真没遇上让我佩服的人，除了你妈妈。

● **语丝**

500年的回眸，才能换来今生的一次擦身而过。那么，与母亲是经过了几生几世的轮回，才修来了今世的母女情缘？

久别的父爱

○3月5日　○星期三　○心情和天气：难得晴朗

父母的爱是不会改变的，不管离你多远，他们爱你就像你爱他们一样。

——题记

雨声，将我从沉睡中唤醒。滴滴答答，轻扣我的窗棂。

想起以前的一幕幕……

我是妈妈带大的，用通俗的话来说，我们家是单亲家庭。我对爸爸的印象一直很模糊。记得小时候，他总是特别忙，每天我和妈妈都睡着了，他才回家。慢慢地一个星期回来一次，后来干脆就不回家了。之后，没过多久，爸爸妈妈就离婚了。

爸爸的离开，让妈妈很伤心。可是，离开很久的爸爸突然出现，我却伤心起来。

这些年来，全是妈妈和外婆家里的人带我，爸爸从来就没有尽过做父亲的责任：他没替我开过家长会，没带我到过公园，没为我买过生日礼物……在我印象中，他从来就不曾抱过我，我甚至很少见到他，更何况，他还抛弃了妈妈和我。外婆说，他在外面有别的女人，而且也有了孩子。即使这样，我却恨不起来他。

爸爸很有风度，事业成功，看上去也特别年轻。我们俩曾有过一次较长时间的聊天，那种感觉就像老朋友一样。我们畅所欲言，他对我特别尊重，认真地听我说话，并且还给我提出了很多好的建议。有时我突然特别想对大家说："瞧，这是我父亲，看他多和蔼，多有气质！"我还不自觉地把他和妈妈相比较，觉得妈妈爱唠叨，很琐碎……也许是生活磨砺了妈妈，让她变得不再年轻。我为自己产生这样的想法而感到羞愧。我觉得我对不起妈妈。爸爸不过只和我长谈了一次，我在情感上就起了这么大的波澜。而我妈妈是一个特别善良的人，为人特别宽容、豁达，这一点我像她。

妈妈对我特别好。自从爸爸离开后，她靠一个人的工资省吃俭用地培养我，特别苦，可她从来没有让我吃过一点苦。这么多年来，她把所有的情感都寄托在我身上。其实我很希望她能找到一段新的感情。有一个叔叔特别喜欢妈妈，总到我们家来，帮我们做家务，我觉得有一个人能够照顾妈妈，还是特别好。但妈妈还在犹豫，也许她对婚姻失去了信心，也许她是在担心我。

这次爸爸回来，是妈妈找他商量我上学的事。爸爸一见我，就笑着说："我的丫头已经长成大姑娘了！"听到这句话，我的眼泪当时就不争气地噗噜噜地往下掉。在爸爸面前，我永远是个孩子。我实在恨不起来他。有时候我觉得自己的善良是不是太没有原则了。这么多年来，我明明知道爸爸并没有尽到一个做父亲的责任，可我就是不想恨啊。这么多年来，他不回来看我们，是不是像小说中说的，有什么难言之隐呢？爸爸虽然离开了，天却没有塌下来，我和妈妈一样生活得很好。而且因为单亲家庭的经历，我变得更懂事，更会体贴人、理解人。这也算是一种成长的收获吧。

● 语丝

成人世界的情感很微妙，我常常搞不清楚。其实，我是没有必要搞清楚的，他们之间纠结的感情并不会减少他们对我的爱。而我却无法为他们做些什么。

离家出走

○2月6日　○星期日　○天气和心情：风中有朵雨做的云

我知道，离家出走只是一种心情，是我们年轻时蠢蠢欲动的豪情。也许只有经历了才会成长。

——题记

午夜，在灯下……

夜已深，父母睡得很早，想必已经睡着了。可我依然精神得要命，一点睡意都没有，总得做点儿什么才好，我想。

初二即将结束了，这是最后一个寒假，我却过得毫无意义，依然是帮家里干一些力所能及的事情，一如歌里所唱的"哪怕帮妈妈刷刷筷子洗洗碗"，快过年了，家里还是像往年那样瞎忙活着。

父亲管我管得还是很严，就像我小时候一样。父亲的严格有些不近情理，他还是像我小学时那样安排着我的生活，控制着我的社交。每天，我都觉得自己好像生活在一座孤岛，无法探望朋友，朋友亦不能来看我，因为他们怕我父亲，觉得他的确不可理喻！不许外出是我最受不了的，为此总免不了吵几句，我很羡慕那些草原上的牛羊，因为不管怎么说，它们至少还有牧人能给领出去……这是我的家吗？是我的父亲吗？我在问着自己……

隐约听到父亲睡着后发出的鼾声，可我睡不着，觉得空虚得要命。父亲在他要睡觉的时候顺手把电视关了，虽然当时的我正聚精会神地看着很久以前就想看的一部片子，他没有看我不满的眼神，顺嘴说了一句："你英语太差了，抓紧！"无语，我没抬眼看他，只是默默地走进自己的房间，随手关了门。我已经习惯了父亲，他就是这样，从来都是独断专行，把自己的意愿强加给别人不说，而且还觉得这是理所当然的。躺在床上，我在想着那句话，我的英语每次考试都在100分左右，相对于满分120分还算差吗？什么道理嘛。想着想着，或许是一时冲动，我竟然冒出了离家出走的念头。我穿好衣服，写好字条，内容很简单："留在这已经没有意义。"掏空了存钱罐里的纸币，我出去了。没有回头看一眼，不认为这有什么好留恋的，迈着步子我开始在街上游走，一点都没有害怕，反而是莫名地兴奋，我自由了！我一个人了，没有人管我。我在街头漫无目的地走着，路灯淡淡地洒下黄色的光晕，我站在灯下，重新在黑暗中审视这个城市，它有一种独特的美，却在刚下过雪的夜晚显得有些凄凉。我昂着头，踢开地上薄薄的积雪，继续我的旅程，但不知道往哪去。走久了，累了，忽然觉得这路特别漫长，远处的高楼上渐渐透出一缕白光，天要亮了，有一点阴霾，又飘起了淡淡的雪花。怅怅然有些后悔自己的贸然冲动。在家里，我有一份安稳而平静的生活，单纯而努力地学习着，获取父母理所应当的关心。可是，现在我什么也没有，除了那丁点没有重心的理想主义，我一无所有。

面对这扇熟悉的门，我出现了一丝恐惧，不知道为什么，当时走的时候没有，现在却出现了，我想伸手去敲门，手又缩了回来，又伸手，又缩回，转身，想要离去，但又不免回头看看，又转身。我不知道我怎么了，这一刻，面对这扇门，我开始犹豫，没有勇气离开，也没有勇气敲门。最终，还是伸出颤抖的手，轻轻地敲了一下门，就一下，轻到我都快听不见，门却奇迹般地开了，父母就在门的那边，正准备去上班，我走了进去，父亲没有说话，穿好鞋，要离开。母亲只是问了一句："吃早餐了没有？"我机械地回答一句："没有。"她便留下一点钱，也上班去了。

一场本应该轰轰烈烈的出走就这样结束了，很平淡，现在想想，自己很可笑。我很感谢父母云淡风轻地对待我的离家出走，无形中化解了彼此的尴尬，但是他们布满血丝的眼球却泄露了太多的秘密。我忽然明白，和父母之间没有隔夜的仇，没有解不开的疙瘩。只是我一直未曾去努力尝试。父亲的所作所为或许是严厉的，但一切都出于爱。

●语丝

如果生命无挫折，我们永远无法看到失败折射的美丽。当眼泪化成深远的眸光，当爱成为生活中滋润的颜色，碎了的玻璃娃娃，一点一滴的绝处逢生，发现自己又可以微笑的时候，玻璃心就会变成水晶！

梦中的父亲

○4月4日 ○星期五 ○心情和天气：小雨

　　不曾分离就不会感受离别的痛苦，在清明节的梦里，又看到了你温柔的脸，是不是还在担心和不舍？

　　　　　　　　　　　　　　　　　　　　　　　——题记

　　时值清明时节，不知是因为父亲的在天之灵在想我，还是因为我的缅怀之情，跟父亲共同生活的历历往事不时在我梦中萦绕，当梦境初醒，脸上流落的是泪滴；当思念至极，便想拿起手中的笔，重温梦境，以寄托我对父亲的哀思。

　　不见父亲已有3年了，梦中的父亲依然如当年般精神矍铄，虽然头发早已发白，却有一股青年人的朝气，在年轻人面前，他总是显出不服老的样子，从来看不出衰老的神态。父亲依然喝两盅纯谷酒，两杯下肚，更显神采奕奕，每每这时，他喜欢给我讲述他过去的故事，他说他从小家里生活困难，根本没条件上学，虽然在村里担任了几年组长，但总觉得文化不足，知识缺乏，因此，他总希望我好好读书，长大以后有出息。

　　梦中的父亲依然保持着那分严肃的神态，古铜色而又布满血丝的脸上，始终驱散不了他那忧郁的神色。那是因为我做了一件令父亲失望的错事：晨光中，父亲送我走上了求学之路，希望我好好学习，然而，生性贪玩的我，领会不到父亲那望子成龙的心情，我逃学了，和村里的小孩子在甘蔗地里偷吃甘蔗。后来，父亲知道了，拿着树枝打我，我拼命地逃跑，邻居姐姐拦住劝慰，可我并不理解她，直到把她粗大的辫子扯得发痛，我终于逃跑了，最后跌倒在水田里，浑身都是污浊的泥水。于是，我病了，母亲心疼我，责怪父亲，而父亲只是无奈地叹息……

　　12岁那年，母亲去世了，梦中的父亲开始出现焦虑的神态。那年，我刚考进中学，父亲为了能使我受到良好的教育和有一个舒适的学习环境而奔波。首先，他想让我寄住在县城的叔父家读书，父亲跟叔父讲了，但叔父推说要我跟婶讲，希望能唤起她的一丝怜悯之心，我说了因母亲去世无人照料的情况，但未能奏效！现在我记不清父亲当时的表情了，只记得父亲一晚未睡，在床上辗转反侧，一清早，父亲便领我回了家，从那时起，我便领会了"世态炎凉，人情冷暖"的真正含义……

新学期开始，父亲背着行李步履艰难地送我到离家二十几里的学校报到。报到后，父亲跟班主任聊了很久。后来才知道，他告诉了班主任关于我的一切，希望她能多多地关照和帮助我。离校的时候，他把交学费后仅剩的两元钱塞进了我的怀里便匆匆离去。我默默地望着父亲，直至他那蹒跚的背影消失在校园的一角。当时，我不知道是对父亲的留恋还是被父亲的一举一动所感动，鼻子一酸，眼泪便夺眶而出……从那时起，我下决心一定要学出个样来报答父亲对我的养育之恩。

还未等我学业有成，父亲却生病了，肝癌晚期。病中的父亲一直牵挂着我，连他生病的消息都要求哥不要告诉我，担心影响我的学习。直到病情加重，我才得知父亲生病的消息，我立即从学校赶回去看望父亲，回到家，我看到的是父亲清瘦而孱弱的身体，一股辛酸从心底涌起，我不想面对父亲，也不想打破父亲对我回家的欣喜，只好站在父亲睡椅的后面，任泪水奔涌而出……父亲就这样勤劳、自俭地度过了他的一生，把他生命中的每一点关怀、仁慈和爱都全部给了他的儿女们，而他还没有在他儿女身上得到一丝回报就匆匆走了。多年来，每每想起这件事，在我心灵深处，就感到一种揪心的疼痛，而今，我只能用焚烧的纸钱和坟前极虔诚的叩拜来寄托对父亲的思念，聊以弥补心中的遗憾……

愿父亲在九泉之下安息！

母亲的欺骗

○4月29日 ○星期二 ○心情和天气：很晴朗

十五六岁的年纪，好爱照镜子，一个人可以在镜子前面站上半天，想要从淡淡的眉目之间揣测未来的命运。

我会变成什么模样呢？会和现在完全一样吗？会有一种让别人和自己都吃惊的美丽吗？

妈妈好像能明白我的盼望，所以她经过我身旁的时候，总会对镜前的我微微一笑，重复着那句话："别急啊，黄毛丫头十八变哪！"

在那个时候，我就会很安心。因为妈妈从来没有骗过我，她说过的每一句话都会兑现，所以，我就一直安心地等待着。

直到有一天，我还是站在镜子前面，发现原来我一直在等待着，等待着一个不可能实现的愿望，对自己的执迷不悟不禁觉得可笑，又觉得可怜起来。忽然明白了，这是妈妈对我微笑时她所有的心情。原来她是在欺骗我，竟然让我那么相信。但在明白的这一瞬间心中却没有被欺骗的恼怒，反而充满了一种甜蜜的忧伤。

女孩对容貌很在意，像郁金香上的露珠一样脆弱而神秘，不经意是找不到的。我的容貌一直是不出众的，即使常常幻想自己风华绝代，出现在任何一处地方都可艳惊四座，但是，那只不过是个梦而已。美丽是人人都渴望的，但美丽的人命运往往坎坷。听说，天生丽质有多幸运，美人迟暮就有多悲哀，那么是不是在这个世界上没有一种美丽是可以永恒的？那我所希望的惊人的美丽是不是即使拥有也如昙花一现般短暂？

如果，如果终将失去，是不是从来没有拥有反而更加快乐？妈妈从来不曾欺骗过我，她说黄毛丫头十八变，她说别急，其实是在为我争取时间，让我在时间的磨砺中了解自己，了解人生，了解世界。也逐渐明白容貌上的美丽是会凋零的，智慧却会与日俱增。分散了我对容貌的追求与注意。

我常想，母亲是以一种怎样的心情看着镜子前有些期待、有些迷茫的我，又是怎样怕我失望，温柔地安慰我。若有一天，我也为人母，是不是也能以一颗温柔保护的心去对待我的子女？

●语丝

对于一位母亲来说，对孩子的爱是一种与生俱来的天性，她细心地呵护着孩子脆弱的心。那种爱叫放纵，孩子在母爱的放纵下，渐渐长大。

我不是一个坏女孩

○2月20日　○星期五　○心情和天气：伤心的晴朗

妈妈又生我的气了。

那天早晨，她帮我收拾床头东西的时候，发现了那包烟。我从卫生间走出来，一眼就看见了妈妈拿着那包烟在端详，心里不由得一惊，暗自埋怨自己放错了地方。好在烟盒上面印的全部是英文，她看不懂，她应该不会知道那是什么。但我心里还是很紧张，就悄悄地蹭到妈妈身后，猛地伸出手一把抓过来，大声嚷："说过一千遍不许擅自动我的东西，就是不改！"

"这是什么？"

"不要你管！"

"你以为我不知道是什么？"妈妈说这句话时的声音发颤。

"知道了又怎么样？"我倔强地不肯低头。

"你……"妈妈扭身走进了自己的房间，随手"咚"地一声摔上了门，一会儿，"呜呜"的哭声就从紧闭的门缝飘进我的耳朵。我拉上了帘子，薄薄的花布像阻隔住了万水千山。从我上初一开始，我和妈妈已经有两三年没有坐到一起心平气和地交谈了。

妈妈下岗之后在一家餐厅当洗碗工，一到秋冬季，手上全是大口子。我给她买了"美加净"护手霜，可她却舍不得用，来来去去带在口袋里，把瓶子上边的字都磨光了。

温馨的时刻总是很短暂。

我也不知道在她的眼里，自己从什么时候开始变成了坏孩子，让她哭红了眼睛，操碎了心。

我从小学习就很好。小学毕业之后，我考上了重点中学。但初二下半学期的成绩却一落千丈，从班级的前3名直跌到30名以后，爸爸和妈妈的离婚让我心烦意乱，上课根本听不进去。一直到现在，我也不明白他们为什么离婚？我偶尔会想起自己上小学时，一下雨，爸爸就会去接我，我伏在他的背上，撑着雨伞，他的背是那么温暖、宽厚。

后来妈妈再婚了。我不肯和新爸爸一起住，就自己住在老房子里。那段时间，我一个人守着一间空房子好怕，就跑到街上玩，慢慢结识了一些各式各样不爱回家的孩子。他们也不是什么坏孩子，都和我一样，父母离婚，在后爹后娘身上得不到关爱和温暖的孩子。我们聚在一起就诉说自己心中的苦闷，说着，说着就搂在一起抱头痛哭。我们还一起抽烟、喝酒、起哄、打架，班级里的同学都管我叫"大姐大"。我就逞凶逗狠，谁也不怕，其实我的心里很空虚，特别想有个温暖的家。

中考后我勉强进了一所职业高中，并且是几乎没有女生报名的装潢设计班。看着妈妈那失望的样子，我想说，妈妈，对不起，我会好好学，我会上大学的！但是妈妈还是经常用一种让我心惊的冰冷目光凝视我，动不动就摔东西，动不动就骂我。

在很多个睡不着的夜晚，我想自己该主动找妈妈聊聊天，但一想到她不给自己机会的样子就感到焦灼和无奈。

不错，我是没少让妈妈着急生气、受累、窝火，我干了很多不该干的事。但，每个人不都是在磕磕碰碰中长大的吗？为什么不允许我犯错误呢？我又不是神仙。

在后来的岁月里，我一直努力学习。我想自己既然已经长大，就应该慢慢找那种可以得到妈妈谅解的办法。

我又上街买了一瓶护手霜，并且，临上学之前又写了一张字条：妈妈，希望您能喜欢，手是人的第二张脸，我愿妈妈永远年轻漂亮。您的不听话的女儿——小燕子。

●语丝

如何用支离破碎的句子，描绘嫣红的泯灭，那一瓣一瓣的凋零，如同一滴一滴的泪珠，请你在季节的尽头里倾听我的歌谣。

童话故事

○10月31日　○星期五　○心情和天气：大雨

童话故事中的结局总是这样的：从此王子和公主就过上了幸福的生活……小时候看到这个结局就是满心地欢喜，可是现在才明白，从此以后不是完美的结局，恰恰是婚姻的开始……

小时候，我对妈妈的记忆只有一句话："这个穷家！我和你已经过够了，孩子就不该出生在这世上！"我5岁那年，我的父母终于因为感情彻底破裂而离婚了。我被判给了给别人干力活的爸爸。起初，妈妈还会时不时地来看我，然而，没过多久，听说妈妈再婚了，从此，她再没踏入过这个家门……

我在爸爸早出晚归挣钱养家的劳碌生活中慢慢长大，14岁那年的一个冬天，爸爸因为车祸也离我而去。尽管妈妈主动联系了我，定期给我并不多的抚养费，态度却依然冷漠。因为妈妈早就有了小弟弟，所以我在她心中成了多余的孩子。15岁以后我的内心开始有了一种涌动的羡慕，羡慕别人的妈妈。

记忆中，我从未有过所羡慕的，除了妈妈，别人的妈妈。羡慕那些能在父母身边成长学习的人，并非是我害怕疲惫的喘息过程，而是在时常废寝忘食又生病的时候，盼到病愈也不见妈妈哪怕是打来一个一分钟的电话……今天，下雨了：我像个难民一般躲在附近一个女孩家的屋檐下，看见她的妈妈焦急地撑着伞又把她的外套拿上，是去接女孩放学吧。雨更加大，我心冷极了，因为想妈妈。我干脆蹲在了地上，用寻来的理由把心窗又打开了。没一会，她的妈妈就把她接回了家；我幸福地幻想，那是我的妈妈。可当她们从我的身旁走过，直到关上了门，我不得不悲怜地望着自己这身湿透的衣服与长发，还有我这一身的鸡皮疙瘩……透过窗，我看到她的妈妈为她准备了一套柔软的衣裳，等着她泡完热水澡后再穿上它。热腾腾的饭菜正飘着香，我不敢嗅，因为我的腹中正在不安分地响，是今天没有了所需的食粮。我感觉我好像变成了童话中卖火柴的小女孩。我假装轻松地一笑，投身雨中，向着自己小屋的方向。打开自己家的门时，地上有水在欢唱，是墙裂开了。风，不比外面小；我，只得用仅有的棉被堵住有裂缝的墙，泪水早已汹涌夺眶。想号啕大哭，却担心会惊吓到在房间内四处觅食的老鼠；只得睁着一双不大的眼，让泪水尽情地流淌，一直到天亮。忍不住拨通了妈妈的电话，声声在响，生硬的浑然，更觉凄凉；因为我的妈妈早已在她舒适的家里进入了梦乡。

我也曾怨过她的冷漠，她的冷漠使我迷惘，恐惧，孤独……这些不良的情绪像毒药一样使我渐渐中毒，渐渐挖空我的心；我也曾恨过自己没有志气，使我在自己的生活道路上无助地徘徊甚至一错再错！但我也曾心存感激，感念我的妈妈十月怀胎后把我带到这个世上，才使得我不能不拼命地让理想的羽翼扎实地增长。后来的岁月中，我一直坚强勇敢地向命运挑战，在羡慕别人妈妈宠爱有加的时光中孤独而努力地在立足、在成长。等到我长大了，我一定要做个称职的妈妈，让我的孩子像童话故事里的主角们一样永远不知忧愁、平平安安、快快乐乐地茁壮成长。

● 语丝

也许我们曾经被伤害，也许我们有太多不如意，生活总是有太多的坎坷，在这条路上我们磕磕绊绊，但有一天，我们长大，就再不让那些悲伤的故事发生，童话，终究会有一个美好的结局。

我的仇人

○10月12日 ○星期六 ○心情和天气：晴

每次和她吵架过后，我总会梦见她带领一队人，我带着一队人，喊着口号，相互冲杀。

梦醒的时候，才发现自己早已是泪流满面。

从我参加各种特长班时起，她就总说我们是仇人，上辈子就是了。于是我也经常把她当做仇人看待。

她很爱唠叨。有事没事都要长篇大论地教育我一番。有了引子就会没完没了地说个不停。在我没有按照她的意思做以前，她是不会停止的。我聪明起来以后，任凭她说得口干舌燥，我故依然。大不了泡壶茶来给她解渴，以制止她继续下去。为此，我学会了泡一壶好茶。

她还会打人，不是一巴掌，而是用武器。这一点她很聪明，力的作用是相互的。于是，她总会舞着鸡毛掸子或者扫帚向我杀来，而我就会灵巧地躲到爸爸的身后，或是冲出家门。这样几乎每次都是我胜利，因为她常常丢下武器来寻找我回家。

仇人总是相互伤害的。我常常被她那刻薄的嘴唇里吐出来的话刺得遍体鳞伤，被气得讲不出话来，甚至几天都跑到奶奶家去不愿回家。她有时也会伤心几天，不愿理睬我。她是倔强的，我和她一样。

但仇人并不是我们的选择。大多数时光里，我们还是朋友。

爸爸出差的日子里，我总是坐在她的单车后座上，告诉她这一天学校里的趣事，或者唱着一两首新学的歌曲。她推着我，瘦小的身躯迎着夕阳，影子拉得很长很长。

她很干脆，一有了兴趣，什么事都能干净利索地完成，效果接近完美。我经常被她迅雷不及掩耳的动作惊得大气不敢出。她常因此取笑我的拖沓。我成熟起来以后，这种竞争才稍稍缓和一点。

她会耍赖，不是赖掉零用钱就是赖掉礼物，这方面，她比谁都精明。她耍赖的花招多得让我目不暇接。比如，在下跳棋时，趁我去吃糖的机会连走两次；吃饭时，把我最讨厌的菜像埋地雷一样埋在我的米饭里；全家人吃饼干时，她会冷不丁地把几片夹心饼干塞进自己的嘴里，或者突然把几片她不爱吃的曲奇饼干放进爸爸的口袋里……

朋友总是相互帮助的。我经常被她的帮助方式弄得恼火不已，却生不了气。她在得知自己帮了倒忙之后，会一脸无辜地出现在我面前主动认错，我却还要感谢她帮了倒忙。她独特的魅力让我度过了大多数难关。

说到这里，想必都猜出她是谁了，她就是我的妈妈。

当我的仇人激励着我前进，当我的朋友鞭策着我努力。

不管是仇人还是朋友，随着年龄的增长和梦想的成熟，我发现，这世界上唯一不变的是我对她的爱。

●语丝

母爱是一种无声的索求，索求一种时刻报恩的情怀。当我们失去方向时，它会给我们前进的动力和无穷的勇气。

一碗刀削面

○5月10日　○星期日　○心情和天气：有点雾的朦胧

爱你的人，如果没有按你所希望的方式来爱你，那并不表示他们没有全心全意地爱你。

——题记

那天，我跟妈妈又吵架了，一气之下，我转身向外跑去。

在外晃荡了半天，肚子有些饿了，找了一个面摊要了碗刀削面，就稀里糊涂地吃了起来。吃完了，要结账时一摸兜才发现我是生气跑出来的，身上连个硬币都没带。

看着面容和蔼的卖面大爷，我急得红了眼，讷讷地，"我，我忘了带钱，大爷，我一会给您送来成吗？"

卖面大爷看我窘迫的样子就笑了，"算了，算了，小姑娘，算大爷请你了。"

大爷温和的态度让我本来就红了的眼眶瞬间滴下泪来。

大爷显然被我哭泣的样子吓倒了，"小姑娘，小姑娘，这是怎么了，怎么说哭就哭了，大爷也没朝你要钱哪！"

"没什么，大爷，我就是感激您，咱们素不相识，您还请我吃刀削面，我的妈妈，却一点都不体谅我，还和我吵架！"我的眼泪越流越凶。

"是这么回事啊！"大爷明显松了口气，很平静地说："孩子，你看我请你吃了碗刀削面，你就知道感激我，那你妈妈呢？你长这么大，她煮了多少次饭给你吃，为你付出了多少，你感激过她吗？还要和她吵架？"

我愣住了。

我匆匆谢过大爷，开始往家走，还没到路口就看见有些昏暗的路灯下，妈妈焦急四下张望的脸。

有时候，我们会为别人给我们的小恩小惠"感动不已"，却对亲人一辈子的恩情"视而不见"。因为我们太习惯对亲人的爱予取予求。

在以后的日子里，每当我与妈妈有冲突时，就常常想起那碗刀削面，然后就会改变与妈妈的沟通方式。有时我会抓着妈妈的衣角撒娇，有时我会搂着妈妈的腰不松手，每当这时，妈妈本来有些严肃的脸都会挂起无奈的笑："坏宝，又撒娇。"

我的日记

○6月12日　○星期四　○心情和天气：明媚的晴天

我的父母对我的教育方式一直很有趣。

当我的朋友纷纷痛斥他们的父母偷看他们的日记时，我的妈妈会在打扫我的房间时对我抱怨："妍妍啊，咱是女孩子，是不是得干净点，看，本子都落灰了，收起来吧。"

我无语，那本翻开的，落灰的本子，是我的日记本。

我把这件事讲给我的朋友听，他们嘲笑我说："是不是你爸妈已经看过了，装作不知道啊？"我没回答，要怎么告诉他们，为了测试父母有没有偷看我的日记，我在日记的边缘和内容上做的手脚呢？那些小小的手段证明了我的小人之心和父母的君子之腹。

我的朋友们又说："是不是你爸妈根本不关心你啊？"我被这个恶意的问题问住了。但随即就释然了，我的爸爸妈妈是这个世界上最爱我的人，他们不仅给了我生命，还给了我丰厚的物质条件和良好的学习氛围，无论工作多忙，妈妈都会赶回家给我做饭，有一段时间学校要求所有学生中午必须在学校吃饭，可学校的饭菜是很粗糙的，我的脾胃一向羸弱，妈妈会从很远的单位倒车来给我送饭。我上晚自习要10点才能回家，无论白天的工作多累，爸爸都会来接我回家，如果他们不关心我，这个世界上，还会有谁关心我呢？

但是，为什么他们不偷看我的日记呢？

晚上爸爸接我回家的路上，我问爸爸："爸，你说实话，你看过我的日记没？"

爸爸一脸茫然："什么日记？"

经过我的一番提示讲解，爸爸才恍然大悟，然后一脸欣慰地摸摸我的头，"闺女到底是长大了，都开始记日记了，不过要坚持啊，写日记最锻炼人的毅力了，想当年你爸我……吧啦吧啦。"

我的审问变成了老爸回顾当年岁月。

回到家，妈妈在沙发上等着我，等得快睡着了，我进屋时正打瞌睡呢，趁其精神不集中，我进行突击审问："妈，你看我日记没？"

妈妈睡眼惺忪："日记？找不着了，什么样的皮，我今天收拾屋子，把你那些东撇西丢的书和本子都收拾放你屋了，自己找去。"

我无语。

翻开日记本，我写下一段话：我的爸爸妈妈是世界上最爱我的人……这时，妈妈推门进来了，她坐到我对面，很慎重地说："妍妍，你爸和我说，你问他看你的日记没？"

"嗯。"我点头

"妍妍，我和你爸没看过你的日记，妈妈可以发誓。"妈妈很严肃。

"你们为什么不看？我都放那里很多天了！"我的声音闷闷的。

妈妈有些哭笑不得："妍妍，如果你想让我们看，可以告诉我们，如果你没有拿给我们看，我们是不会偷看的。宝贝儿，你长大了，有时候你和爸爸妈妈说的事，我们都理解不了，你日记里记的一定是你最在乎的事或者是困惑你的事情，如果你愿意告诉我们，我们就会和你一起面对和解决，如果你不想让我们知道，我们就不去探听，我们希望给你一个相对自由的空间。

一直以来你都是一个很有主见的孩子，你看了很多书，在学校接受教育，是可以分辨是非的，如果真地遇到解决不了的问题，你可以告诉爸爸妈妈，而你不想让我们知道的，也一定是你最隐秘的事，爸爸妈妈可以不知道，我们只想为你提供一个宽松的环境，自由成长，不去探听和偷看，是因为相信你，相信我们的女儿。"

妈妈的声音很温柔，眼神也很温柔，于是我情感暴发，扑过去搂着妈妈的脖子撒娇："人家爸爸妈妈都偷看他们的日记呢，我很费力地写，你们都不偷看。"

"你想让妈妈和爸爸看吗？"

"愿意看你们就看呗，反正里面也没啥好看的。"

"你个小丫头片子，怪我们不看的是你，不想给我们看的也是你，你爸和我都是从你这个年龄过来的，你那点弯弯绕的小心思谁不知道啊，好了，都这么晚了，快收拾收拾睡觉吧。"

妈妈出去了，我回到书桌前继续写道：他们相信我，所以不干预我，我是小树，他们就是我的护栏，在他们的保护下，我在成长，因为他们的笔直，我才不会长弯。

● 语丝

我们常常怪父母不懂我们，误解我们，不替我们着想，那是错误的。在这个世界上，没有人比他们更爱我们，他们永远是我们最大的支持和靠山。

永远的爸爸

○5月21日　○星期三　○心情和天气：大风

父爱是山，母爱是水，父爱支撑天地，母爱融化挫折。

——题记

最早的那些照片里面，有你抱着我的一张。咱们家的平房小院，那么灿烂的阳光，那么灿烂的笑。浓浓厚厚的头发，双眼皮，大而亮的眼睛，挺挺的鼻子，厚嘴唇，浅浅的胡茬儿。帅帅的爸爸，小小的我。

没有记忆的时候

他们说你可疼我了，总是让我骑在脖子上，从小小市场的这头晃到那头。

你的大飞鸽的横梁上，有我小小的座位，我总是在里面说个不停，躲着你不时蹭来的胡茬儿。

彻夜啼哭的时候，不知道有多少回，是在你结实的臂弯和生硬笨拙的摇摆哄慰中，沉沉睡去。

你晚上下班回来很晚，我已经很困了，还会摇晃到你面前，扯住你的衣角，凑近鼻子使劲闻，然后大声告诉每一个家人，你待过的屋子里有没有人抽烟。你是从不抽烟，不在家里喝酒的好爸爸。

有记忆了

你抱着我出门，刚走过院子门口，就被马蜂叮了我的耳垂，我痛哭，你无措。好容易哄干了我的眼泪，你心疼地看着我红肿的耳朵，说不哭，不哭，咱打它，咱把它窝拆了！

上学了，数学作业你只是开始的时候主动检查，慢慢地，每次做完作业，我总是"自觉主动"地送到你面前，半强迫地要求检查。每到这时候，你总是一边接过本子，一边无奈地说："我就是你的拐棍了。"

你会理发，会蒸又白又大的馒头，会修车，会剪裁。你这么忙碌以前，咱们家没有买过外面的馒头吃。12岁以前，很少给我买衣服，每到闲暇，你来剪裁，妈来缝纫，成就我那时在同龄人中绝不会雷同的光鲜。

发着烧回家，你安顿好我，妈回来的时候，你说，小小病了……长到那么大，还从来没有听你这样称呼过我。被窝里面昏沉的我，那时听到这句话竟开心得一点不觉得难受了。

上学要迟到了，就算距离学校只有5分钟的步行路，你也骑车送我去。

待在你的大飞鸽横梁上的时候，小手冻得冰凉，你会让我把手放在车把上，然后握着我的手继续骑车。

你心情不好时，我轻声搭话，你凶我一顿，我委屈得不再开口，闷着看电视。你从里屋换衣出来的时候，递给我一个靠枕，不说话。我知道你跟我道歉了。

中考完，去外地上高中。两个星期，写给你们一封厚厚的信。我呆不住，我要回家上学。接我回家的那晚，我洗完澡出来，你们坐在饭桌旁等我1个半小时。你的眼眶红着。妈说，从认识你爸那天起就从没见你爸哭过。你竟然流泪了。心疼我。

一次放学下大雨，在学校车棚里发愣的我，竟看到你带着雨衣风雨而来。那么大的雨，挡不住你的笑脸。那么清晰。

高考前，妈病了。所有人都瞒着我。你要顶着压力，一边一趟一趟跑北京陪妈看病，一边若无其事地对我温言暖笑。你在北京累得拉肚子休克，赶回家的时候还跟我开玩笑说自己这么大人了还拉床上了，真没出息……

6月7号早上，你陪我去考场。在学校大门口就不让家长进了。我径自大步走进去，没说一句话。连头都没有回。我知道，你一直目送我拐进了那栋楼。

如今我即将上大学了，我想对你说：

爸，应酬再多也要注意身体，要少喝酒，你血压高。

爸，朋友再多、心情再郁闷、打牌的时候也要有度，别回来太晚了，休息不好，还让妈担心。

爸，妈这两年身体不好，没事的时候多陪她聊天，别让她难过。

爸，爷爷年纪大了，老是惦记着咱们，有空咱们多回老家看他。

爸，睡觉的时候要躺好，尽量别打呼噜了，对身体不好。

爸，你的腿以前有滑膜炎，眼下又要冷了，注意保暖，别着凉。

爸，女儿高中都毕业了，浑浑噩噩事儿挺多，还什么都不是，没有给你们争气，你要原谅我。小时的优秀都是你们栽培的结果，现在你们能做的都做完了，该轮到我自己努力了。

爸，你对我说以后我挣不来钱你们来养我，可那样我就成了你们的宠物，在别人看来是废物，女儿当初可是奔着人物去的啊。

爸，谢谢你。谢谢你给我这么多美好的回忆和美丽的童年。爸爸，我爱你，你在我心中永恒。

走过失望

○5月23日　○星期五　○心情和天气：大风

人生苦多乐少，不要一味地埋怨生活上的不平，也许你认为生活对你来说已毫无意义，但我想对你说请重塑自己，相信上天的公平，你付出多少真心，你就会获得多少快乐。

——题记

记得看过这样一则故事：马来西亚的海边，有一个孩子爬上高高的椰树砍椰子，他的母亲在下面冲他嚷嚷。一位外地母亲对自己的朋友说："她在提醒儿子，别割着手。"朋友诧异地问："你怎么知道，你懂马来语吗？"她摇摇头："不，我是母亲。"看完之后，心里一阵莫名的感动。是啊，天下父母心，都是同一个源头。也曾听到"世上只有妈妈好，有妈的孩子像个宝……"时，心里总有浪花在涌动，眼中总有泪水在跳跃。然而我的经历却糟糕地提醒着我，有妈的孩子也有像根草的时候。

我喜欢有一个和睦的家庭，可是我15岁的时候爸爸妈妈离婚了；我喜欢读书，可是我离家出走。我喜欢有很多朋友，可是我没有那么多精力、时间和能力去照顾朋友的感情。我孤独寂寞着，我快乐开心着。我有时候悲伤，有时候想哭。我的难过和痛楚不会被别人发觉，我很骄傲，我在别人眼中永远是最坚强的女子。我看见流浪汉，心里很怜惜，可是我会转身很快消失并不给他们一分钱。曾经没有人给过我一次机会，没有人在我困难的时候帮我一把。我看见浪漫的爱情剧，在结局很凄凉的时候我想流泪，我感动。可是我没有流泪，曾经我在难过的时候，没有人为我流泪，没有人为我感到惋惜。我看见一家人在路上吵架，如果回到15岁前，我肯定会上前帮忙劝阻。可是我现在只是嫣然一笑，慢慢地向远处走去。

在父母离婚的时候，爸爸没有想过他还有女儿；爸爸带女人回家的时候没有想过我还存在；放学回家没有饭吃的时候，爸爸没有想过他的女儿还饿着肚子；我离家出走这段时间，爸爸你为什么不能象征性地寻找我。我不渴望你急切焦急的眼光，只要知道你还挂念着我，我也满足。我从来不去串门，我妈妈是远嫁来的，亲戚的眼神里没有亲情，鄙视的眼神，我这一生一世都会记住。我离家出走的头天晚上，为什么全跑到我家质问我的身世。如果你们心中有我的存在，就不会永远地失去一个其实很爱你们的孩子。我的爱，我所有的爱，在那天晚上画上一个句号的时候，就再也找不到了。我不哭，因为没有人安慰我。没有人记得那时候我还存在。我做不到的事情我就不喜欢，我不喜欢的事情就会离它们很远。

直到长大了以后，我感悟了生活，感悟了人生，学会了用最平静的心去接受这种不平静的生活。我绝望着，我却在绝望里重生。我痛苦着，我却在痛苦里大笑。我学会开朗地接纳生活中不公平的一切，我渴望激情，生命是靠激情才能散发光彩。当我这样想着的时候，天空似乎豁然开朗了。灿烂的阳光普照着的依然是一个生机勃勃的世界。人们啊，是那么坚忍不拔，不屈不挠。一个希望破灭了，走过失望，新的希望又会升起……只要我们没有绝望，就永远会有新的希望产生。

●语丝

坚强的人对挫折总是轻描淡写，因为不怕面对自己的失败；脆弱的人面对失败总是谈虎色变，因为太害怕面对生活的厄运。其实，人与命运的永恒画面就是：征服与被征服。只要我们敢于面对现实，直面人生，就没有什么可以打败我们。

青葱岁月

你是我最美丽的遇见

○9月11日　○星期日　○心情和天气：艳阳高照

听《梦在月光中》许久，被自然山谷里的静谧陶醉。身在清幽的月下，银辉披洒，风像流水缓缓流淌，思绪也如此缓缓走来。

见他是在高一下学期的时候。那一天，阳光暖暖地播撒着，我们一大群学生会的干事在一起边开会边说笑，谈笑的内容记不清了，只是忽然就见他走来。一身运动装，好像刚从运动场赢得胜利归来。我远远看了他，一时间就感觉和他有缘，因为心绪特别慌乱……以为是错觉，哑然一笑。学生会主席介绍说："这是新任的学生会副主席，刚从外地高中转过来，你们可别欺负人家。"以后，他就成了我们中最活跃的人物，而我因为那阵家里出了事，没少请假，居然匆匆地没跟他有什么交往。

日子如水般平静，转眼到夏天了。我又开始参加学生会的活动，因而和他有了来往，但仍是不熟的那种。况且，他五官俊美，形体挺拔，气质高雅，是女孩子心目中的"白马王子"，有好几个还公开表示喜欢他。并且他生性开朗，和周围的人关系相当融洽。而我，属于沉静的那种。所以对于他的言行，只是看看，并不说什么。

而真正的第一次和他熟识是在学生会策划的一次全校大型篝火晚会上。那天，全校的学生上学都要带点柴火，晚上按班分地盘，篝火在操场中央熊熊燃烧起来。学生会因为要主持各个节目，统筹策划和安排节目的进行，因而学生会成员都是一起活动的。晚上的节目和活动都进行得很顺利，看着眼前明亮的篝火和头顶灿烂的星空，我们都深吐了一口气。学生会主席激动地拿着麦克风说："今天，我们的晚会举办得很成功，在这晚会即将结束之际，同学们！拿出你们的魅力和魄力，尽情地跳起来吧！"很快，很多男生拉着女生的手走到篝火旁边跳了起来，操场上回荡着优美的音乐，一派和乐融融。我正羡慕地看着跳舞的同学，他突然拉起我的手，把我拽到了篝火旁，带着我跳了起来。他微笑地凝视着我，小声地问我："你很想跳吧。"我开心地笑了。

晚会结束后，他说天太晚，要送我回家。一路上，我们谈笑风生，只恨相见太晚。那晚的月特别明。月光下，我们漫步在回家的路上，说说笑笑，时间过得好快，一晃就到家了。他看着我上楼，我回过头来，想道声谢，那一瞬间……我的心多跳了半拍。

后来我们成了无话不谈的朋友，可是我从不敢对他表白，因为他是那么地优秀。

转眼到了高三，他在一天晚自习之后，叫住了我，递给我一样东西。

我借着路灯细看，一张方形的白色硬纸上，贴满了用粉红色的吹塑纸精心做成的小花，巧妙地排成一颗大心，心的中央用英文写着：I love you!

一下子，我觉得有什么触动了心里最柔软的角落。

"分别在即，我必须告诉你！"他的又深又黑的眸子注视着我，温柔如梦。我的眼中溢出泪水。

"不，我们太年轻了。很多想法都会随着年龄的增长而改变。不如我们做个约定吧。"

……

日子仍似水，静静淌到秋天。

我和他那天去取"北京大学"录取通知书时在学校门口遇见。

他静静地看着我，我微笑地看着他。

他轻轻地说，"那个约定还有效吗？"

可爱的她

○5月3日　○星期日　○心情和天气：阳光和煦

这几天会无缘无故地发呆，可能也并不是单纯地发呆，准确地说是边发呆边思考。无边无际的文字像漫天飞舞的乌鸦，先是零星的几只，然后是一堆，最后是一片，没有什么声音，只是单纯地飘过。心里想的笔下写的都是她。

第一眼看到她的时候觉得她很可爱、双眼皮、小小的鼻子、大大的眸子，白色的短袖T恤，白色的瘦脚仔裤，挺活泼的一身搭配。那一眼给我留下深刻的印象……

因为篮球，我才和她结缘，因为篮球，我才在那天晚上认识了她。

那天好像是来到这个学校的第四天。之前因为要准备中考，已经接近一年没摸过篮球了。那天下了晚自习，我和一个刚认识的哥们儿在篮球场借着路灯光打球，好久没打球，没想到手感还是这么好，球投出去很自然地钻进了篮网。

"喂，同学，可以一起玩吗？"就是这句话让我和她认识了。很清纯的一个女孩子——这是我对她的第一印象，晚上路边的灯光让我脑袋里不由得冒出在以前看起来非常假的一句话"路边柔和的灯光洒在她的身上让我不得不陶醉的一瞬"。在没看到她的实力之前我本来对自己的命中率是十分有自信的，但是她每次投出去的球在一刹那之后熟悉的穿网声一次次地让我佩服至极——好高的命中率啊——这是我对她的第二印象。

于是，我知道了她的名字，留下了各自的电话号码。

接下来的几天，我们用电话联系，具体聊什么已经不太清晰了，只是记得从那以后我开始期待她的电话，特别是等她电话的时候，那种期待更加明显，就是一种久旱盼甘霖，他乡望故知的心情。虽然她每天都打电话过来。可这种感觉还是如影随形。

有一个晚上，她向我倾诉了她童年的故事，那娓娓道来的声音，像深秋午后的阳光，像刚晒完的被子里面的味道。想起她晶亮的双眸。温暖、熟悉而又深刻。我觉得我好像看到她心底那片忧郁的深蓝、潜意识的悲伤、笑声底下隐藏的无奈。这使我对她有了不一样的感觉。我以为她对我倾诉往事是拿我当朋友，不一般的朋友。我有些激动。终于有一天我想对她表明我的好感，那天我还是习惯性地问她是否有时间。她说等下要和一个人去吃饭。过了一个小时，我再打过去，她的手机关机。打到第三个电话的时候，终于她开机了，我问她怎么吃个饭这么久，她说吃完饭出去走了一下。我告诉她我很担心，她说："我们还没怎么样，你慌什么啊？"听到这句话，我的脑子一片空白，慌忙中把电话挂断了。

回到家电话再次响起，是她，她说既然都这样了就把话说清楚，她问我们还是不是朋友，我说不知道，然后电话那边传来的就只剩下一声失望的叹息。然后电话再次挂断。我明白我还没有表白就已经被判出局了。过了好多天我都没有从失恋的痛苦中摆脱出来，兄弟说，解铃还须系铃人。我就硬着头皮给她发了个短信：

"我好累啊……"

"累什么啊？"她回我了！我狂喜。

我快速地回道："我来到这个学校以后好像喜欢上了一个女孩子，我那天想跟她表白，可是她好像已经和别人好了，我很失望，慌忙中把电话挂了，现在我很是后悔。但是我很想问那个女孩子我还有没有希望。"

"你真笨啊，你挂她电话就是你不对了，人往往不懂得珍惜手边的幸福却盲目追求不可能实现的梦想，一旦幸福远去才悔不当初，别忘了曾经真正关心过的人，你这一生就只有她才会真心对你啊！她那天是和她的表哥去吃饭。她让我告诉你：我们还不满16岁，只是普通的高中生，或许我们的感情只是青春的冲动，或许是天长地久的永恒。等我们都考上了大学，再让这份感情发光发热吧。"她回了一长串短信。当时我高兴得要飞上天了。我知道她接受我了。但是现在我们还是学生，谈感情为时过早，我一定好好学习，等待大学的校门和她的心灵之门向我敞开！

● 语丝

四节更迭，时光飞逝，季节在等待轮回，人生也在等待中度过，为爱而守候，为爱而等待，无论是尽头还是天涯都会美丽。

宁　夏

○11月13日　○星期一　○心情和天气：多云转晴

宁静的夏天，天空中繁星点点，心里头有些思念，思念着你的脸。我可以假装看不见，也可以偷偷地想念。

——题记

认识陈为的时候，我18岁，正是一辈子最紧要的关头，高三。

老师和父母一直希望我考一所很好的大学。不知道是到了叛逆的时期，还是敏感的年龄作怪，我开始感觉寂寞和忧伤，对周围的事物开始抗拒起来。我觉得这一切都像一个牢笼，紧紧地把我束缚了。我开始看不惯周围的一切，也包括那个一直和我坐在一起，长得白马王子似的，学习成绩非常好的杨光。一天放学的时候，我告诉杨光，晚上不会到学校参加晚自习。杨光说："王小萌你究竟要干什么？"我不理他，背着书包扬长而去。

就在那天回家的路上，我遇到了陈为，我记得那天他穿了发白的牛仔裤，有着不少洞眼的上衣，在肯德基的门前弹吉他，他的旁边放着一个盆，里面三三两两地放着一些1元、5元、10元的票子，哪个路过的人给他的盆里放点钱，他就对人家笑一笑。两个老太太过来，各给了5元，一面议论："这么年轻的孩子，就出来讨生活，真是不容易。"我看着他微微地笑，笑里有掩饰不住的得意，老太太不知道，他身上穿的衣服是范思哲，一套衣服少说也要3 000元。

陈为收起吉他的时候，我对他说："你要请我吃肯德基。"他看着我，眉眼里都是笑意。那天晚上，我没有去晚自习，我们一直在肯德基聊天。知道了他是另一所重点高中的学生，知道了他有一个有钱却快要支离破碎的家庭，知道了他其实是和我一样寂寞的。

那天吃鸡腿堡和薯条吃到很晚。临走时，陈为给我唱了梁静茹的那首《宁夏》。

宁静的夏天，天空中繁星点点，心里头有些思念，思念着你的脸……

因为没有去上晚自习，我写了一封检讨书贴在教室的墙上，看着自己写得文情并茂的检讨书，想着陈为，我又笑了。杨光说："写了检讨还笑？真不知道你怎么想的？"

我觉得自己从肯德基出来以后，就不再感到寂寞了，但是我没有告诉杨光。尽管我从6岁就认识他了，但是这么多年他却一点都不了解我。

一个星期后的晚上9点半，下完晚自习的我在校门口，看到倚着路灯杆的陈为，看见我，他大踏步地向我走来，对我说："王小萌，我送你回家。"从那天开始，我寂寞的生活就开始丰富多彩了。

但相握的手总有分开的时候。

夏天的来临，正如那首歌唱的，心里头有些思念，思念着你的脸。初恋的喜悦如潮水涌来，几天不见心里像长了草，渐渐淹没了学习的心思。

看着高考倒计时的数字一天天地变少，而一次次模拟考试的成绩慢慢地下降，我终于意识到，恋爱是一件很美的事情，但是这件事不应该在学习的黄金季节发生。我们正在学习，生活不允许我们做出许诺，我只能选择——放弃。

后来，我把全部的精力投入到紧张的学习中。高考后，我和陈为都顺利地考取了我们理想中的大学。

● 语丝

因为爱，所以等待；因为爱，所以痛苦地坚持。用心地呵护，加倍地珍惜，美好的幸福终会来临。

盛夏的果实

○8月4日　○星期一　○心情和天气：挡不住的阴天

那个夏天，满街都在放莫文蔚唱的《盛夏的果实》。我伴着这首歌漫步，在没有绿叶的梧桐树的马路旁又遇见了她。我有些惊讶，毕业才半年，她变得更加好看，那忧郁的眼睛里有一种让我遐思的东西。那晚，我失眠了。我的脑子里充满的全是这一次邂逅中她的一颦一笑。

第二天，我翻出了一本封面是卡通图案的日记本。她曾说过，她最喜欢这种卡通图案的小本子，于是她把它当做生日礼物送给了我。我珍藏了起来，本子里面页页都出现她的名字。

那时，我成绩不好，为了能和她多说话，我有事没事地一天都要问她好些问题。她对我并没有反感，而是非常耐心地为我讲解，在学习上给了我很大帮助。我的成绩提高了。

冬季的一天，我想约她去吃饭，以表达一下我对她的感谢，又不好意思开口。我对同桌说："放学后在楼下等我，我请你去吃饭好吗？"我让我的声音大到前面的她可以听到，让我的语气变得如同跟她讲悄悄话那般温和。说话时，我并没有看同桌，而是望着她。同桌看我的眼神，明白了我的心意，就学着她的声音回答："好啊。"可是她好像根本没听到我的话，我的心一下子凉了半截。

放学了，她早早背上书包就走了。我最后一个离开教室，走到校门口，见她正在舞动的雪花中踱着步，不时用嘴往手上哈气。我轻轻来到她身后，她像是早有预感地转回了头，看着我。我很高兴，又不敢贸然地说什么。就试探地问："怎么不回家？"她说："我突然觉得饿了，没力气走回家了。"语气中带着一丝淡淡的俏皮。我高兴地说:"走,我请你吃饭去!"

我们走在枝条上都压着雪的梧桐的马路上,脚下的薄雪好像洁白的地毯,为我们向远方铺了一条通路。我很雀跃,有很多话想对她说,又不知从何说起。我见她不停地搓手,便说:"你冷吧?"她看了我一眼,拉着长声撒娇地说:"我——不——冷,才怪呢。"她调皮地样子在我的眼睛里无限地放大。我一时激动,想去拉她的手,给她暖一暖。她不知是有意还是无意,搓着的手垂了下来。眼睛望着我欲抬起的手,我看见了她的眼神。把我的围巾戴到了她的脖子上,然后一把抓起她的一只手,塞到了我的衣服口袋里。我俩就这样默默地前行着。梧桐树一排排地向后退去。她的脸蛋红红的,不知道是冷还是害羞了。她小声地说:"喂……"我望向她秀气的像红苹果的脸蛋,她说:"真暖和。"然后声音又降了好多,"我知道你喜欢我,其实,我也挺喜欢你的。"我的心突然跳得厉害,不敢看她。那天,我们走了很久,说了好多话,围巾戴在她的脖子上,可是我一点都没觉得冷。

春暖花开,拉着她去散步。透过晨雾,一轮红日喷薄而出。她笑着说:"看,太阳出来了。"我也开心地笑,但是笑过之后,她已不在身边,我和她之间的一切就像太阳出升前的晨雾,悄然地消散在风中了。

她离开了我。她让别人转给我一张小字条,里面写道:"我不能陪你散步了,阳光下的日子我们都该努力学习……虽然冬天的梧桐开不了花,结不出果,但是到了盛夏,我相信一切都会不同的。"

盯着大大的中考倒计时,我明白,现在真的不是儿女情长的时候,我们的感情是真挚的,只是这份感情产生在一个错误的时间里。那时,我有一种想法,为了她,我要努力学习,考上高中,考上大学,不能让学习优异的她看不起我。也让我用一个好的成绩来回报她一直以来对我的帮助。她给我留下了一段美好的回忆。相信这份感情有一天会同盛夏的果实一样馥郁芬芳。

● 语丝

年少时的感情很朦胧,如一颗露珠,纯洁、透明,是人生中最美好的。它永远值得我们珍视。但是不能沉迷于它,依恋于它,因为漫长的人生道路还在等着我们开拓进取。

一枚红枫叶

○4月23日　○星期四　○心情和天气：小小的阴天

透过恬淡的阳光，我看到那枚曾经红得发亮的枫叶，已然凝成一种浅浅的橘黄，无声地散发着一种让人流泪的味道。这是不是青春的味道呢。它总让我想起那段美丽却过早夭折的爱情。

那时枫的美，是那种古典的美，给人湿润细腻的感觉，那种美是一种只可欣赏，却不会令人产生邪念的美。这就是枫，她曾带给我感情上一次很大的波动，这种波动曾让我迷茫，徘徊，最后终于成了一种病苦，那年我上高三。

那天，刚开学不久。我坐进文科班嘈杂的教室里，看到她坐在靠窗的角落。静静地看着窗外的蓝天、白云，很专注、很投入的样子，她好像只在乎蓝天、白云——看上去一切是那么平静，那么茫然，像一潭秋水，很和谐，很美，我记下了她的名字。

以后，她成了全班男生公平追逐的对象，班里的男生对她彬彬有礼，大献殷勤，她的书桌上时不时会出现一些很别致、精美的东西，还有情书。而她对这一切显得不屑一顾，看完后只是淡淡一笑，而后又恢复了那份平静，那份矜持。这一切我都看在眼里。

也许在众多男孩中，我保持了自己往日对女孩的那份冷漠，那点孤僻，完全可以说是自卑，或者懦弱，这让她很好奇，她主动接近我。好几次我和她说话时，她一动也不动地看着我，那种表情，近似于冷漠，又好像是好奇，甚至是关怀，却终究给人十分平静的感觉。她那种眼光让我感到惭愧，感到难以忍受——我从来没有在一个人面前这样不知所措过。她似乎比我更为冷静、稳重。在她面前，我很难冷静，有的只是惶恐，惊讶。

我不知自己是否喜欢她，可我知道自己正在一步一步走近她，正像把自己从平静的生活抛入一个满是激情的漩涡。这让我很痛苦。但理智告诉我只能克制。因为我们还只是17岁的学生，面临着沉重的高考，将来何去何从谁都不敢保证。在学业的压力和父母的期盼下，我选择了逃避，以最快的速度逃避了这段朦胧的情感。只有最快地把这段尚未开枝散叶的感情扼杀在萌芽中，才不会伤害自己，不伤害她。但我终究为此痛苦了好长一段时间。

后来，我为自己当初的选择莫名地庆幸。虽然这种庆幸带有一丝羞愧。现在，我已不再逃避，害怕，也不再冲动、伤悲了。我的心似乎有一种经过苦痛之后的平静，一种很美的平静。

● 语丝

青春是不能随意赌博的，用青春赌明天，得到的就不一定是青春的感觉。时间带走了我们的青春，那些曾经的苦痛与忧伤，明媚与爱恋都成为了过往的记忆。哀怨和惆怅会渐渐消散，而我们将铭记青春历程，带着记忆上路。

烟花旧事

○1月1日　○星期三　○心情和天气：乌云满天

心门禁锢得太久竟打不开，有一天好不容易打开一丝缝隙，透进几许阳光，只见里面有太多尘埃。在阳光中恣意地飞舞，轻易地撩起了心底那些以为已经沉积的往事，曾如烟花般美丽却最终归于沉寂的往事。

回忆往事总是让人忧伤。也曾试图去忘记，却因为每一次的回忆，每一次的回眸，都是如此地刻骨铭心，如此地让人难以忘怀，如此地让人伤心流泪……

我知道，长久地沉浸在回忆中会渐渐消磨一个人对未来美好的期待，但生活在这个时代，太多的事情要去经历，太多的磨难要去承受，太多的坎坷要去踏足，我也不想去回忆那些我拼命想忘却的往事，但是它却像电影一样，时时浮现在我的脑海里，我尝试过，我也努力过，可我却失败了。我忘不掉……

18岁的年龄，还是呆在教室里学习的阶段，18岁，应该是个烂漫的青春年少开始绽放的季节，18岁的我却生活在世界的一个边缘地带。

我的回忆里，生活着很多人，储存着很多事。我想，假如我不上学，假如我没有遇到她，也许就没有这样的回忆了，也许我就不会像现在这样痛苦了。但，没有这些，我是否还是我呢？

每一次看到街上里里外外的人群，手拉手的恋人，心中就有几分嫉妒。我不知道，为什么他们就会生活得如此融洽，如此体贴。难道他们之间就没有矛盾？

曾经爱过，伴随爱的是痛苦，爱一个人是那么地用心，而她，却离我越来越远，等到两个人再也没有了共同的话题，坐在一起只能无聊地打发时光，只是一种习惯的时候，她在我眼中是那么地模糊，模糊到似乎我一闭眼就再也想不起来对方。我试图伸手去抓住，却怎么也够不着，就这样越来越模糊，越来越清淡，一点一滴地在我视线中消失……

我想忘记那些事，却怎么也忘不掉。我忘不掉在寒冬时节我从门外走来，她很疼惜地握住我的红手，放在她的脸上、握在她的手中不停地哈气给我取暖时可爱的样子；我忘不掉在我伤心绝望时，她一直陪我坐在屋顶上劝导我，陪我走出枯涩生活时那甜甜的笑；我忘不掉在每一个早晨，我是怎样听着那熟悉的手机铃声响起，她为了让我早起锻炼宁愿克扣自己睡眠时间时那疲倦的面容；我忘不掉她为了我的要求而每一次去改变自己时那信心十足的样子；我忘不掉毕业会上酒醉的时候，她搀扶着我爬到五楼把我送进家里时一副气喘吁吁的样子……

可我们还是分开了，不是么？以后的以后，我们再见面的时候，她也不会很开心地像遇到救星一样了，她再也不会让我去剪我长长的脏指甲了，她再也不会像小鹿一样扑到我的怀里撒娇了。我也不会嫌她今天衣服搭配得不好看了，我也不会说她啰嗦了。我再也不会在她的面前给她变戏法耍她，让她追着我跑了。我们之间能做到的，只能是互相给个微笑，说声"你好"了……

曾经的曾经，我们在一起，后来的后来，我们放弃了这段与我们年龄不相适宜的感情。或许，从一开始一切都是一个美丽的错误。或许，记忆中的快乐是一场如烟花般绚丽的错觉；或许，体验花季就是这样，有槐花满香时，也有苦柚的最高浓度。

如果真有来生，如果这世上真有轮回，那么，请允许我忘记，忘记你与我，曾在这尘世中相遇。忘记曾经，轻许的那些诺言。

● 语丝

十几岁的花季，年轻的路上总有几分激情，它曾澎湃过，让花季的历程不太安静，让自己年轻的心狂乱地跳，它曾飞越过，体味它，别有一番滋味在心头。

少女情怀

○6月5日　○星期四　○心情和天气：像雾像雨又像风

今天一大早，我就听说他和尹丽在一起了。

小燕子叫我，我回过头，她看了我接近5.58秒，说："我没别的意思啊，你知道Andy和尹丽在一起了么？"

我当时的感觉很奇怪，有一点点的失望，一点点的无所谓，还有，竟然还有一点点开心！

我居然会想：尹丽？他或许只是看上她开朗这点吧？

还好，我还知道：输，就不要给自己找借口！难受，就不要装作无所谓！

可是，我当时的表现正是无所谓地说"我不知道啊"，而且，很自然，一点也没有伪装。

然后我转过头去，听课。

下午的时候，我终于走神了，幻想着拉着个又帅又疼我的男友与他们在街上相遇——很无聊，是吧？呵呵。

晚上，按照几天前的计划去剪头发。现在倒好，给剪头找到了一个绝佳的借口。

于是，一直在心里哼着《短发》，看着镜中的头发丝丝飘落。

只可恨头发被剪得奇傻无比，悔死我了！

想想明天至少会引起"7级以上的地震"，真想从窗户跳下去。

于是就真地跳了，反正住一楼，又摔不死。

回头翻开日记，发现以前记录的每一篇里都有Andy的影子。

高中第一次开班会，Andy唱了一首歌："青春少年是样样红，你是主人翁。"

婉转动听的歌喉使他一跃成为班草。

我回家偷偷地学会了这首歌。

英语老师是个奇怪的人，每堂课必定提问我一个问题，其他人就没有这种"荣幸"。为了应付这"每课必提"，我英语学得特别好。小燕子偷偷告诉我，Andy跟别人聊天曾夸过我是英语天才。

渐渐我在 Andy 眼里读出了对我的赞赏，他也在我眼里读出了对他的爱慕。

年幼时的我，总幻想自己是公主，然后一个王子来接我。渐渐地，Andy 和王子的影子重叠在了一起。那个炎热的夏天，我们相约去奢侈一把，吃了哈根达斯，在甜腻中正式确立了关系。

然而，所谓的"好景不长"指的就是我俩吧。

随着高三的临近，学业越来越繁重，父母的唠叨和老师的苦口婆心，使我和 Andy 的约会从一周三次减少到一周一次，聊天的内容也从闲聊转移到了学习上。气氛严肃。直到有一天，他无意中提起，尹丽的性格很开朗，和她聊天很开心。

那天之后，我和 Andy 的关系变得若即若离。再之后，就花瓣隐于流水，寂静无声了。

毕业后和小燕子闲聊，又谈到他。

听说他和尹丽分手了……

感觉很奇怪——像在说一个陌生人的事情，淡漠。

或许是还没反应过来吧……

直到小燕子问我："你还喜欢他么？"

我回过神——"当然不了……"

笨笨燕子，问这么白痴的问题——喜欢不喜欢又能怎样呢？

多梦的年龄已经不再困扰着我，初恋的纯情和相思的苦恼也不再弥漫我的眼睛。当初的一切就好像梦一样，只是为了圆我年少时那个公主梦吧。就让一切随风而去吧。就像 Andy 唱的那首歌，"青春少年是样样红，你是主人翁"。我要做自己人生的主人翁。

● 语丝

当我们还是少女的时候，每个人心中都会有一段美丽的憧憬，都会发生一段刻骨铭心的初恋，无论能否走到最后，这份情怀都值得我们好好珍惜和回忆。

殿下与剑客的战争

○6月14日　○星期六　○心情和天气：晴空万里

不对殿下进行思想教育是不行了。

我命令："殿下，过来，坐下！"

殿下很听话，坐在了我面前。

我十分严肃地说："你知道错了吗?"

殿下看着我，很无辜的样子。想起刚才的尴尬，我气极，扑过去，施展了九阴白骨爪、无敌鸳鸯腿、铺天盖地揉心拳、泼妇打架十八掐，对它实行体罚，殿下以为我在玩，兴致勃勃地跟我在地毯上打滚。好一番纠缠，我不敌，被殿下按在了地上，气得我一阵嘶吼："给我起来——嗷嗷——"

殿下显然没有理解我语气中的气急败坏，从它的行动中就能看出来：它放开了按住我的爪子，在我即将起来的时候又扑过来，重重地把我按在了地上，还把它死沉死沉的胖身体压在我弱柳般的"娇弱"身躯上，压得我差点没了气。

好吧，我承认，没有认清敌我力量对比，是我的错，使用强硬手段也是不应该的，可是，刚刚发生的事，真地，真地，让我很生气，现在又被殿下欺负，就更委屈了。

人，受了委屈就应该发泄，我选择的方法是就势揪住殿下的毛，把头埋进它的脖子里流眼泪。

今天是放暑假的第三天，早晨我给班长打了电话，向他借放假前，他答应借给我的几本小说。约好了时间，我就在长裙、短裙、长裤、短裤间艰难地进行选择。好不容易打点妥当，要出门时，殿下非要跟着我出去。

我知道，因为期末考试比较忙，我冷落了它，恰巧班长家也不远，班长还很喜欢殿下，就带着它一起去了。

错误的决定，往往会致悲惨的事件发生：我不该带殿下去班长家的。呜，呜，我真地，真地，不知道班长家养了一只猫。呜，呜，我也真地，真地，不知道那只叫"剑客"的猫为什么不好好地呆在楼上，要和班长一起到院子里来。

但我知道，殿下见了剑客就上演了一场猫狗大战。我和班长为了阻止战争的爆发和升级付出了惨痛代价：班长家院子里的几把藤椅被撞翻了；班长爱若生命的小说被打翻的茶水弄湿了；班长英俊的脸，不知道是被殿下还是剑客给抓出一道伤口；我精心挑选的纱裙被剑客锋利的爪子抓跳了丝，上面还有殿下的爪印和口水，我梳得美美的发型也在阻止战争的过程中变得歪歪斜斜，惨不忍睹！

我从来没见过温文的班长脸色铁青的样子，但是，我不怪班长——谁看了自家宠物的毛纠结在一起，被从庞然大物嘴下救出来时奄奄一息的样子都不会有好脸色的。我被班长请出家门时，我还看到他额头上直跳的青筋——呜，呜，被班长讨厌了！

我搂着殿下坐在地毯上，经过连续两场激烈的战争，殿下也安静了下来，任我搂着。

我一直很喜欢班长，不是女生对男生的那种喜欢，是一种说不清的奇怪感觉，就是会不小心地注意着他：班长的学习很好，总是年级前几名；班长总是在老师不在的时候将班级组织得井井有条；班长带领我们班的男生取得了年级篮球赛的冠军；班长总是很温和地对待每一个人；班长是音痴，没有唱过一首不跑调的歌，班长还养了一只叫"剑客"的猫！

书中、电视中甚至生活中，到处都是爱情的痕迹，成年人喜欢用自己的想法定义我们的感情，我很喜欢班长，但我知道那不是大人世界中被宣称的那种爱情。我只是想看着他、靠近他、了解他，也许该从明天的道歉开始——又想起了把一切弄乱的殿下，抓住它的毛，踩躏之。

● 语丝

我心间有一条铺着淡淡月光的林间小路，它弯弯曲曲，时隐时现。荒草拦截它，丛树阻挡它，黑夜遮掩它。但它是那样缠绵，那样执著，向你靠近。

蓝颜知己

○4月5日　○星期五　○心情和天气：晴转多云

菩提本无树，

193

明镜亦非台。

本来无一物,

何处惹尘埃?

我和妍的第一次相见是在学校的图书室。那天中午,一些细小的灰尘在阳光中飞舞。妍的身影就被那些阳光笼罩着,安静地整理书籍。周身散发出一圈淡淡的光晕。

我向她打了个招呼,她回过头,对我微微一笑。

我俩都是学生会指派到图书室担任管理员的。

高中热切的学习氛围,同学们在学习之余对知识的渴求,使我们的工作变得格外忙碌。

于是,中午,放学后,我和妍的身影经常出现在图书室里。

有时一起整理书籍,把同学还的书归好类;有时把书都整理好了就在图书室里自修,不懂的问题还互相切磋切磋。

那段时间里,我感觉很充实,也很快乐。

妍很聪明,她可以用"饱读诗书"来形容。无论是在学业上还是生活上,她总能给我一些建设性的意见。经过一段时间的接触与磨合,我们互相有了更深的了解。

时间过得很快。到了二年级,我和初中就一直交往的女孩出现了感情的挫折,在我苦恼烦闷的时候,妍静静地聆听我倾诉心声,让我有一种找到知己的感觉。我不否认之前对她的好感,她对我学习上的帮助和生活上的启迪,让我感觉她是一个善良而神圣的女孩。也许就是这种认知,让她的形象开始在我的心目中定格、美化,以至于后来的日有所思、夜有所梦。我是一个感情细腻的男生,也是一个思想激进但同样渴望友情和爱情的人。所以,在这个青春勃发的激情涌动的季节,我打开了曾经受伤的寂寞的心灵,去寻找属于我的渴望已久的爱情。曾经在爱情里受过伤害,它让我不敢轻易接触别的女生,尤其是触及到有关感情的方面。

直到那一天,极度的渴望让我冲开了思想的束缚,摆脱了以往的胆怯与羞涩,向妍表明了心思。妍没有反对,也没有明显的赞同。我不善于挖掘女生的内心世界,所以猜不透她对我的想法。由于害怕再次受到伤害,在没有确定一个女生喜欢上我之前,我是绝对不敢迈出第二步的。所以,之后的一段时间我们仍然保持着若即若离的好朋友的状态。直到一个漫长的假期的开始,所有一切才出现重大的变化。

暑假的头几天，看不见妍，我若有所失。我拨了妍的电话，但是她没有接。

晚上的时候，她回了一条短信，她说男生应该是极度坚强的。或许妍要的是一个可以千锤百炼的感情，但是在我已经脆弱的心里，这种坚韧已经失去大半了。我带着一颗冰冷的心睡着了。

后来我在暑期补习班的时候认识了小我一年的学妹。在我心灵最寂寞的时刻，她温暖的问候短信使她的身影走进了我的心。

开学以后，又一次遇见妍，我的心酸涩不已。

妍没有提起那个短信，我们仍然保持着好朋友的关系，还是比一般朋友好的那种。在图书室见了面她还是一如既往地在学习和生活上帮助我。

我仍不否认对她感情的真挚，然而，我们也只能作好朋友了。可能妍笑我不懂得爱情需要经历痛苦和磨难，甚至会讥讽我对待爱情的轻浮。我只知道，一个人可以同时喜欢上很多人，却只能对其中的一个负责任。既然背负不了那么多的承诺和责任，就不要让自己去犯那些愚蠢的错误。无论以后怎样，我都会记得，你是令我感到舒服和愉悦的女孩——一个我会永远记住的朋友。妍，我喜欢你，但已不能说爱你。就让我做你的蓝颜知己吧。

● 语丝

青春岁月里刚刚发芽的青涩恋情永远只留在心底，而后的日子里，回忆它将给平淡的日记增添一份精彩。

真　相

○9月9日　○星期四　○心情和天气：大雨滂沱

我的初恋是一段很短暂的时光，对于我，对于她，都是一段心痛的回忆。

那是中考前的一个月，我提出了分手，不是因为我另有新欢也不是对她没了感觉。理由只有我自己知道。都说男儿有泪不轻弹，可我才16岁，还是个孩子，我努力地不让她看见我的眼泪，因为只要她再说一句别离开我，我就会乖乖回到她身边。在转过身的一刹那泪水还是不争气地流了下来，心想还好没让她看见……

从那以后我们成了陌路人，每一次擦肩而过我知道她都在看我。我故意装作没看见，故意和别人说笑，我知道她一直在看我……可是我不能心软，不能回头，我想她一定不知道我有多痛。

我的初恋发生得很简单，来得也不像人家那样地场面宏大，那样地轰轰烈烈。我只是把"我喜欢你"这几个字写在了一张很干净的纸上，可能在现实的生活中好多人都这样做过。小时候我们男生就是用这种很单调的方式来进行自己的"爱情"追逐的。

我还记得那天当我把那张我准备了几天的字条从她的身后悄悄地伸到她面前的时候，我看见她的脸刷地一下变得通红通红的，我自己的心也是跳得厉害。毕竟那是我第一次给女孩子写情书呀！那节课我什么也没有听进去，头脑里有的也是我的幻想。在想她那时的心情是不是和我一样地激动或者矛盾。

过了好几天，我的耐心等待终于有了一点结果。从此我的初恋也就在那时开始了，我的生活也就是在那时发生了巨大的变化。每天的我都是在一种高度的兴奋和紧张中，一方面想以后我们在一起的心情；一方面又在想怎样和她在接下来的日子里相处。那一段时间真是可以用"甜蜜蜜"来形容。

尽管我们感情的与日俱增使我的生活变得丰富多彩，但同时弊端也渐渐地产生了。我被老师叫去批评了一顿。老师说了我什么，我没敢告诉她，看着她忧郁的替我担心的眼神，我想了好久好久。老师说得对，我确实因为天天想着她而忽略了学习，她笑，我就快乐好几天，她难过，我就悲伤好几天，她的一举一动都影响着我的生活，我对她的思念侵蚀着我的时间，学习就这样渐渐地懈怠了。

我决心和她分手，不仅是为了我好，也是为了她好，相信她也和我一样因为"早恋"而耽误着学习。但是我对她说实话，她一定不会同意，我只好扮演一个负心人，让她死了对我的真心。于是，分手就在这样的情况下实施了。

中考的前一个星期她给我写了一封信：

"分手这么长时间了，你看起来好像很开心。也许你真地很开心，我始终不知道我们分开的理由。我没看见你再和别的女生在一起，我们为什么会走到这一步。难道只是你对我没了感觉而已吗？我经常会去我们以前去过的地方，你会去吗？这么长时间我相信我们都冷静下来了，如果你改变主意了，就给我回信吧。如果没有的话，那我要你知道我是真地很爱你，我会一直等你，直到有一天你回头，如果没有那么一天，我也会期待的……"

一封不长的信，却足以让我泪流满面。信纸上有几点皱巴巴的痕迹，看得出来她写信的时候哭了。收到这封信后我马上写了回信。可是我没有给她。我知道如果那样那么一切就将前功尽弃。我忍住了思念，哭了一夜。第二天我骗她说看书看太晚，忘了看。还无情地说，其实结果都是一样的。我看见她失望地看了我最后一眼。然后转身离开了……

之后的几天我拼命地温书，太累的时候就看看她给我的信。它像是我的充电器。刚开始看完了会哭，后来看完了会微笑。觉得很温暖……

我考上了省重点中学，她也考上了。我曾幻想开学再见时我们会和好如初。但一个暑假的时间，她身边却有了他。我只能在心里默默地祝福我初恋的女孩，就让事实的真相永远埋藏在我的心里吧。

不是冤家不聚头

○5月7日　○星期一　○心情和天气：狂热

在班上我有个冤家对头，我最讨厌他，自以为是情圣，一副宝哥哥的样子，其实不过是贾瑞，他似乎对每个女生都好（除了我），大扫除时义务帮忙，下课又总与女生腻在一起，一副不长进的样子，看了真叫人生气，又叫人替他妈妈伤心。

他脸皮虽厚，感觉倒还敏锐，他大约也察觉我对他的敌视，偶尔也会还击。一来二去，我们便成了吵架时的最佳拍挡。

我和他上学都去得晚，都坐最后一排。

有一次我起晚了，一路狂奔至教室，发如飞蓬，这家伙果然取笑我："头发那么乱，蛮有个性，男生会喜欢。"我恼羞成怒，脱口而出："那你就不是男生了。"他笑道："我是男生中的男生。"哎……真是自古无耻第一，素来皮厚无双。

这样的戏码每天都在上演，被他气着了我就跟好友诉苦一番，赢了他我就炫耀一番。

　　某天中午午休的时候，几个死党围着我追问："怎样？怎样？"我装傻："什么怎样？"她们起哄："他呀！你不喜欢他吗？"我简直要吐血："不要侮辱我的智慧好不好，用脚趾头想想也不可能。""那你为什么老是在我们面前提他？"我呆了呆，对啊，我为什么老是提他。众姐妹继续逼供："他有什么不好？"我哼一声："他有什么好？""他长得丑？"我想了想，眼睛不小，个子不矮，凭良心讲不丑。"他很讨厌？""也不是讨厌，其实挺有意思。""那他有什么不好？"我想了想说："他太花。"她们都笑说，现在都什么年代了，男女交往很正常，他那人又热心，照顾一下女生是很应该的嘛。我想想也是，再想想上次跟他吵架一群人围观像看猴戏似的，就决定不跟他吵了。

　　此后相处倒也融洽，两人谈谈笑笑逍遥度日。我渐渐发现了他很多的优点还有更多的缺点。我们的关系出现历史性转折点的是有一天他唱了我最喜欢的那首歌《一天一点爱恋》，虽然不太动听，但我却深深感动，有种知音的感觉，毕竟梁朝伟唱的歌很少，喜欢他的歌的人也不多。

　　班上开始传起了我和他的绯闻，我一再否认，最后跟姐妹们宣布："我们是冤家！不会在一起。"放学后他叫我去玩，我拒绝，并抱怨："你听别人怎么说？"他惊讶："别人怎么说，你以为你是林志玲还是周杰伦？"我啼笑皆非，大力瞪这个不知死活的家伙。

　　我们照旧出去玩，一起看电影，我想我可千万不要喜欢上他，以免晚节不保，英名扫地。

　　4月1日那天我提高了警惕，以免被耍得很惨。他忽然在下课的间歇偷偷地对我说："我有点喜欢你。"我一惊，马上无比温柔地说："我也是。"他脸红了，愣了愣说："我说真的呢。"我吐了吐舌头："才怪！"

　　回家后我想起他说话的样子，他的目光，他的脸红了，他说的到底是不是真的？那天晚上都有点失眠了。

　　第二天一早，他就打电话到我家，说："我真地说的是真的。"这一刻我似乎有了心动的感觉，我知道自己完蛋了！

　　我们这对冤家就这样化干戈为玉帛，正式开始交往了。

　　后来我问他喜欢我哪一点，他说："你能管得住我的花心。"我真想吐血。他反问我："你呢？"我微笑着："因为你会脸红。"

　　● 语丝

我们年轻，那就是我们的财富，我们有激情，有干劲，朝气蓬勃……蓬勃的青春在我们的五指间跳动，谁说我们不是青春的主人？

青春的玩笑

○2月8日 ○星期二 ○心情和天气：乌云密布

我们……
我们曾经翻过校门去看演唱会，
我们曾经一起牵手看日出日落，把长长的影子丢下；
我们曾经攥着几块钱逛小吃街，
我们曾经在雨天流泪，在晴天欢笑，为了青春舞蹈；
我们曾经躺在草地上数流年，
我们曾经说好了要一起去流浪，扔掉那些乱七八糟。
可是，我们不在一起……

清晨，拉开淡粉色的窗帘，阳光特别地明媚耀眼，小鸟也卖弄着歌喉，在我面前清唱。我背着书包，哼着小曲儿，上学了。这是开学的第一天，可是我万万没有想到，这会是我记忆深处一颗最美丽的红花……

门开了，同学们的目光一下子聚集在我身上，我的脸红了。我被安排坐在一位长得很帅的阳光男孩旁边，这是全校最有钱的帅男孩。这个便宜竟然让我捡到了，当然也引来了很多女生的妒忌，甚至怨恨。我曾几次向她们解释，可她们却恶言回复："这下可好了，一朵鲜花插在了牛粪上。""不，是癞蛤蟆想吃天鹅肉！"……句句恶语就像一把把尖锐的刀，插在了我的心上。从此，我孤单一人，没有朋友，别人的误解，使我脸上的微笑消失了。

我的同桌看出了我的无奈，觉得我是那么可怜，便主动与我交流。可我认为他是个看不起穷人的有钱公子，也正因为他，自己被人误解，所以我决定不和他说话，故意躲着他。直到有一天，在课堂上，我的胃里突然翻江倒海，然后忍不住就吐了……吐了一地。同桌送我到楼下的盥洗室去清洗。我本想拒绝他的好意，怕班里其他同学误会，但胃里又一阵痉挛，话终于没有说出口。到了盥洗室又小吐了一下，就停止了难受。我浑身无力地蹲靠在墙角，他则用关心的目光一直看着我。感受到他的视线，我没有抬头，他突然对我说："我知道你不愿和我说话，因为我，给你带来了误解，对不起！"我大惊，犹豫了一会，慢慢与他交流。我向他诉说了自己的烦恼，他也用他的温柔解决我的压抑、困惑。回到教室以后，他走到卫生角拿起撮子到操场撮了一堆土回来，把我吐的秽物都收拾干净了。喜欢他的女生都用愤怒的眼光看着我，而我却用惊奇的眼光看着他。从没想过一个有钱人家的"少爷"，养尊处优的，居然会拥有这种生活常识，居然会弯下腰来做这种事情。

从那天起，我和他成了知心朋友，谁都离不开谁。我回到了从前，而他扫掉以前富公子的孤独，感受从未有过的欢乐。当我受到别人嘲笑时，他就挺身而出；放学了我们一起回家，一起玩游戏机……彼此很快乐。

但是，好景不长，他的母亲为他在国外申请了一家名校，要他去国外深造。

他走的那天，我没有送他。

他临走时让人转给我一张字条：和你在一起的每一天都很快乐，虽然一切都将成为过去，但我从没后悔过认识你，虽然一起走过那么多，最终还是会有不想看到的结局，但曾经拥有过也是很幸福，以后没有我陪伴的人生路上自己照顾好自己，珍重吧！

看完字条我哭了。但是我明白，学生时代的感情，有几段能真真正正地走到永久呢，如今走到了人生的十字路口，分手，冷静地走各自的路，才是我们最好的选择。快乐的那段日子很美好，却也很短暂。因为我们拥有无限的青春，所以青春便和我们开了一个善意的玩笑。

● 语丝

青春会被时间带走，而时间会带走什么，又会留下什么呢？我们无法回答，每个人都有每个人的生活，只愿每个人一生都好！